一生一世美人骨

墨宝非宝 著

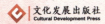

文化发展出版社
Cultural Development Press

美人骨，世间罕见。

有骨者，而未有皮，有皮者，而未有骨。

世人大多眼孔浅显，只见皮相，未见骨相。

目录

长眉连娟，微睇绵藐，
色授魂与，心愉于侧。

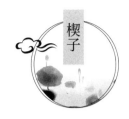

楔子

这一世已过去二十六载。

时宜靠在窗边，看车窗外掠过的路牌，不禁感叹这好天气，没有一丝浮云的碧蓝天空，让人心情也好起来。出租车一路畅通无阻，她下车后，手续办得亦是顺畅，却不料在安检的门内，来回走了两次，都警报声大作。

最令人烦躁的是，隔壁的警报声也响个不停，不知是哪个倒霉鬼和她一样，遇到不讲理的安检门。

"小姐，麻烦你把鞋子脱下来，我们需要再检查一遍。"她点点头，在一侧的座椅上坐下来，低头脱掉鞋的瞬间，她看到隔壁那个男人的背影。

很高，背脊挺直。她看到他的时候，他正拿起自己的手提电脑。

安检门的另一侧，长队如龙。

而这一侧，却只有他们两个在接受检查。

"周生辰先生？"安检口的男人拿起他遗落的护照，"你忘了护照。"

"谢谢。"他回过头来。

他留意到她的目光，抬眼看过来。

那一瞬的对视，压下了周遭所有的纷扰吵闹。所有的一切，都不再和她有关系。时宜目不转睛地看着他，再也挪不开视线。她想笑，又想哭，却无论如何都说不出话，哪怕是半个字。

你终究还是来了。

周生辰，你终究还是来了。

第一章 看不穿前尘

雨水淅淅沥沥的，把西安弄得如同烟雨江南。

明明是三秦大地，却已不见长安古城。

时宜靠在窗边，看着车窗外掠过的路牌。

"你想要吃什么？"身边的宏晓誉笑着将叠成小册子的地图展开，边用手机翻着美食攻略，边规划下榻后的路线。

"先把你的采访弄完吧。"

时宜笑着提醒她。一旁的小摄像师原本在摆弄摄影机，闻言也笑了。

三人下了车，绕过安静的街，辗转数个错落的平房，终是找到了地方。

开门的是个很年轻的女孩儿，只有二十岁出头的模样。而宏晓誉的采访对象，就是这个女孩儿的老公，一个一脸憨厚的男人。

几个人进门后，夫妻俩都有些羞涩，招呼着时宜他们坐下。

"不用紧张，就是随便闲聊。"宏晓誉和善地笑笑，示意男人坐到自己面前。

阴雨天，房间很暗。

只有黄澄澄的一盏灯，放在采访者和受访者之间。

在一问一答的访谈中，时宜渐渐了解了这样一个故事。

面前的男人来自非常贫困的地方，勤劳数年，赚了些钱后，却一分不留，投资了家乡的教育，帮助比他更穷的家庭。

没有家产，没有房子。

却是个人格高尚的人。

而这个故事之所以吸引媒体，却是因为他的小妻子。面前这个眉目清秀的女孩子，是个大学毕业生，也是这个男人的同乡，只因在新闻里看到了他的故事，就找到他，然后嫁给了他。

故事的前半段很感人，而后半段才真正出人意料。

阴雨天，这房间里又没有什么取暖设备。

时宜和宏晓誉始终坐着，早已手脚冰凉。

幸好采访已到尾声。最后，宏晓誉终于转向那个姑娘，"按照普通人的标准，你丈夫真不算好归宿。你们接下来的计划是什么？"

那姑娘笑笑，看了眼男人，"我们都有赚钱的能力，身体也健康，等过两年回家后，一定会过很好的生活，而且……"姑娘低声笑了会儿，"我不担心他会做任何伤害我的事，他是好人。"

小妻子的话，为今天的采访收了尾。

工作结束。

他们就近去了米家泡馍，非常小的店面，人挨人，环境嘈杂，生意却格外好。时宜边吃边看四周，发现竟还有人捧着碗站在一旁，边用手掰馍边耐心等着空位。

宏晓誉也有样学样，掰了块馍，"今天的采访，有没有什么特别的感触？"

时宜扑哧笑了一声，"是不是想写博客，缺引言？"

"死女人，"宏晓誉瞥了她一眼，"快说。"

时宜喝了口汤，想了会儿，才说："世人大多眼孔浅显，只见皮相，未见骨相。这个小姑娘很少见，能一眼看到这个男人的本质。"

宏晓誉"唔"了一声，"这话听着有味道，我喜欢。"她往汤里加了辣，忽然想到什么，"你昨天说，那个在广州机场认识的什么研究员，这几天也在西安？"

时宜嘴里还含着东西，声音含糊："他的大学最近在和中科院做项目交流，在这里出差。"

"说实话，我看不出那个人有多特别，长得也普普通通，没想到你竟然会主动去认识他。"宏晓誉笑嘻嘻地看着她，"这就是所谓的看对眼了？"

她无奈地瞅了宏晓誉一眼，"我只是想认识他，没有任何不良企图……"

话未说完，时宜感到肩上微微一沉，一只男人的手搭了上来。

宏晓誉顺着那只很漂亮的手看上去，不禁暗暗笑起来：真是巧啊，来的正是两人谈论的人。

这个男人眉宇间书卷气极浓，面容普通，说不上难看，也说不上英俊，难以令人印象深刻。他穿着常见的实验者专属白大褂，却没有系纽扣，只是这么敞开着，露出里边的衬衫和长裤。

非常整洁，没有任何不妥，就是和周围的环境极不搭调。

时宜则含着汤，傻愣愣地看着他。

她很偏执地觉得，他这样的容貌非常好，不会有太多攻击性。除了在书卷气中有浅浅的距离感外，这张脸真的是再好不过，再舒服不过。

他不紧不慢地收回手，坐下来，把手腕搭在桌子边沿，说："好巧。"

话音未落，就对老板轻轻招了招手。

"世人大多眼孔浅显，只见皮相，未见骨相，"待老板应了声，他才又去看时宜，"这话不错。"

宏晓誉也感叹了声"真巧"，颇有意味地看了眼时宜。

若论外貌，时宜绝对是上上品。眉眼、轮廓，都仿佛用手工笔精心描绘而成。她的美毫无攻击性，却不同于周生辰的平凡。尤其看你的时候，她的眼睛很亮。当真正在社会上阅览过无数美女后，你会发现，真正的美人，她的眼睛一定很亮，而非是浑浊不堪的。

最主要的是，时宜很传统，从来不肯穿露出肩膀的衣服。

一个非常传统的美女，简直是罕见的宝贝。

宏晓誉再去看这个男人。

算了，只要好朋友喜欢，男人的脸也没那么重要。

"是很巧。"男人说话间，拿了副一次性筷子，掰开，把两根筷子放在一起，相互摩擦着，去掉上边的碎木毛刺，"你们来西安旅游？"

"晓誉来这里采访，"她说，"我们准备趁着这次公差，在这里玩几天。"

始终在埋头吃东西的摄像师，咂巴了下嘴，放下筷子，热情地递出一张名片。

男人接过，单手探入裤子口袋里，摸索半晌，也没找到该回赠的东西，"不好意思，没有随身带这种东西的习惯。"他简短地介绍了自己，"周生辰，伯克利化学学院副教授。这段时间，在中科院西安分院有机化学研究所高分子材料研究室做交流项目。"

一连串看似专业高深的名词，更让摄像师刮目相看。

"生辰？好名字，"他笑着说，"叫我小帅好了，我是宏晓誉的同事。"

周生辰很礼貌地笑了笑，"复姓周生，单名辰。"

小帅"哦哦"了两声，"周生先生。"

时宜忍不住笑了，这个姓的确少见，也难怪别人会觉得奇怪。

小帅似乎觉得自己说错别人的姓氏，十分不妥，于是很认真地给自己找了个台阶下，对周生辰说："我觉得，时宜的那句话真不错。"

晓誉没等周生辰说什么，倒是先乐了，"你懂什么意思吗？"

小帅骑虎难下，只得继续掰扯："当然懂，不过这种话，绝对是只可意会。"

"别意会了，我告诉你这句话出自哪里，"晓誉好笑地问他，"《醒世恒言》知道吗？"

小帅一愣。

"'三言''二拍'知道吗？"

小帅觉得有些耳熟。

"高中历史书上提到过，明末小说。"晓誉拿出一双新筷子，敲了敲他的碗，笑着说，"这句话的意思呢，就是现在的人啊，只能看到别人的外在条件，什么票子、车子、房子，还有样子，唯独看不到内在的品质。"

小帅很长地"哦"了一声，尾音还拐了个弯，"佩服。"

"该佩服的是时宜，"宏晓誉刻意地看了眼周生辰，"这些，都是她从小逼着我读的。"

周生辰居然明白了她的意思，笑了笑。

晓誉还以为他是真的赞誉地笑；时宜却明白，他的笑，只因为识破了宏晓誉的小心思。宏晓誉知道时宜对他有好感，自然会拐着弯地夸她，让周生辰上心。

但是宏晓誉并不知道，周生辰对时宜真的算是印象深刻。

他们是半年前在广州机场遇到的，那时两个人分别在不同的安检入口接受机器的扫描，又都引起了特殊的警报声，当她脱掉鞋子检查金属物时，看到了他。

只是这么一眼，她就知道是他。

虽然容貌不同，声音不同，任何的外在都和她记忆里的那个人完全不同。但是她就是知道，一定是他。

他被检查完后，拿起笔记本电脑，很快就向着安检口外走去。时宜只记得，当时自己脑子里一片空白，光着脚就追了上去，她不敢错过这个人，自然就忘了自己身处在什么环境。

于是，他看到时宜的第一眼，非常滑稽。

身后有机场工作人员追上来，似乎怕她是暴徒，而她只是着急地看着他，"等等我，我需要和你说句话。"周生辰当时的表情是什么，她真没顾得上看。

那真是她初次觉得自己的外貌还有些用途，比如机场工作人员对她还算是客气，只当她是碰到多年的朋友，有些忘形。她边穿着鞋，边用余光看着他，生怕他离开。

幸好，周生辰真的就没走，始终在等着她。

这场相识很唐突。

后来她无法解释，只好对周生辰说，他像极了自己的朋友，不管信不信，他没太反感就是了。只不过在她更唐突地要他的手机号码时，他竟以没有手机为理由拒绝了。

当时她很尴尬，幸好，他主动留下了电子邮箱。

从认识到现在，不觉大半年了，两个人再没见过面，只是邮件往来。而且在邮件里也说不出什么特别的话，周生辰是搞高分子有机化学的，而她则是个配音演员，没有任何交集的两个职业。

就这样，时宜也养成了每天登录邮箱的习惯。

有几次被宏晓誉发现了，被嘲笑不止。所以这次宏晓誉来西安出差，一听她说周生辰就在西安出长差，不由分说就把她拉了来。时宜昨晚出了机场，甚至在踟躇，要不要约他出来，如果约，用什么借口。没想到这么巧就碰到了。

周生辰吃饭的习惯很好，从开始落筷就不再说话。

宏晓誉几次看时宜，都被她低头躲开了。

"周生老师，"店门口跑进个大男孩儿，收了伞就往这边走，"我下月发了薪水，送您部手机算了，我负责充值充电，只求您为我二十四小时开机。"他估计一路走得急，牛仔裤脚都湿透了，"我都跑了好几个地方了，要不是看见研究所的车，还不知道要找多久。"

他一路进来，只顾着看吃饭的周生辰，却没有留意背对着自己的时宜。

待到走近，不免怔了怔，大男孩儿没想到周生老师对面坐的，竟是个大美女。

他磕巴了半天，勉强找回声音继续说："那什么……周生老师，研讨会，估计要迟到了，我找了你半小时……估计我们已经迟到了……"

"知道了，"周生辰又慢条斯理地继续吃了两口，放下筷子，"我有事先走，有机会再联系。"时宜看他站起来，感觉腿被狠狠踢了一下。

回头看，宏晓誉已经清了清嗓咙，对周生辰说："听说青龙寺的樱花最近开得很好，我们都不是西安人，难得来一次，要不要一起去看看？"

周生辰的脚步停住。

他抬起头，看了眼外边的雨势，"这两天西安一直在下雨，等雨停了，如果你们还没走，我们再约时间。"

"那就说好了。"宏晓誉揽住时宜的肩说，"到时候让时宜给你发电邮。"

他点头，算是答应了。

等到时宜和宏晓誉回了酒店，裤脚都彻底湿透了。

时宜冲了个热水澡，在屋子里翻了半天也没找到速溶咖啡，只得烧了热水，拿简易纸袋的菊花茶，泡了满满两杯。

时宜递了一杯给宏晓誉，对方接过后随手放在床头柜上，边看邮箱，边扯着卷筒纸擦鼻涕，"通过今天这顿简陋的午饭，我终于勉强发现了周生辰的另一个优点，就是够男人、不扭捏。这么说也不对啊，"她抬头看看，时宜只是把长发草草绾起来，这么个邋遢造型就够拍杂志硬照的，"从小到大，我只要以你为借口，还真没有约不到的人。这么看，他也不算特别。"

时宜没有理她的调侃，拿过电脑，登录邮箱。

看到收件箱里并没有新邮件，她莫名有些失落。

她很快合上了电脑，说："再好看的脸，最多从十六岁看到三十六岁。"

"我喜欢看漂亮的东西，尤其是一对最好，"宏晓誉狠狠擦着鼻子，"而且有利于下一代的基因。"时宜抿嘴笑笑，眼睛亮亮的，真是漂亮极了。

两个人白天冻坏了，此时就依偎在白色的棉被中，靠近对方相互取暖。

"时宜，你真的喜欢他啊？"

"也不是，"她说话的时候，觉得自己都没底气，"只是觉得，他很特别。"

"哪里特别？"

时宜找不到借口，只好说："名字特别。"

真的是名字最特别，和她记忆中，曾经他的名字是相同的。

"我的名字更特别，"宏晓誉索性脱下牛仔裤，拉过棉被盖上，"'晓谕天下'，可怎么没见你对我另眼相看？"

"这个解释不好，"时宜有意把周生辰的话题避开，转而逗宏晓誉，"我给你想个更浪漫的，方便你以后嫁出去。"

宏晓誉听得兴致勃勃，"快说快说。"

"让我想想，"时宜仔细想了想，终于再次开口，"虽然有些牵强，但你肯定喜欢。你听过纳兰性德的一句诗吗？"她挨着宏晓誉说，"'愿餐玉红草，长醉不复醒。'"

"没有，"宏晓誉摇头，"有什么典故？"

"传说有一种玉红草，只长在昆仑山中，若有人采集误食，会长醉三百年不醒，"她刻意换了个语气，用配音演员的声音，幽幽地念着她的名字，"'宏晓誉'，'宏誉'，'玉红'，你说你这个名字，会不会就是玉红草的意思？"

宏晓誉被她说得直乐，"你怎么忽然神道道的？不对，你从小就神道道的。是有点儿牵强，不过挺文艺的，我喜欢，以后就这么解释了。"

忽然，窗外响起几声惊雷。

宏晓誉得了便宜，很快就恢复了原状，嘲笑她，"看来这雨是要下上几天了，也不知道青龙寺的樱花，还有没有机会看了。"

"看不到就不看了呗，"时宜皱了皱鼻子，长长呼出一口气，"又不是一辈子不来了。"

次日清晨，她是被手机叫醒的。

接起来，是录音室的电话，头脑还没清醒，就听那边絮絮叨叨地说着工作安排，"你可真是红了，多少人都点名要你配音。光是你去西安这四天，你知道少赚多少吗？"

她翻了个身，宏晓誉还睡得沉，没有任何醒来的迹象。

怕吵醒晓誉，她轻声说把录音的时间安排发过来，就挂了电话，然后轻手轻脚从地上拿起笔记本电脑，放在膝盖上打开。收件箱里很快进来了四封邮件，她匆匆扫过标题，发现其中一封是无主题邮件，寄信人是周生辰。

4：36 走出实验室时，没有下雨。如果 11：30 也没有下雨，12：00 青龙寺见。

周生辰

时宜看到这封邮件后，视线移到了显示屏右下角，刚刚 7：36。

她有些担心，这次约会会不会又如同先前一样，因为天气突变、忽然染病、工作繁忙，或是各种奇怪的突发事件而取消。

没想到老天忽然开了眼，没有再下雨。

摄像师本就是陕西人，虽然不是出生在西安，对这里倒也熟悉。时宜怕迟到，紧张兮兮地让宏晓誉和摄像师确认从这里到青龙寺的时间，结果早到了足足二十分钟。

或许是樱花时节，又难得放晴。青龙寺门口人来人往，颇显拥挤。她们挑了个醒目的地方，约莫十分钟后，看到周生辰独自一人，从远处走过来。

时宜迎着日光，眯着眼认清是他，心悄然安定了下来。

"时宜，你中毒了……"宏晓誉低声说，"看你脸都红了，别告诉我是晒的。"

她摇头，"我不和你解释，反正也解释不清楚。"

"早到了啊，周生老师，"宏晓誉抿起嘴角，笑着打招呼，"早到了十分钟，这是你的习惯吗？"周生辰伸出手，递出两张票给时宜，"我一般和别人约见面，都会早到十五分钟，刚才用了五分钟的时间，去买了门票。"余下那张，他顺手给了摄像师。

时宜说了声"谢谢"，接过来，狠狠把其中一张拍在了晓誉手里。

宏晓誉没有来过这里，自然不知道自己约的这个地方小得可怜。

几个人进了寺，转了一会儿，樱花是张扬肆意的，飞檐是古色斑驳的，只不过那些树下三三两两坐在报纸上闲聊的人，淡化了不少赏花的意境，更像是一场普通的春游。即便是如此拥挤的小寺庙，也还有几批游客，在导游的解说下肩并肩走着。

"1986 年，青龙寺从日本引进樱花植于寺院，共有十二个名贵品种，早期开放的有彼岸樱、红枝垂樱……"导游一板一眼地复述着解说词。

时宜听得有趣，拿出手机偷偷录了一段，可惜那个导游很快就走了。她试听了几秒，声音很嘈杂，犹豫着要不要删掉。

如果想要回味，或许用相机拍几张解说牌好一些。

"我刚来的几天，这边研究所的人送了本西安《城市笔记》，如果喜欢，可以送给你。"周生辰语气平淡地对她说，"这个城市，到处都是故事。"

时宜颔首，视线从他身上飘过去，像是对樱花很感兴趣。

"你喜欢看书吗？"她忽然问。

"每天都有固定时间用来看书，"他说，"不过，也并非海纳百川，要看书是否有趣。"

时宜"哦"了一声，试探性地继续问他："那你去过那种很老式的藏书楼吗？有一层层的木架，无数的书卷那种。"

她脑海里的藏书楼，不是非常清晰，可却和他有关。

那里不经常有人，有时候打开窗户通风，有风吹进来时，架子上的书都被吹翻了数页，哗哗作响。

周生辰不大懂她的话，薄笑道："我经常去的地方，也有一层层的木架，不过架子上都是瓶瓶罐罐，各种危险仪器，轻易不能碰。"

时宜笑笑："听着挺有趣的。"

"有趣？"他兀自唇角带笑，"轻则烧伤，重则爆炸。"

时宜真被唬住了，"高危职业？照你这么说，谁还愿意进实验室？岂不是整日草木皆兵，战战兢兢的，那还做什么科研？"

"也不会这么可怕，早就习惯了。"他话说得浅显，像是说着再平常不过的事情，"刚学这个专业的时候，有一天晚上我忘了东西在实验室，第二天只好一大早就过去，当时没有一个人在，却发生了爆炸。半个实验室就在我面前炸没了，幸好晚到了几分钟，保住了一条命。"

她听得哑口无言，"然后呢？"

"然后？"周生辰略微想了想，"还好，我做的十几个材料都还在，当天下午就把它们转到了隔壁实验室，继续做耐受测试。"

周生辰说得太随意，像说着阿猫阿狗的事情，她却听得后怕，忘记避开身侧的樱花树枝。直到周生辰的手臂从她面前抬起来，拨开了满枝的馨香，时宜这才有反应，忙不迭说了句"谢谢你"。

寺庙不大，逛了一会儿也就结束了这场春游。

反正时间还早，他们就近找了间茶楼休息，楼内几近满座。周生辰的那个学生却坐在二楼靠窗的位子上，像是等了很久，一看到他们出现，就站起身招呼："周生老师，这里这里。"

"哎？周生老师还真有心，安排自己的学生占了位置？"晓誉拉过椅子，先坐下来。

"不是老师安排的。"那个学生忙不迭解释，"这是我爸爸开的，我今天正好休息，昨天和老师半夜做完实验，老师说今天要来青龙寺赏花，我就特意留了位子给你们。"

那个大男孩儿边说边亲自去端了茶来，挨个放到各人面前。到时宜时，大男孩儿竟有些不好意思，腼腆地笑了笑："忘了说，我叫何善。"

她"哦"了一声："挺好记的。"

何善对这个漂亮的大姐姐很有好感，特意把茶递到了她手里。

宏晓誉从小和时宜是邻居，早对这种情形见怪不怪了，倒是瞥了眼周生辰，又去看时宜。还别说，这个姓周的人真挺特别的，起码没因为美色乱了阵脚。

"来来，玩会儿双升吧。"宏晓誉乐悠悠地摸出两盒纸牌，倒出来，把桌面摊得满满的，"时宜不会打牌，正好我们四个人来。"

时宜看她牌瘾发作，马上配合地让到了最里处。最后周生辰和摄像师对家，恰好坐到时宜的身边。她看到窗台上有本书，随手拿过来准备打发时间。不知道是哪个游客落下的《新周刊》，她翻开内页，随意看了下去。

周生辰摸牌的动作不紧不慢的，和几个人随便说着话。

他坐姿很规矩，看起来像是习惯如此，即便是陪他们玩扑克牌，也能从细微处看出来，他有很好的教养。时宜只是在他出牌的时候，用余光悄悄看他，非常有趣的是，他手里的牌也整理得非常整齐，随时保持着对称的扇形弧度。

恰到好处。所有一切都恰到好处。

可也是这样，才让她有距离感。不管坐得多么近，都像是隔着无形的一道墙。

摄像师话最多，扯了会儿，就扯到了自己当年的成绩，"说起来，我当年成绩那叫一个差，高考成绩才过三本线，悬悬考上了大学。周生老师，你是不是属于为科学献身的那种人？"

"不算是，"他抽出一张牌，放到木桌上，"我只是一直想不好，除了科研还能做什么。"

摄像师不说话了。

宏晓誉咂巴嘴，"周生老师，不要这么有距离感，聊些大众话题吧。"

"好，你说。"

"你有没有什么……特庸俗的爱好？"晓誉问他。

"很多，比如看电视剧。"

"看电视？不算多庸俗啊，"晓誉笑了两声，"你平时看得最多的是什么？"

"《寻秦记》。"

"正常正常，"晓誉终于找回了正常人的底气，"原来化学教授也爱看穿越剧，还是《寻秦记》，我大学时的男朋友也特别喜欢看，看了足足四遍。"

"我可能看了七十多次，"周生辰不大在意地笑了笑，"准确一些说，是七十九次。"

宏晓誉也不说话了。

整个下午，这几个人就和一百零八张牌较劲，周生辰的那个学生显然很崇拜他，时不时透露些唬人的事迹，不过大多数和科研有关。时宜他们听不懂，只是频频表达佩服之情。

到了傍晚，茶楼的人渐渐少了。

而时宜手里的杂志，却只翻了不到三页。

天黑下来，窗口有些冷，店里的服务员过来关上窗，还殷勤地替几个人拿来了小碟的点心。宏晓誉终于想起她这个空气一样的存在："你看什么呢？"

"《脱北者》。"时宜晃了晃手里的书，"讲北朝鲜的事。"

"什么叫'脱北者'？"何善扔下两张牌，好奇地问。

"一些受不住北朝鲜大饥荒的人，会选择逃到中国、韩国，在一定意义上，他们属于没有国籍的人，"周生辰声音很平稳，没有任何多余的感情，"如果被捉回国内，就会被判叛国罪。"

"叛国罪？这么严重？"何善唏嘘，"冒着死罪也要逃走？"

摄像师笑了，拍拍他的胳膊道："我曾经跟着采访过一些脱北者，他们每个人提到自己家谁谁是被饿死的，都觉得很平常。如果是你，你逃不逃？"

摄像师说得煞有介事。

时宜拉过装点心的小碟子，挑了个瞧着味美的，咬了一口。

没想到，周生辰忽然就用手指把她手里的书翻过去了一页。她这才发现，周生辰虽然在陪着他们玩牌，视线却落在杂志上。

他读完最后几行字，收回视线看手里的牌，抽出两张，轻飘飘掷到了桌上。

宏晓誉还在兴奋地说着"脱北者"，扫了眼他扔的牌，马上哀号："完了，彻底输了。"

就这么耗费了整个下午，等几个人走出茶楼时，天已经黑了。摄像师热情招呼着，想要请大家吃晚饭，没想到周生辰却抬起手腕，看了眼表，"晚上还要开会。"何善是他这几个月在西安的助理，纵然有心吃饭，也只能跟他回研究所。

两批人分开，周生辰带着何善去坐公交车。

时宜他们则在另一侧等出租，隔着一条马路，远远地，都能看到彼此。

周生辰站在大片拥挤的人群后，等着返回研究所的400路，这个时间正是高峰期，接连开来了三四辆车，却都是人满为患。

而他们在相隔十几米的地方，也因为人多，抢不到出租车。

时宜丝毫没有等车的不耐烦。

她觉得这样很好，隔着不远的地方就是周生辰，身边的何善在和他抱怨着什么，他脸上的笑容很快浮起来，说了两句话，同样的不急不躁。

时宜看着他，猜想他会说什么样的话，来安抚身边的小研究生。

"没坐过400路，你绝对体会不到什么叫挤公交，"摄像师小帅看着周生辰，笑着感叹，"不过我们也差不多，还不知道谁能先回去呢。"

"要不要我们打到车后，带他们一程？"时宜马上提议。

"我们现在还站在人海中，前途渺茫呢。"晓誉彻底被她逗笑了，趴在她肩膀上低声说，"时宜美人，从幼儿园开始，不管谁要扮演什么王子、公主，你都是那个公主。所以还是安心做公主好了，这个人好像真的对你没什么意思，那句话怎么说来着？你不是他的那杯茶。"

晓誉的几句话间，又一辆公交车进站。

周生辰和何善终于挤上车，消失在了时宜的视线中，从始至终，周生辰都没有再看这里一眼。

隔天，摄像师带着她们逛了些西安有名的地方，时宜在如潮的游客中看着这些名胜古迹，总有种熟悉感，但是却不再记得清楚。

她的印象中，小时候对于那些前世的记忆，还曾如数家珍。

可慢慢地，随着幼儿园、小学到初、高中的时间推移，所有相关的记忆都慢慢淡化了，再想起来，更像是一场光怪陆离的梦。倘若不是这么多年，她反反复复地告诉自己"我要见他"，那些有关周生辰的回忆，也注定会消失无踪。

到最后一天，两个人搞得比上班还要累，趁着小帅回家看父母的机会，她们都躺在酒店里，边休息边整理回去的工作资料。

时宜把经纪人发来的资料，拿到酒店前台打印。

前台的小姑娘听到她的要求，倒是很客气，接过 U 盘，"请问你是哪个房间的？打印好我会让工作人员送上去。"

"谢谢你，1212 房，"她说完，又觉得不对，"算了，我就在这里等好了，不要拷贝出来，直接打印就可以。"

"1212？"小姑娘听到房间号码，很快追问，"时小姐？"

"是。"

"这里有你的一本书，是一个先生刚才拿来的，还没来得及送上去，"小姑娘从旁边拿起个牛皮纸的大信封，放到柜台上，"那个先生姓周生，"说完，很可爱地嘟囔了句，"这姓真挺奇怪的。"

时宜低头看看信封，没有任何字迹，"他刚走？"

试了试重量和手感，应该是一本书。《城市笔记》？

"差不多走了十分钟。"小姑娘拿着 U 盘，示意身边人帮忙照看，自己则走出了柜台，"如果文件很重要，客人可以自己操作打印，时小姐这边走。"

她听到周生辰的名字，已经有些心神不宁。

小姑娘打开文档，看到是影视剧的大段台词，不免又多看了她几眼，暗叹难怪这个女客人如此漂亮，原来是演员，可这张脸并没有什么曝光率，估计是新晋的。

小姑娘欣赏地看着她的脸，心想：如果有这么个真正的美人出现在影院里，应该是非常赏心悦目的。

时宜没留意小姑娘的表情，只是看着信封出神。

等到匆匆打印出自己要的资料，时宜一走进电梯就拆开了信封，果真是他在青龙寺说过的书。书页不是很新，封面也有了些磨损的痕迹，看上去真的是别人拿给他读的，书的封面贴了张蓝色的便笺纸：

这本书是研究所的同事送的，你如果喜欢，就不用还了。

周生辰

字迹漂亮，但和记忆中的不同。

她回到房间，仍旧对着便笺纸看了又看，忍不住给他发了一封邮件，问他实验室是否装着电话，方便不方便打过去。

邮件发出去后，她翻开书，竟然发现有些页被他贴上了白色的便笺纸。简单标记了与书中介绍有不同的观点。或许科研出身的人会很较真，如果是旅游景点，还标上了是否免费，门票价格和对外开放的时间。如果是小吃饭庄，就肯定有认为好吃的特色菜。

时宜知道，这一定是他早就写出来的，而并非是为了自己。

但是看着粘贴在《城市笔记》上的"独家笔记"，她仍旧忍不住想，他没有拿走这些便笺纸，起码也是为了自己看起来方便。

她看了眼邮箱，已经收进来周生辰的邮件。

没有任何多余的话，只有一串数字。时宜拿起手机，输入数字后，咳嗽了两声，让自己的声音听起来在最好的状态后，终于拨了他的电话。

"拿到书了？"

这是周生辰的第一句话。

"拿到了，谢谢你。"她只是想给周生辰打电话，可是真接通了，却不知道要说什么。

"这本书写得还可以，不像是为了出版赚钱的普通游记，都是大段华而不实的个人抒情，"好在他没冷场，很自然地给她解释，"也不像很多的城市介绍，大半版都是软性广告。"

她"嗯"了一声："好，我一定认真看。"

算起来，这还是两个人认识以来，第一次通电话。

两个人从前天400路公交如何挤，说到昨天的城市一日游，到最后还是周生辰先提出了结束："我好像要开始工作了。"

"我一直很好奇，研究所是什么样，"她厚着脸皮说，"方便带我看看吗？"

始终在她身边偷听的晓誉马上瞪她："能矜持点儿吗？"

她努嘴："我就是好奇。"

晓誉翻着眼睛，摇头又叹又笑。

"很枯燥。"周生辰像是在拒绝，可停顿了几秒后，又继续说道，"不过你运气很好，今天是星期日，大部分研究员都在休假，带你看看也没什么问题。"

她很快说"好"，并记下周生辰说的地址。

他最后说："你到了门口后，仍旧拨这个电话，我会下楼去接你。"

时宜挂断电话，拿着化妆包冲进了洗手间。

晓誉跳下床，光着脚追到洗手间门口，从镜子里看她的眼睛，"你能告诉我，他到底是什么地方让你这么喜欢吗？"

黄澄澄的灯光下，她用化妆棉沾着卸妆水，给自己的脸做彻底清洁，动作仔细且一丝不苟，完全暴露了她的忐忑和期待。等到彻底清洁完，她拧开水龙头，很严肃地从镜子里回视，"我觉得我上辈子肯定认识他，而且欠他很大一笔债。"

晓誉"扑哧"一声笑了："原来是前世今生的缘分……"

时宜抿抿嘴笑笑，何止欠了债。

倘若他记得稍许，怕不会愿意看到自己。

坐上出租车后，她把周生辰发来的短信拿给司机看，司机马上笑了，说自己一个小时前刚从这里载了一个男客人过去，路很熟。时宜猜到司机说的是谁，只是没想到这么巧。

路途不算远。

时宜走下出租车，刚摸出手机，就接到了经纪人美霖的电话，要和她商量接下来的配音工作。美霖是个工作狂，她不敢轻易打断，只好对着中科院西安分院的牌匾，漫无目的地来回踱步，讲着电话。

她因为声线特别，刚入行就拿到了难得的机会，配了些很有名的角色。再加上美霖的人脉，慢慢地身价涨起来，更有许多见过她的制片人，反复劝说，让她直接转到幕前。

对于美霖来说，配音演员自然不如露脸的明星。

但无奈如何游说，时宜都没有任何兴趣，到最后说得乏了，美霖也放弃了这个念头。只不过偶尔还是会开开玩笑，试探她的意思。

"昨天杜云川还在问我，你是不是早被人包养了，才对钱财名利这么没兴趣。当时把我笑坏了，就和他说，我们时宜长了一张端正的正室脸，要嫁也肯定是名正言顺。"经纪人美霖说完了正事，开始和她八卦闲扯起来，"时宜，你说实话，你是不是早嫁了个隐姓埋名的富豪？要不然怎么一年到头在外边玩，说不接工作就不接？"

时宜低头，慢慢一步步走着，笑着说："我对有钱人没兴趣。"

美霖笑："那喜欢什么样的？告诉我，姐姐给你留意。"

她的视线飘过半人高的封闭大门，看到楼前空旷的地上，已经出现了一个人影。他走得很快，由远至近地向着她的方向而来，仍旧是白大褂，里边是浅色的格子衬衣。在时宜看到他时，周生辰似乎也看到了她，抬起右手，指了指大门侧紧闭的小门。

时宜看着他，很快点点头，对着手机那一端的谈话做了收尾，"我喜欢的人，一定要是教授，最好是研究高分子化学的。"她低声说着，如同玩笑。

"你说什么？什么教授？"美霖吓了一跳。

"不说了啊，晚上给你电话。"她看周生辰走近，忙收线，跑到小门前，好好站着等他。

在这里的他，似乎和平常很不同，说不出来的感觉，看上去严谨了不少。

"什么时候到的？"他边问她边从保安室的小窗口拿出登记册，签上自己的名字和时间，"身份证带了吗？"

"带了。"她低头从包里翻出身份证，隔着栏杆递给他。

等到所有办妥当，保安室有人打开门禁，把她放了进去。

果真如他所说，因为是周末，这里并没有太多走动的人。

两个人一路走着，偶尔有人经过，颔首招呼，没有过多言语交谈。时宜被这里的安静感染，连走路都小心翼翼，可无奈穿着高跟鞋，走在大理石地板上，总避免不了声响。

越有声音，越小心；越小心，越显得声音大。

"这里的女研究员也喜欢穿高跟鞋，"他停在双层玻璃门外，输入密码和指纹，"你不用太在意。"她颔首，不好意思地笑了。

玻璃门解密后，他伸手推开，带着她又路过很多不透明玻璃房，终于停在了办公室外。直到推门而入，进入了封闭的房间，时宜才终于如释重负，"我始终觉得，进这种科研机关，就像是窃取国家机密一样。"

"所以呢？"他笑着坐在办公桌后，"是不是很失望？"

"失望算不上，"她环视他的办公室，吸了吸鼻子，"这里的味道还是很特别的，你平时都做什么啊？我是说，会做什么实验呢？"

"无卤阻燃硅烷交联POE复合材料。"

除了最后"复合材料"四个字外，一律没听懂。

她默默地指了指他手边的白纸，"能写给我看吗？你刚才说的那几个字。"

周生辰无可不可，抽出笔，写下这些字。

时宜看着纸沉默了一会儿，仍旧不懂，"有没有简单的说法，能试着让我听懂？"

周生辰略微思考了一会儿，"简单说，就是做电线的外层材料，耐腐蚀、耐高温、抗老化、阻燃，明白了吗？"

他微微笑起来。

"明白了，"时宜仔细想了想，忍不住也笑了，"可你这么一解释，马上就显得很没技术含量了，这种东西不是已经存在了吗？"

"差不多，但基本都是十几年前的技术，现在世界上各国都没有大的突破，所以谁先做出来，就是十几年的跨越，"周生辰递给她一小瓶纯净水，"比如，现在在中国一线城市，大部分的电线外层已经老化了，大概有80%必须要更换，这是非常大的消耗。如果技术前进一步，哪怕可以延长寿命一年，就是天文数字的巨额节约。"

时宜感叹着看他，"这么一解释，又变得很伟大了。"

她还想要继续问，办公室的门忽然被叩响了。周生辰说了句"进来"，门马上被人从外推开，何善探头进来，笑得有些得意："果然是时宜。"

她有些惊讶，也有些不好意思："你怎么知道我来了？"

"我们实验室都有摄像头，刚才我从外边回来，听到几个师兄在说周生老师带来个仙品，我就猜到是你了。"

摄像头？还真是门禁极严。

周生辰好笑地"嗯"了声："所以呢？"

"所以，"何善正色道，"周生老师带我们辛苦了，大家想今晚请老师吃个便饭，顺便招待客人。"

第二章　今生的前世

"你想去吗？"周生辰似乎觉得有些不妥，征询她的意见。

"没关系，正好还没吃晚饭，"时宜倒没觉得什么，"就是有个要求，能不能先看看你们的实验室？好不容易走过重重封锁，不去看就太可惜了。"

何善本来只是想碰碰运气，未承想真就答应了，马上主动请缨带她去逛实验室。周生辰反倒是拿出一沓要签的资料，只说自己要处理完剩下的工作，给他们十分钟闲走。

她察觉出他的冷落，跟着何善出了门，听他热情介绍着一路走过的各种实验室，只是礼貌笑着，话却很少。她很怕自己主动要求来这里，让他觉得很不礼貌。

她从没有这么任性过。

偶尔为之，反倒有些惶惶不安。到最后，她只记住了这个实验室的名字：电气绝缘与热老化实验室，起码也算是了解到了他在做什么。

"我们这里，有国内唯一一台能进行最高电压 60kV、最高温度 200℃热电联合老化试验的大型箱体式老化设备。"

她点点头，唔，基本听不懂。

结果连何善都看出她的心情，腼腆地笑着说："周生老师对谁都这样，好像和谁都没什么关系似的，你别太在意。"

她"嗯"了一声："看出来了，他做什么都看心情，想要搭理你的时候就多说两句，不想搭理时，就彻底不说话，完全不留情面。"

"对对，"何善忙不迭颔首，"就是这样。"

她笑，"他一直这个样子。"

"你和周生老师认识很久了？"何善倒是奇怪了，"我还以为你们刚认识。"

时宜没吭声，等到和他走到一楼大厅，终于澄清，"的确不算久，半年前在机场偶然认识的，后来也没怎么见过。"

她不是善于应酬的人。

幸好来吃饭的人不算多，大概五六个，都因为不是西安本地人，周末留在了这里。他们找了间离西安交大很近的饭店，要了个小包房，有的负责点菜招呼，有的则热情地和时宜闲聊。

葫芦鸡、蘑桃仁籴双脆、温拌腰丝……上桌的都是她曾听人念叨过的菜，却还都没尝过。

美女有很多类型，大多属于各花入各眼，有人稀罕有人不屑。

时宜却属于那种少数的公认美女范畴，并且美得毫无攻击性，颇得大家好感。菜差不多都上来时，她已经和实验室这些人混熟了。

周生辰和她相邻而坐，始终在和身边一个研究生交代今晚的实验。

她则咬着筷子边尝鲜，边听这些人说着自己从没接触过的世界。众人的话题，很快就放到了周生辰身上，最奇怪的是，除了何善以外，其他人都像是和他不太熟的样子，甚至还问了一些只有初次见面才会提出来的问题。

不过依照周生辰的脾气秉性，倒也不难理解，别看他到西安已经一个多月，或许真的和在座的这些人没说过什么话。

很多问题，他回答得很礼貌，时宜也听得认真。

她非常想了解有关他的一切。

最后所有人都问得有些不好意思了，终于有女孩子笑着收尾："我听院长说，邀请周生老师的地方非常多，为什么会想到来这里？"

"家里有些事情需要我回国，"周生辰说，"只是顺路而已。"

科研机构的邀请对他来说，"只是顺路而已"。

明明是非常让人不舒服的话，可偏偏他说得非常诚实，反倒让众人对他的崇拜又添了一层。时宜倒觉得他就该是如此的。

结果围攻完了周生辰，众人很顺利地把话题转到了她身上，"时宜你是做什么的？"

"配音演员。"她笑。

"就是给外语片配音的？"

"对，不过也不全面。"她很简单地解释着，"国家引进的外文片比例还是很少的，所以大部分是给国产片子配音，或者是动画片、广告什么的。"

"国产的片子？"有个女孩子有些奇怪，"都是中国人，还用特意配音吗？难道不是那些演员自己的声音？"

何善叹了口气："说你土吧，你不知道有种片子叫'港剧'吗？"

时宜配合着，也叹了口气："你才土，还说别人。大多数电视剧电影，不管国语粤语，除非演员声线特别好，否则，都需要我们来配音。"

她说完，何善马上被众人好一阵哄笑。

"那配音演员都是幕后的吗？你这么好看，怎么不考虑自己演？"

"这个要看个人性格了，"她喝了口西柚汁，继续说，"比如张涵予就是配音出身，他也很适合走到幕前。我性格不好，不喜欢被很多人围观，所以只能待在录音棚里工作。"

"那你平时能见到很多明星吗？"

"演员吗？经常会见到，这就像一个行业，他们只是幕前的小部分，幕后还有很多很多人和他们合作，其实大家都一样。"

完全不同的世界。

互相听到对方的领域，都会觉得很奇妙。

那些研究员，颇觉她的职业有趣，七七八八问着各种问题。

她回味着刚才吃过的菜，想到哪个好吃，就又去夹到自己盘子里。在低头吃东西的时候，她总是下意识听他说的那些话，大多数都是自己听不懂的词语，或许都和化学有关。

声音不同，外貌不同，所有都不同。

可是她还是忍不住，想要从他的举手投足间，找到一些蛛丝马迹。

周生辰终于交代完工作，看了眼放下筷子的时宜，"吃得这么少？"

她蹙眉看他，"不少了，只不过你一直在说话，看不到我和他们抢了多少吃的。"

他说："这里的食物，味道还不错。"

她"嗯"了一声："是不错，基本上临着大学的地方都能找到味道不错的饭店。"

"周生老师，我们被你朋友说得都想转行了，"有人笑着说，"多好啊，工作就是'说话'，不像我们做得这么辛苦。"

周生辰笑了笑，竟没说话。

时宜怕人家觉得冷场，很善解人意地接过话题，替他回答："告诉你哦，配音演员是要经过很长时间的学习的。"

"这么麻烦？是不是和播音员一样？"另外一个人好奇地问。

"不一样。"

时宜在众人好奇的视线里，忽然一本正经地放下筷子，模拟了一个经典动画片里的角色——唐老鸭。谁都没想到一个这么漂亮的女孩儿嘴里，能发出这种搞怪奇异的声音，连上菜的服务员都傻了。

"明白了没？"时宜的声音恢复了正常，依旧温柔。

何善叹了句"我靠"，终于佩服得五体投地了。

酒菜过半，有人趁着周生辰短暂离席时，笑嘻嘻地问时宜是不是他的女朋友，她愣了愣，没作声。倒是有人替两个人澄清："别乱说，我听说，周生老师是有未婚妻的。"

那个八卦的人听到这句，忙对她说"不好意思"。

时宜当作不在意，低头把玩着手机，像是在查看短信的样子。

告别的时候，周生辰并没有跟着众人离开，而是始终站在她身边，等到众人吵吵闹闹地拐过路口，他招手拦了出租车，替她打开后车门，"我送你回酒店。"

时宜坐进去，他则打开前门，坐在了副驾驶上。

一路上司机都在听着老歌，两个人是前后排，自然也不会有太多的语言交流。她看着窗外的夜景，回味刚才席间的话。

他有未婚妻了。

所以，应该和所有普通人一样，在正常的轨迹中，过着生老病死、娶妻生子的生活。没有任何不同，也不会有任何不同。其实她自己也很清楚，除了能看到那些奇奇怪怪的前世，她和旁人也没什么不同。

生老病死。

到两个人下车，周生辰就站在酒店大门外，示意她可以告别了。时宜说了再见，刚走出两步，却又鬼使神差地转过身。而他，仍旧看着时宜。

她走回到他面前，忽然说："你相信看手相吗？"

"在一定意义上，不相信，"周生辰笑了笑，"不过如果算出的结果非常好，潜意识应该会告诉自己，这可能是真的。"

时宜伸出手，"我给你看看手相可以吗？"

"你会？"

"学了一些，"时宜信口胡说，"但没什么大用，也许并不准。"

周生辰把手伸到她面前，时宜轻握住他的手指。或许是常年在实验室做实验的关系，手指有些男人特有的粗糙感，温度适中。她有一瞬的怔忡，很快就用声音掩饰了过去："我只能看到你的过去，可看不到以后发生的事。"

"过去？"

她很轻地"嗯"了声，依旧握着他的手指，抬起头，看进他的眼睛里，"你相信前世吗？我或许能看到你的前世。"

门口的保安好奇地看着他们，搞不懂这两个人在做什么。

恰好有辆出租车开到酒店大门前，周生辰因为正对着车灯，微微地眯起了眼睛，声音带着笑意："说说看。"

"我总有种感觉。"

时宜沉默着，慎重措辞。

周生辰很有涵养，没有追问什么，只是任由她看着自己的掌心。

"我们可能在前世，有相识的缘分。"

她不知道怎么说，最后也只能给出这样含糊其词的话语。放在现在的社会，如果她是男人，而周生辰是女人，她想，自己一定是个纨绔子弟。

可惜性别换过来，这种话就显得很诡异。

究竟要说什么呢？

要说我们很早就认识，或许经过了许多轮回，才有幸再相遇？

这些让人啼笑皆非的话，也许，只有自己会相信。

她握了太久，只得放开他。

他收回手的同时，忽然说："我相信你说的。每个人的相识，都是因果缘分。"这话，真不像他能说的，时宜尴尬地笑笑，听到他又问，"明天回去了？"

"好多工作，不得不做了。"

"如果方便的话，给我留个电话号码，"他说，"有时不方便上网，或许能通过这个联系你。"时宜以为自己听错了，脑中出现短暂空白。

他微笑："不方便？"

"方便。"她脱口而出，却不知拿什么写给他。

"念给我听，我能记住。"他看破她的疑虑。

时宜念出一串数字。

想要再念第二遍，周生辰已经颔首说："记住了。"

次日，她返回上海。

西安的意外旅程，耗费了她整整一周的时间。时宜在经纪人美霖的压迫下，不得不每日午饭后就进棚录音，往往工作结束，就已经是半夜了。

她工作的时候非常认真，通常会拿着A4纸，从头到尾默念两遍。念的过程中，找到最佳状态，立刻就会要求录音师开始。当然，偶尔也会念错字，只要重新补录这句对白，余下的皆很完美。

"时老师，好了，我这里没问题了，等导演来了，再听听效果。"

她走出工作间，到走廊的饮水机前，接了杯水，握在手里要喝不喝的，看着窗外出神。

有录音棚的助理从电梯走出来，手里提着大小塑料袋，装着饮料和夜宵，甚至还举着个白色一次性塑料盒，装着马路边的烧烤，一簇竹签尾巴露出来，甚是诱人。

那个助理毕恭毕敬地和她打招呼。

她点头，笑笑。

一颦一笑皆销魂。

那个助理脑袋里蹦出这句话。

时宜这个名字，在配音界早已如雷贯耳，可见过她本人的很少。她是业内的金牌配音员，有最华丽的声线，也很专业，只要是她的工作都很轻松。可惜，她的时间也最难约。偏偏就是这个声音这个人，很多人都无法抗拒。

就算预约排期半年多，也要等她来配音。

这些常年混迹录音棚的人，来往无数，她的声音再特殊，也总有相似的替代。可惜，腕儿都是这么追捧出来的，她越是难约，就越有名。

说起她的容貌，业内流传过一个段子。

在她尚是新人时，有位名制片，在录音棚里偶然遇到时宜，非常直接地说她就是自己理想中的女主角，在被她婉拒数次后，腰缠万贯的制片人当场光火，吓得众人噤若寒蝉。最后的结局是，时宜沉默离开，再也不去那间录音棚了。

多年后，她一举成名。

仍旧是那个制片人，听到时宜的录音demo，惊艳不已，千方百计约了她见面。

结果不言而喻，她不肯再露面。

这种剧情波折的小故事，众人乐此不疲地提及，隐约都成了她抬高身价的助力。

约莫到十一点多，所有工作竟然提前结束，时宜离开前，取消手机静音，发现手机上有一个陌生号码，曾经打过来，而且是两次。

是骗子电话？

她把手机扔到包里，撞到了钥匙，发出钝钝的金属声响。

是周生辰。

脑海里浮出这个念头，就抑制不住地蔓延开。她又拿出手机，回拨那个陌生的电话号码，很快有人接听，却不是他的声音。

"时小姐？"陌生的声音，竟准确说出她的名字。

"不好意思，可能打错了。"她说。

电话很快转手。

电话里出现了另外的声音："是我，周生辰。"

她很自然地"嗯"了一声。

也因为太过自然，两个人都是一愣。幸好不是面对着面，避免了很多尴尬。

片刻的安静后，忽然有来电的提示音，时宜看了眼，很快对他说："稍等我几分钟，我要接我妈妈的电话。"

"没关系。"

时宜得到他的答案，略微安心，接通了母亲的电话。

因为她的"特殊"，自幼和父母并不是非常亲近，是家人眼里的奇怪孩子。甚至在六七岁时，因为她奇怪的言语，母亲曾悄悄带她去见过心理医生，当然，这件事只有寥寥数人知道。否则家中的远近亲戚，恐怕都会背地里有所议论。

母亲因为她，操心不少。时宜很清楚。

在成年后，她也开始尝试让自己感性回应。偶尔电话撒娇，渐渐习惯了，反倒是将两世对亲情的眷顾，都倾注在现在的父母身上。所以她才会因为母亲，暂时让周生辰等待。

母亲说得不多，大意是最近她电话来得少，有些担心。

虽然说得不明显，但她知道，母亲担心的是她又开始有"幻觉"了。

她安抚了一会儿，总算结束电话。

她切换回周生辰的电话，"我好了。"

"刚刚结束工作？"

"是啊，"她笑，"所以没有看见你的电话。"

"如果方便的话，一起吃夜宵？"

这是初次，他主动约她。

时宜没有任何的犹豫，答应下来："好。"

"告诉我你的地址。"

她念给他听。

"我到了会告诉你，不要提前在路边等。"

"好。"

她在走廊的沙发上坐下来，录音室的人已经开始收拾东西，除了两个工作间还有光亮外，余下的都暗了灯。不断有人离开，和她打招呼，她只是握着手机，想周生辰为什么会忽然找自己，可惜没找到答案。

或许只是路过。

周生辰很快到了地下停车场，时宜走出电梯时，看到他独自站在电梯外，等着她。

他像是换了个人，穿着非常妥帖的白色长裤，淡色的格子衬衫，甚至还有蓝色休闲西服外衣。非常出人意料的着装，颠覆了先前身着实验室白大褂的印象，品位非常好。

有风度，却并非是风度翩翩。后者略显浮躁，而他，恰到好处。

她不可思议地看着他，慢慢地走过去，绕到他身前。

那双明净的眼睛，也在看着她。

他笑了笑："很意外？"

"非常，"她打量他，"你今天的样子，感觉上非常配你的名字。"

"配我的名字？"

"周生辰，"她念他的名字，"给人的感觉，应该就是这个样子。"

周生辰。

同样的名字，在那个历史时间里，就应该是如此的样子。不是皮相，而是风骨。

他笑，没有说话，却又觉得她说得有趣。

"为什么站在这里等我？"

"车停得比较远，怕你找不到位置。"

"这里我常来，恐怕比你还熟。"

他笑："已经过了十二点，这里又只有两个保安，不怕遇到什么意外吗？"

真是理科人的习惯。

只是偶然来，就留意到停车场只有两个保安了吗？

时宜抿嘴笑笑："谢谢你。"

他们走过去的时候，一位中年绅士正在车旁等候，时宜没留意，直到他走近，那个中年人忽然笑着说："时小姐，你好。"

"你好。"她看周生辰。

后者已经为她打开车门。

没想到这样偶然的一次机会，竟能见到不同的他。包括这样的气度风骨，还有这样的车和私人司机。她虽然好奇，却没好意思问他，只在车开出停车场后，细细看了看司机。

驾驶座上的人年纪看起来有五十岁上下，握方向盘的手非常稳，双手戴着手套，竟也穿着面料很好的西装，细节考究。看起来，更像是多年跟在他身边的人。

车一路开着，老司机只问过一句，是否需要水。

周生辰拒绝了。

真是安静，时宜用余光看他，心想，总要说些话，"你这个样子，应该是刚刚见了很重要的人？"周生辰颔首，"几位长辈。"

时宜点点头。

真是什么话题到他那里，都能一句话回答，且毫无延展性。

她转头去看车窗外，忍不住笑起来。

周生辰，你可真是个怪人，幸好我不计较。

她在这个城市待了这么久，还没到过今晚吃饭的餐厅。

应该说是个别院。

有人早早等候，有人引路端茶，甚至还有人在屏风外，添香剪烛，往来供食
铺灯。

她越发好奇，看屏风透过来的人影，轻声说："午夜时分，我们误入了什么
幻境吗？"

"我只是大概推测，喜欢看'三言''二拍'这种书的人，应该会喜欢这种
地方。"

她笑："真的很喜欢，不过'三言''二拍'也就是小说集，没什么值得炫耀
的，有人喜欢读现代文体，有人喜欢古文体裁，口味不同而已。"

周生辰眼中有潋滟波光，"有时候，我会发现你和我有相似的地方。"

"比如？"

他坦言："我喜欢收集吴歌的刺绣。"

时宜有些哑然，看了他一会儿，忍不住笑了，扭头继续看屏风外的人影，"这
不一样的，好不好？你的爱好……非常特别。"

如果换作宏晓誉，肯定只会觉得，"吴歌"这个东西，光是听名字就甚是风雅。

可她却知道得多一些。比如，吴歌大多是优雅的淫词艳曲，闺房密诗。所
以，虽和《诗经》出现的时间相差无几，却……总之，在学生时代的课本上，绝
不会出现。

她轻咳两声，换了个话题："你们平常做那些实验，会不会很辛苦？"

"还好，"他说，"要看是什么方向，我这里，很少有女孩子。"

"为什么？"

"很辛苦。"

再深问，又将是外行与内行的对话，她很识趣，没有继续问下去。

到真正吃夜宵的时候，两个人没什么语言交流，却并不显得尴尬。

食不言，寝不语，是她自幼的习惯。

听起来很有教养，在家里众多亲戚眼里，却非常怪异。比如，逢年过节时，大人们总习惯把十几岁的小孩子都安排在一个小圆桌旁吃饭，嘻嘻哈哈中，只有她一个人安静地把饭吃完，再喝了汤；然后，放下碗筷坐在原处，安静坐着，等所有人吃完再离席。

起初如此，都会被夸赞好懂事，渐渐地，却成了堂兄妹口中的"怪人"，私下也被评价为很傲气的小女孩儿。

那时，她不懂得圆滑。

后来慢慢长大了，总要去适应这个社会，比如在学校食堂，总要配合女孩子们边吃饭边闲聊，工作后，也偶尔有应酬的晚餐，也要陪着别人闲聊。

这么多年，倒真是初次遇到和自己有同样习惯的人。

而最幸福的是，这个人就是周生辰。

整个吃饭的过程中，他只是亲自用糕点匣中的木质筷箸给她夹了块醉蟹膏，然后再换回自己的筷子继续吃下去。时宜对他笑了笑，忽然觉得，这样的画面很熟悉。很多记忆早已被打散，但他的一举一动，都让她觉得似曾相识。

在过去的某个时间、某个地点，一定曾经有过这样的画面。

周生辰把她送到住宅小区，并没有让司机开车进入，反倒是走下车，步行把她送到了楼下，说："我最近三个月，都会在镇江和上海往返。"

"镇江？"

"是，镇江，很奇怪吗？"

"也没有，我父亲的祖籍就是镇江，"她笑，"虽然不怎么回去，但听到这个地名，还是觉得亲切。"

他笑起来："很巧。"

"是啊，真巧，"她想了想，还是比较好奇地问了句，"还是不习惯用私人手机吗？"

"不是很习惯，"他笑，"你手机里的那个号码，可以随时找到我。"

她点点头。

然后，两个人都安静了。

值夜班的保安坐在大堂里，他认识时宜这个大美女，却是初次见她和个男人在一起，忍不住好奇地看向他们。

"我走了。"最后还是时宜先开口。

"好，再见。"

她转过身，从包里找门卡的时候，门却"嘀"的一声开了，她怔了怔，听见保安的声音从玻璃门里传出来，招呼她进门，这才恍然。

时宜忽然又回过头，看着他，再次说："我走了。"

她甚至想象得到自己的表情有多么舍不得。

周生辰微微展颜，"再见。"

她把那个号码存下来，却一直没找他。

她想，自己应该还是顾忌到了偶然听到的那个"未婚妻"，二十几年的生活，从稚儿到一个普通的女人，她起码学会了认清现实。

她的愿望，只是再见到他。

连这种亿万分之一概率的心愿，都让她达成了，再有奢求，就是妄念。

那晚过了不久，就是清明节。

因为去年爷爷去世，就葬在江苏镇江，所以今年的清明节，自然就要回去扫墓。大概凌晨五点多，父亲就开车带着母亲来接她。

时宜睡眼惺忪地坐在车后排，靠着母亲，时睡时醒的，快三个小时了，竟然仍旧堵在沪宁高速公路上。从天黑睡到了日光明媚，母亲始终在和她闲聊着，估计也是怕后排两个人都睡着了，作为司机的父亲也会犯困，出什么危险。

当然，自从大学毕业，他们聊的内容十有八九，都是婚事。

"最近有没有交男朋友？"

"没有，"时宜靠着母亲的肩膀，嘟囔着，"没有，没有，没有……"

"没遇到喜欢的？"

她没吭声。

母亲察觉到她的异样，"遇到了？"

"遇到了，"她笑，"但是他可能，快要结婚了吧？"

母亲微微蹙眉，"是不是工作中遇到的？"

父亲也从后视镜看她们。

时宜这才有所察觉，自己的话，太像是寻常的家庭剧中，貌美女子插足别人爱情的故事，忙不迭地摇头，"只是认识了一个人，有些好感，其余的什么也没有。"

父母都略微松口气。

她把头歪在车窗上，听母亲继续感叹，生个太漂亮的女儿也很耗费心神。从时宜初中起，母亲就开始担心社会上的少年骚扰她，放学上学，都要亲自接送，幸好时宜除了喜欢读书和古筝，没什么别的爱好。

所以母亲只需要防外贼，而不需要看管女儿是否会和坏小子跑掉。

"有时候呢，你妈妈很矛盾的，"父亲笑着补充，"既担心你眼光太高，嫁不出去，又担心你因为太漂亮，被一些有钱有势的人骗了去做不好的事情。"

时宜抿嘴笑："不会的，我不喜欢钱。"

见过生死轮回的人，根本不会被这些东西俘虏，否则那一趟阎王殿就算白走了。

车到收费站时，他们终于看到了堵车的源头。有三个收费站出口，都被隔离开，其中一个，是空置的，而另外的两个车道，不断进出着各式轿车。

"特权车？"母亲问父亲。

"不应该是，"父亲忽然想起小叔叔说的话，"想起来了，时峰说过，这十天镇江都在进出一些富商，在做什么投资项目。"

母亲更奇怪了，"镇江这个地方，能做什么大投资项目？"

"不是投资镇江，只是会议地点在这里，"父亲简单解释，"中国的工人费用世界最低，很多跨国企业都在中国建厂，再销到海外，所以，长江三角洲最发达的就是制造业。"

时宜笑起来："这就是'Made in China'的典故。"

"差不多，"父亲是大学老师，自然会比较关心这些东西，说起来倒是头头是道，"不过，这几年，这里的工人工资上涨得厉害，很多企业开始撤去东南亚。所以，很多小企业都陆续倒闭了，估计再有五年，制造业会有颠覆性的地震。大批工人失业、工厂倒闭，三角洲震荡，必然波及全国经济。"

"好了好了，"母亲听得头疼，"这和堵车有什么关系。"

"所以，才有人邀请各大富商来投资啊，"父亲笑，"这就是经济学的魅力，你预测到数年后的灾难，就要先想办法，在灾难未发生前进行拯救。"

"很有远见。"时宜评价。

"不仅要有远见，还要有实力，可以吸引更多的投资。"父亲下了定论。

时宜"哦"了一声："还要有良心，挽救民族经济。"

"对，良心。"

父女间的对话，彻底把母亲逗笑了。

他们说话的间隙，从远处开来几辆黑色的轿车，车速不快，根本不像在高速公路上行驶的速度，但仍有车礼貌地避开。

几辆车，从唯一空置的出口，穿行而过。

车牌一晃而过，时宜没太看清楚，却总觉得非常像周生辰的车。

这么一路说着，他们终于蹭出高速。

到公墓，已是九点多，明明是两个多小时的车程，却耗费了四个小时。扫墓时间并不长，父母这次来，也是为了和叔伯聚聚。这些长辈中，小叔叔家境最为殷实，有几个制造工厂，所以自然承担了招待亲友的任务。

众多长辈在客厅闲谈，时宜百无聊赖，走进堂妹的房间。

小姑娘还在念高中，正是勤奋读书的时候，看到她很是欣喜，一把拉住她，要她帮自己看作文题目。时宜扫了眼，与清明有关，还真是应景。

她想了想，列了个大纲给堂妹。

放下笔时，看到书桌的角落里，放着几张请柬。

正是来时父亲所说的那场活动，非常华丽的名单，与会者绝大多数来自跨国企业，甚至还有很多和制造业毫无关系。时宜平时不太关注这些，但请柬的水印却吸引了她。

套色木刻水印。

专为做请柬刻的版画，手工印制而成。

不过时宜手中的这个，只是普通印刷版本，并非是正本，起码不是亲自递给那些金融大鳄的请柬，而只是复制的外围请柬。

而最吸引她的，是水印上用小篆书写的"周"。

是周，不是周生。

可为什么会想到他？

时宜想到的，是那个深夜的周生辰，低调而又与众不同。

"姐，手机，"小姑娘埋头做题，头也不抬，"你手机响了。"

她回过神，拿起来看，心忽悠地飘了飘。

堂妹在，她不好意思清嗓子，直接接听了电话。

"时小姐，你好。"是上次那个司机的声音。

"你好。"她似乎已经习惯这样的方式。

周生辰很快接过电话，"抱歉，我不太会用手机拨电话。"

她"嗯"了一声："没关系。"

"在镇江？"

"刚到不久，你怎么知道我来了？"

他笑："你刚刚通过高速收费站，我就知道了，只是抽不出时间和你说几句话。"

"高速收费站？"

"你应该有所耳闻，"周生辰倒是没有隐瞒，"这段时间镇江很特殊，所以，往来的车辆都会有记录。"

时宜明白了一些，"我听说了，但是——"

即便是有所记录，怎么会这么快知道这辆车上坐着谁？

除非从他们进入镇江后，就有人如影随形，查清了车上人的身份。

时宜这么想着，并没问下去。

"我这里，有你及你家庭成员的资料，非常详细，所以只要你父亲的车进入镇江，我很快就会知道，"他的声音有些抱歉，声音更是难得的温和，"具体原因，我会当面和你解释。现在，我想问你一个问题。"

时宜有些奇怪，但仍没犹豫地说："你问吧。"

会是什么问题，能让他忽然打来电话？

周生辰的语气，非常特别，可她让他说的时候，他却安静了。时宜倒是不急，靠在书桌旁，拿起笔，敲了敲堂妹的额头。

后者捂住头，狠狠剜了她一眼，低头继续做题。

"我现在，需要和一个人订婚。"他忽然说。

出乎意料的话题。

像是冷风吹过心底，冷飕飕，竟有些难掩的苍凉。

她淡淡地"嗯"了一声。

投胎再为人，本该抹去所有记忆。是她违背了自然规则，由此带来的心酸无奈，也只能自己吞下去。她很快就换了个姿势，靠着书桌，脸朝向窗外。

她相信周生辰再说下去，自己一定会忍不住哭出来。

所以面朝无人的地方，会好很多。

周生辰再不出声，她甚至会想，电话是不是断线了。

结果还是她说："我听说了，你有个未婚妻。"

"听说？"

"嗯，在西安的时候。"

"我并不认识她，只是当时，接受了长辈的好意。"

时宜听不懂，也有些赌气，不想追问下去。

视线逐渐模糊着，不知说什么好。

"但是，我现在想要改变计划，"他继续说着，"时宜，你，愿意和我订婚吗？"

时宜以为自己听错了。

没有任何准备，难过的情绪还在，他忽然这么问，让她一时竟分不清空间和时间。周生辰，他说……他要订婚？

"你可以拒绝。"周生辰的语气很淡。

她想起很多，又什么都不记得。

只是好像，在上一世的记忆里，他都没有说过这样的话。

"时宜？"他叫她的名字。

"嗯……"她终于开口，带着淡淡的鼻音，"你说的，是……"

"是真话，"他说，"愚人节已经过去四天了。"

真是无厘头的话。

偏还说得这么理所当然。

时宜轻轻咬住下唇，听他继续说下去。

"这么做有一些我个人的原因，"周生辰说，"我们彼此都不算是陌生人，也有一些相互的好感，或许可以尝试订婚。"

她真的被他的逻辑弄得混乱，"有好感就要订婚吗？"

"我认识的女孩子不多。如果一定要订婚，我希望是和你，而不是其他陌生人。”

忽然，有椅子拖曳的声响。堂妹已经睁大眼睛，不可思议地仰着身子看着她。

时宜竖起食指，抵在唇边，暗示堂妹不要出声。她的眼睛里还有水光，都是眼泪，却带着笑，那种根本掩饰不住的温柔笑意。

周生辰说话的逻辑，非常诡异，可偏就是他这么说，时宜根本没有任何还击的力度。

试想，如果是曾经追求她的各色人等，她肯定早就挂断了手机。

老死不相往来。

可只有他，这么说，只会让她失去思维能力。

纵然在他口中，他只对她有好感，胜过一个陌生人。

“你可以拒绝，”他重申，“或许你会有更好的选择。”

她脱口而出：“我没有。”

语气有些急。

倒是把周生辰逗笑了。她窘迫地听着他的笑声，非常不自在，幸好他很快就说：“抱歉，应该是一件浪漫的事情，让我做得非常没有情趣，事出紧急。”

“我不介意……”

该死，我在说什么。

时宜低下头，看着自己脚上的白色拖鞋，又一次戛然而止。

周生辰似乎在完全隔绝的房间，说话倒是坦然：“我想你对我，或许不太讨厌。如果你发现深入接触以后，你对我好感全无，我会给这件事一个非常合理的结束方式，不会让你有任何为难。”

时宜“嗯”了一声。

越来越诡异的逻辑。

可惜，他并不知道，他谈判的对象早已自投罗网。

“我这个人很慢热，对一件事物的感情培养，时间会非常长，比如化学，到今年接触了十四年，却还不太确定是不是真的很喜欢。所以，如果你以后发现，不能接受这样的我，我们也可以取消婚约。”

她从纸巾盒子里拉出一张面巾，擦干净眼角的泪水。

阳光透过窗口，照在她的小腿上，有些暖。

不知不觉，他已经说完所有话。

在等待她的答复。

时宜轻声，提出了第一个问题："你有我的所有资料，甚至还有我父母的，可是我对你，几乎是一无所知……"

"你很快就会知道。"

她迟疑了几秒，其实也只是脑中空白着。

一瞬的勇气，让她终于开口说："好吧。"

或许是周生辰没料到，她会答应得如此直接、迅速。

或许是两个人都没什么经验。

气氛忽然尴尬了。

所以，忽然一个电话同意订婚后，他们该做什么？

最后，他犹豫了一会儿，又问了一个让她瞠目结舌的问题："是否方便，告诉我你的身材尺寸？"他说完，很快补充，"可能，需要给你准备一些衣服。"

理由很充分，但是时宜看看身边的堂妹。

"92，62，90。"她低声说。

周生辰"嗯"了一声："这是……"

"女孩子的三围。"

她尽量压低声音，无奈周生辰问得太详细。

堂妹的表情，一秒几变。

"嗯，我知道了，你稍等。"

时宜听话地等待着。

到现在为止，仍旧觉得如在梦里。堂妹再无心思算题，不断在她面前手舞足蹈，让她一定要老实交代。时宜努嘴，示意她锁上门，堂妹非常听话，"咔嗒"一声落了锁。

他归来，继续问："还需要颈围，手臂上部、小臂、腕部，大腿、小腿和脚腕的尺寸。"

这些倒真的不知道。

时宜手忙脚乱地指挥，让堂妹去找出家里的皮尺，逐一量下来，告诉他。他记下来，叮嘱她尽快告知父母，明日他会亲自登门拜访。

等到通话结束，她才意识到，这件事会在家中掀起轩然大波。

父母都是老师，又思想传统，怎么能接受这么突然的事情？

"时宜美人，"堂妹按住她的肩膀，凑过来，"这一定是个天大的八卦，我还没听，就已经热血沸腾了。"

的确是个天大的八卦。

她甚至都没有力气解释，"让我坐一会儿，想想清楚。"

她如是对表妹说。

这个惊天的事情，从午饭一直拖延到晚饭结束，时宜仍旧找不到好的时机告诉母亲。该怎么说？或者不说？但似乎不可能。

虽然只是订婚，虽然这个时代的人把"订婚"看得非常随便，但从周生辰的语气态度来看，起码对他的家庭来说，这很重要。

拖又拖不得，否则他明日登门，恐怕会引起大地震。

到临近休息，时宜才磨磨蹭蹭，把母亲拉到自己屋子里，说有件要紧的事，需要商量。母亲像是有第六感，很快就问她，是不是早晨她口中所说的"那个人"。时宜轻点头，母亲神色立刻郑重起来，坐到她身边，"说说看吧，看妈妈能帮到你什么。"

"他说，"时宜轻呼出一口气，"要和我订婚。"

"订婚？"母亲的错愕，毫不掩饰。

"嗯，订婚。"

"什么时候？"

"可能就这一两天吧。"她猜想。

"这一两天？"母亲哭笑不得，"小孩子过家家吗？我们这几天都在镇江，不会回上海。况且，我和你爸爸还没有见过他，更别说了解了。"

"他在镇江，"时宜小心措辞，"明天会来拜访你们。"

"为什么这么快？"

"不知道。"她坦言。

"你同意了？"

时宜点头。

"你们认识多久了？"

"半年多，"虽然总共也就见过四次，但她当然不敢这么说，"他也是大学教授，人品很好，很单纯。"

"很单纯？"母亲被逗笑了，"这个词，用来形容男人可不好。"

时宜安静地看着母亲，神情非常坚定。

"好了，知道了，"母亲摇头，"让他来吧，既然你们已经认识了一段时间，也算是有了考虑。幸好不是结婚，订婚这件事，对你们年轻人来说，也只是走个形式。"

母亲的欣然接受，让她松了心弦。

离开她房间前，母亲忽然问："他也是镇江人？"

时宜愣了愣，反射性回答："是的。"

幸好，没再说不知道。否则母亲不知道要怎么想。

临睡前，周生辰来电确认。

时宜依偎在棉被里，和他一问一答地讲着电话，提到明天他的拜访，非常忐忑。

这种感觉，就像你只想喝一口水解渴，老天却给了你整口水井，你会反复怀疑，这件事是否真实。况且，两个人只见过四次，刚彼此适应。再次天亮后，却已经要订婚。

她甚至很怕，明天见到他，到底该说什么，才不会紧张错乱。

"除了订婚，我们所有的相处都按部就班，不需要打乱，"他今日说了不少的话，声音有些哑，但仍理智清醒，有着让人镇定和安心的力量，"就像我做研究的时候，会定好一个方向，再进行实验，这只是一个很合理和科学的方式。"

她被他逗笑。

"时宜？"

"嗯。"

"不要有太多心理负担。"

"好。"

次日上午，周生辰如约而至。

她打开门的一瞬，再次惊讶。面前的人难得戴了一副无框架的眼镜，纯黑的西装内是银灰色泽的衬衫，非常严谨和郑重。这样的西式服装，更显得他身形高挑。

时宜扶着门，忘了让开，两个人就这么你看着我，我看着你。

倒是把旁人都当了摆设。

他含笑看着她："不方便让我进门？"

她让自己尽量恢复正常，好奇地伸出手，在他眼前晃了晃："你近视？"

"有一些远视。"

她笑，轻声嘟囔："远视？那不是老花眼吗？"

他身后，仍旧跟着那个司机，还有两男两女。

听时宜这么说，都有些想笑，却都礼貌地低头，掩饰住了。

周生辰倒不太在意，打量她，"睡得不好吗？"

她疑惑，"没有啊。"

他用手指，在自己眼下方比画了一个弧线："你这里，像是没有睡好。"

因为礼貌，他的声音很低。

可惜身后跟着的人，都听到了耳朵里。时宜被他当着这些陌生人的面，点破了昨夜辗转难眠的事实，有些小尴尬。

万幸，父母已经从客厅走出来，给了她避开的时间。

时宜的小叔叔和婶婶，作为这个家的真正主人，也出来迎接客人。从进入房间，到最后坐下，接过茶水，周生辰都做得滴水不漏，就连有些不快的父亲，都开始露出欣赏的笑。时宜始终旁观着，到此时才算放下心来。

身体发肤，受之父母，她铭记于心，自然也希望父母能真的喜欢他。

而如今看来，家里的长辈除了对他身后的五个人有些奇怪外，对他的印象都极好。

"母亲因为身体原因，不方便外出，但也让晚辈带了些心意，"周生辰说话的时候，他身后的中年男人已经把一个六七尺长的黄花梨木的匣子放在桌上，"这是给伯父的。"

匣子展开，是并列的九个袖珍屏风。

多为绿色翠料，唯有底座，翠色青白。所有人都有些惊异，时宜仔细看了几眼，发现最巧妙的反倒是那些屏风上的浮雕，秋雁横空，亭台楼阁，更有楼中宫女，云鬟高梳，或坐或卧，形态各异。

"这有几个宫女？"堂妹实在绷不住，轻声问。

"刚好是九百九十九个，"周生辰略微偏过头，很礼貌地直视堂妹说，"据说，和它没有缘分的人，是数不全人数的，有机会你可以试试。"

母亲有些想拒绝，连连说太客气了。

可惜周生辰早就先铺垫好，是"家母"的心意。而那位非常大方的母亲又未到，怎能让人再把礼物都带回去？

礼物一件件铺陈开。

最后满室都有些安静，他只是在堂妹好奇时，才会简单说出这些东西的名字，不问就绝不细数来历，只当作普通的礼物。从一套六只的青花松梅纹高足杯、银鎏金龟的摆件，到白釉珍珠花卉纹梅瓶，每个长辈都有，没有任何遗落。

甚至连堂妹，都拿了个绿得吓人的玉桃儿挂坠。

时宜的震惊，丝毫不少于家里人。

可却不能表现出来，只能装作她知晓一切，了解周生辰的背景，甚至在母亲频频递来质疑的目光时，都坦然笑着点点头，暗示母亲接受。

这种非常脱俗的骇人礼物，让所有长辈说话都开始文绉绉的。

到最后，婶婶趁着倒水的机会，把她拉到厨房里，紧张兮兮地问她，到底午饭要到哪里吃，才不会让时宜太丢脸。时宜被问得哭笑不得，轻声说："不用吃午饭，他说，他妈妈想请我吃午饭，所以我一会儿就会和他走。"

"那就好，"婶婶呼出口气，很快又觉得不好意思，"不是不想招待你男朋友，我实在是没招呼过这种人，真不知道他平时吃什么。"

吃什么？

时宜想到自己和他在西安，也没什么特别，甚至还在米家泡馍吃过。

不过现在说，显然婶婶也不会信。

周生辰为不能留下吃午饭并要带时宜先离开的事，反复说着抱歉，连父母都被说得不好意思了，连连说是应该的，只是没有准备见面礼，才真是抱歉。

时宜听着他们抱歉来、抱歉去的，最后实在绷不住了，轻轻扯了下周生辰的衣服，"好了，我们走吧？你等我几分钟，我去换身正式一点儿的衣服。"

他微微颔首。

时宜原本是准备了衣服，现在又开始忐忑，轻声问他："你妈妈，喜欢女孩子穿什么？"

"穿什么都可以，"他说，"不用刻意。"

"不可以啊，"时宜有些急，"这是尊重她，毕竟第一次见面。"

她说得急，就有些撒娇的意思。

母亲听着微笑，离开了她的卧房。

可也因为母亲的离开，反倒让气氛又紧张了。

时宜发现，自己说话的语气，非常依赖。

"他们昨晚准备了一些中式的旗袍，我家里人比较传统，女孩子习惯穿这些，"他微笑，丝毫没有勉强她的意思，"如果你不介意，我可以让她们拿进来。"

当然不会介意。

她想要给他母亲一个完美的印象。非常想。

况且，经过那个夜晚的夜宵，还有今日的礼物，她大概猜到他的家庭是什么类型。非常传统，甚至会有很多桎梏人的规矩，如同历史中曾有的王公贵族，吃穿住用一概有着范本，不是讲究，只是传承如此。

时宜非常奇怪，在现在这个社会，怎么还会有这样的家庭。

仿佛遗世独立。

或许这个答案，她很快就会知道。

跟随周生辰来的两个中年女人，开始有条不紊地从随身的手提箱里拿出旗袍，还有随身携带的现代设备，时宜看着她们熨烫旗袍时，忍不住低声对周生辰感叹："好高的规格。"

周生辰笑一笑，没说什么。

他很快离开房间，给她留出换衣服的空间。

其中一个女人替她换衣服时，忽然笑着说："时宜小姐不要太介意，这次时间太仓促，在家里时，若这么草草熨烫，是要被管家扣工钱的。"她顺着旗袍一侧，开始检查不合身的地方，尺寸和现场试穿终归是有差别。

时宜好奇："那在家，是什么样子？"

"老话常说，三分缝，七分烫，"她笑，"讲究得很。"

她不再说话，非常娴熟地把有些松的腰线收紧。另外一个人，则很小心地打开另外的暗红色木匣，开始给她佩戴首饰。

胸前是翡翠颈饰，手腕上扣着金镶玉镯子，手指上是两枚戒指，无一不古朴。时宜并不太喜欢首饰，只在耳垂上有一对小钻的耳钉，为她戴首饰的女人征询性地问她，要不要换下来。她不太在意，"是不是他的父母，不喜欢这些东西？"

两个女人对视，笑一笑："是不喜欢这种东西。"

"那就换吧。"她自己摘下来闪着细碎光芒的耳钉，换上翠得仿佛能滴下水的耳坠。

刚才周生辰在这间房间时，说绝不会勉强她，她们两个还以为时宜是个十分难搞的女孩子，没想到这么好说话，所以都有些意外。待到整套上了身，她看着镜中的自己。

好像活脱脱倒退了百年。

她离开卧房，走到客厅时，母亲更是惊讶。但好在通情达理，并没有追问。

周生辰从沙发上站起身来，她刚才的舒适随意都没了，有些紧张地看着他，自信寥寥。倒是堂妹轻轻地，轻轻地，像是不敢大声说话一样地嘟囔："我要疯了，真是倾国倾城。"

时宜好笑地看了她一眼，堂妹这才目光闪烁，取笑她："美人，不是说你，是说你身上的东西，价值半壁江山啊。"

这句话，让所有人都忍俊不禁。

而她看到的，却是周生辰毫不掩饰的、欣赏的目光。

到了车上，周生辰又亲手递给她一个纯金的项圈，还挂着一块百岁锁。看得出来，这个的价值比不上她身上的任何一个物事，可也能感觉到，这个东西很重要。时宜戴上，用手心颠着脖子上挂着的这个小金锁，轻声问他："你家从政？"

他摇头，"周生家规，内姓不能从政。"

"内姓？是直系的意思？"

"范围更窄一些，"他简单解释，"只有每一辈直系的长子，才能姓周生。"

"旁系呢？"

"姓周。"

"就是说，如果你父亲有两个儿子，你是长子，你就姓周生？而你弟弟就姓周？"他的神情，有一瞬的微妙，很快就笑了："差不多。"

她"哦"了一声："那么是从商？世代为商？"

否则如何积攒这么深厚的家业？

岂料，他再次摇头，"老一辈人观念老旧，不认同后辈从商。"

她再想不出。

"很复杂，"他无声地，缓慢地笑着，"大多是老辈人积攒下来的家产，后辈人并不需要做什么，所以，大多选择自己喜欢的事。"

"比如，像你？"

"我的职业很特别吗？"他笑，"和我比较熟悉的，还有个外姓的弟弟，他是核工程师，而且并不效忠于任何国家，是个危险而又传奇的人。家里奇怪的人很多，不过大多数人我都不熟悉，我从十四岁进入大学开始读化学，大多数时间都在实验室，生活非常单调。"

时宜听得有趣，纵然周生辰这么说，她还是觉得他最特别。

对她来说，周生辰是唯一的，不论前世今生。

镇江，虽然是时宜父亲的祖籍，他们却并不常回来。

和大多江南城市相似，这里有湖，也有寺，还有高高低低的山和许多故事。车自湖边开过，能看到远处的金山寺，在雨幕中，朦朦胧胧的。

早晨还是阴天，现在已经有大雨瓢泼的预兆。

会在这附近停，还是会继续开下去？

每隔几分钟，她就会猜测，车会不会随时停下来。

可惜，一路向南，车入山了，还没有任何停靠的征兆。

山林中的路，被雨雾渲染得十分怡人。

"我母亲，"周生辰忽然开了口，"她可能，会对你有些冷淡。"

时宜听他的语气，有些严肃，不禁又紧张起来，"因为我的家庭太普通？"

"不是你的原因，是我的家庭有些特别。"

这很明显。

时宜无意识地转着自己手腕上的金镶玉镯子，"那有没有什么忌讳？比如你母亲不喜欢别人说什么？或是见面了，有什么需要特别注意的？"

"没什么忌讳，"他说，"我家人也并非是猛虎野兽。只是，你不是她认识的女孩子，可能，她会需要一些时间来了解你。"

她"哦"了一声。

想到了他曾说的话，"你说，你有我完整的资料，甚至是我家里人的？"

"很详细，"他简单地说，"详细到，你从小到大，每一年的资料。"

时宜有些不敢相信。

"我们——"他似乎想起了初识那天，慢慢笑着说，"认识得太特殊，所以，需要一些必要的程序来了解你。"

她没想到，这么浪漫的事情，被他说得如同预谋已久。

不过几秒后，就释然了，她真的是有意接近。若说无意，恐怕连自己都不会相信。

他胳膊肘支在一侧木质扶手上，欠了欠身子，似乎想要脱下外衣。因为个子高，车内空间不太够他伸展，脱下来的动作略有些不自在。时宜很顺手地替他拉住一侧的袖管，帮他脱了下来。

两个人，一个是觉得束缚脱下外衣，一个呢，只是随手帮了个忙。

她这么帮着，衣服就到了自己手里。

还带着稍许的温度，她抱着，忽然有些晕乎乎的。

"我来拿。"周生辰说着，已经接过来，放在自己的腿上。

就这么一个小插曲，莫名让两个人之间有了稍许的亲近。她觉得心跳得有些躁，偏头，继续去看雨雾中的山林。她对他，是真的忘不掉摆不脱。而他呢？为什么忽然订婚？如果按照他所说，是"需要和一个人订婚"，究竟是为什么需要？

她后知后觉地思考这些问题。

不知道，自己和他，该怎么做一对未婚夫妻。

周生辰看她像是在出神，也没再出声打扰，他习惯独处，当然也习惯不打扰别人。

到她终于看到有错落的建筑物出现，同时，也听到周生辰说："慢慢你就会了解，我并不是在质疑你，这些，都是必要的程序。"他说得冷静而轻缓，语气没什么特别，但是显然是为了让她舒服一些。时宜回头，对他笑了笑："慢慢你也会了解，我这个人很大度，一般小事情，都不太会生气。"

车停靠在非常古朴的老宅前，门口有人候着。

他下车时，将西服递给了门口候着的年轻男子，伞撑在手中，他回身看时宜，比了个轻勾起手臂的姿势，"这样，可以吗？"

她颔首，觉得两个人真像是在演戏。

周生辰微微含胸，迁就她从车内出来的高度，时宜伸出一条腿，踩到湿漉漉的地砖上，很快就挽住了他的小臂。她穿着长袖旗袍，他则是单薄的衬衫，隔着两层轻薄的布料，却仍能感觉到彼此的体温。

她心猿意马，走了十几步出去，才认真看这院子套院子的地方。

虽然是老宅，排水却非常好。

这么大的雨，一路而入，都未有任何积水。

"你从小住在这里？"她很隐晦地打量沿途景象。

"十四岁以前住过一段时间，"他说，"时间不长。"

她点点头。

因为他说在这里住过，顿时觉得这雨幕下的古寂老宅，多了三分亲切。

时常能碰到些匆匆行人，都是从旁门、小道而过，看到周生辰都会停下步子，欠欠身子，远了就不作声，近的就唤声大少爷。时宜听到这么玄妙的一个词，拿余光瞄瞄他，后者倒是冷淡得很，大多时候都没什么反应。

只对那个领路的年轻男子说："直接去见大夫人。"

在机场时行色匆匆的周生辰，在青龙寺偶尔谈笑的周生辰，在上海略显神秘的周生辰，都和现在的这个人，毫无关系。

直到两个人走进避雨亭，有人小心替他们擦掉鞋上的水渍，这种感觉，越发清晰。避雨亭里本有十几个中年妇人和女孩子，都在轻笑着、闲聊着，到他们走进来时，都很自然地起身，或是坐得端正了些。

所有视线，都隐晦地落在她这里。

而周生辰也没有与任何人寒暄，似乎对她们，都不太熟悉的样子。

唯有西北角落，坐在藤木椅上的女人，没有任何变化。

单看仪态、坐姿，时宜就约莫猜出，这个看上去非常端庄的中年女人，是周生辰的母亲。在她猜想的同时，那个女人已经开了口："这位小姐是……"

"她就是时宜。"周生辰扣住她挽住自己的手，轻轻握住。

众人神情各有惊异，甚至有些显然没太明白。

时宜听见自己的心，猛烈地撞着胸口，有些忐忑不安。

周生辰的母亲看了她几秒，很慢很慢地笑起来："时宜小姐，你好。"

"伯母，你好。"她说。

恬淡的声音，轻轻撞入每个人耳朵里。

她让自己笑得尽量谦逊，接受他母亲的审视。

很大的雨声，渲染着此时此刻的气氛。

不知道为什么，她觉得他的母亲，并非是他所说的"冷淡"那么简单，而是真心不喜欢自己。

接下来的事情，也验证了这个事实。

周生辰的母亲只是非常和善地，问她是否吃过午饭，在知道时宜并未吃过后，很自然地柔声说："时宜小姐，非常抱歉。这几日清明，也是周生家的寒食日，不能用明火烧煮食物，我就不留你吃午饭了，就让我儿子来尽地主之谊，在镇江挑个合适的地方招待你，好不好？"

很婉转的逐客令。

她完全没有选择，只是顺着点点头，说："谢谢伯母。"

而他的母亲，已在旁人搀扶下，从藤椅上站起来，好整以暇地裹好披肩，"抱歉，时宜小姐。"她仍旧含笑，对时宜颔首后，轻轻地拍了拍周生辰的右手臂，"送时宜小姐回去后，来陪妈妈说说话，好久不见，我们母子都生疏了。"

周生辰的声音，没有任何感情，"我今晚，可能不会回来。"

"如果今晚没时间，那就明日上午。"

母子两个视线交错而过，他的母亲离开了避雨亭，留了这一亭子不相干的人，继续神态各异地打量时宜。周生辰握了握她的手，"我们走。"

纵然是做了准备，却仍旧难堪。

如此精心装扮，忐忑期盼的会面，却草草结束，这是时宜想都未曾想过的。

后来两人又坐车离开那里，从历史感浓厚的老宅进入现代城市。

两人在提前预约好的餐厅二楼包房里吃了午饭，窗外临着湖。

她没吃多少东西，只是喝着热茶，看他在吃。

越是接触得多，越是能看出，他自幼的家教一定非常好。甚至是拿竹筷的手势，还有夹菜的习惯，都非常严谨。规矩中有随意，这恐怕就是他的性格使然了。

"我以为，我事先和你说过她的反应，你会做好准备，"周生辰抿了半口茶，不太在意地说，"起码让自己，不会这么难过。"

她尴尬地笑笑："我没想到，你母亲会这么排斥我。"

"在她眼里，我订婚是非常重要的事情，而且早在我十几岁开始，就挑选了一些合适的妻子人选，"他轻轻靠在座椅上，口吻倒是认真得很，"一个人，在十几年前就开始准备礼物，最后却发现毫无用处，失落总是难免的。"

她恍然，难怪他母亲看自己的眼神，有质疑，也有失落。

不过，十几岁就开始挑选妻子，也真是闻所未闻。

"她挑选了一些，然后拿给你最后甄选？"

他喝了口茶，有意忽略这个问题。

她低下头，想：为什么他总有让人难以靠近的身世。

可是也只有这样，才配得上他。

"还在生气？"他问她。

时宜抿嘴，想笑，却没笑起来，只得玩笑着说："没有，只是好奇，你们家里人，会让你怎么去挑自己的妻子。"

"很好奇？"

"一点点，"她有意刁难，"如果你肯给我讲讲，我说不定听得有趣，就不生气了。"

他似乎在思考，"如果你能开心起来，可以考虑，让你看看。"

他很快就侧过头，唤在门口守候的中年司机进来，说了句话。

司机忍不住微笑，莫名看了眼时宜。

没多久，司机再次折返，带来了一本极厚重的夹册，竟是临时回去取来的。时宜翻开来看，竟然是非常详尽的人物介绍。或许，准备这本书的人不喜欢高清照片的感觉，与文字相配的，都是各种手工画像。

"真有人肯把女儿这么印在这里，让你看？"她如此翻着都会别扭，真是不敢想象，周生辰拿着这些，旁边还会有人追问他对谁有好感。

"都是周生家的世交。"他回答。

她"哦"了一声，再不好意思翻下去，"你真像是过去的王侯将相，娶妻规矩这么复杂。"

遴选世家女儿，匹配生辰八字，非常正统的方式。

可如果出现在二十一世纪，会不会太玄妙了？

他要有如何的家庭，才能让这些千金小姐甘愿奉上画像。虽然时宜听说过，现在有很多家族企业，都有着自己的庞大家庭，而总有女孩子会被养在深闺里，专为门当户对的婚配而生。她虽是道听途说，却也明白，这样门当户对的婚配，需要的，是绝对的资产吸引力。

她想得越多，就越想去看他。

周生辰倒是把视线移到她的手上，"这两枚戒指，尺寸适合你吗？"

时宜用手指轻轻转了转戒指，如实回答："稍微松了一些，不过，不会掉下来。"

他点点头。

"怎么了？"

"大概知道你的尺寸了，挑订婚戒指的时候，就不会出大错。"

第四章 故事在城内

她心里静悄悄的，听见自己的心，在缓慢跳动着。

周生辰笑一笑。

她忽然听见房门外，有鞋踩在木质地板上的声响。这一层雅间的数量不多，所以招待的人也有限，整顿饭下来，听到如此往来的脚步声，仅有两三次。

而这最后一次，就停在了门外。

有一只手推门而入，探出个小小的脸，是个男孩子，"大哥哥。"周生辰有些意外的神情，门被推开，不只是一个男孩子，还有两个穿着旗袍、披着披肩的女孩子跟着走进来。时宜看到其中有个女孩子小腹微隆，显然是有孕在身的模样。

她惊讶于这个女孩子的年纪，看她脸上尚未褪去的婴儿肥，应该未到二十岁。

意外来客，让安静的雅间热闹起来。

"你们怎么也出来了？"他问他们。

几个人对视，小男孩儿抢先解释："我们被寒食节弄得没有食欲，除了冷盘还是冷盘，所以约出来打打牙祭。"

他们都很礼貌，除了见面打招呼，没有把视线过多放到她身上。只是在看到她胸口的金锁时，都有些讶然，却很快地掩饰了情绪。

时宜坐到周生辰手边，将自己宽敞的位子让给了那个孕妇。

在简短的介绍中，她努力记住他们的名字。一个是周生辰的堂妹周文芳，有孕在身的是他的堂嫂唐晓福，而最先进门的男孩了叫周生仁。

没想到，竟还有个男孩子姓周生。如果按照周生辰的说法，他是长房长孙，那么这一辈不会再有另外的人，和他同姓。

那这个男孩子，为什么会姓周生？

她脑子里蹦出"儿子"这个词，很快扫了眼他们两个，他俩看上去应该差了十三四岁。周生辰像是看出她的想法，有些好笑地说："他是我弟弟。"

他说的时候，小男孩儿没有异样。

但另外两个女人，明显静了静，很快就聊起了别的话。

那个唐晓福，听起来，是头次到镇江来。

她似乎非常不习惯那个老宅子，连声抱怨，夜晚睡觉时总怕有妖魔鬼怪出现。周文芳不以为然，"如果我是你，就仗着怀宝宝，逃开那个鬼地方。"

"我已经仗着怀宝宝，没有祭祖，再不住过去，怕会有长辈教训了。"

周文芳轻轻吐出口气："好在四年才一次，如果在那里长住，真的会发疯。"

周生辰听了会儿，视线就移到窗外的湖面，像是看雨，又像是出神。

时宜看了他一眼，猜测他在想什么。

忽然，他回过头来，看她。

太直接的对视，她躲都来不及，眨眨眼睛，不好意思地笑了："你在想什么？"

"早晨他们发来的实验报告，并不理想，"他轻描淡写地回答，"我想，他们的实验方法应该出错了。"她"哦"了一声，又问了不懂的话题。

时宜啊，活该你冷场。

他温和地笑了笑，继续说："所以我想，尽快结束这里的事情，回西安，否则我怕前期的所有工作，都会前功尽弃。"

她点点头，想起他穿实验室白大褂的样子。

非常干净和严谨。

在返家途中，她问起那个小男孩儿是否是他弟弟。

周生辰摇头，"严格来说，小仁是我的堂弟，是我叔父的儿子。"

"那他，怎么也姓周生？"

"五岁时我父亲过世，姓周生的只剩我一个人，"他说，"为了周生家业，我叔父就继承了周生这个姓，所以，他的儿子小仁和我一样姓周生，但必须过继给我母亲。"

她点点头。好复杂的关系。

"我订婚后，算是顺利成年。叔父和小仁都会改姓。"

真的好复杂……

时宜顺着他的话，构架出如此家庭。

"你母亲，只有你一个儿子？"

"还有弟弟和妹妹，是一对龙凤胎，"他的眼神忽然就温柔下来，"可惜都性情乖僻，从不回家祭祖。以后有机会，你会看到他们。"

周生辰把她送回家，两个人在门口告别时，她欲言又止，想要问他接下来需要做什么。她不知道，在他母亲明显反对后，事情会发展到什么地步。

灯光橙黄，没有温度，却让人感觉暖意融融。

她舍不得回去，他也没有立刻离开。

两个人，此时此刻的样子，倒真像是约会整日后，依依不舍的男女恋人。

他问她："你父母的计划，是什么时候离开镇江？"

"大概是后天。"

他略微沉吟："我把订婚仪式，安排在一个月后的上海，会不会让他们不舒服？"

"上海？"她脱口道，"不是镇江？"

说完，就后悔得不行。

好像真是急不可待。

他笑了声："时间上来不及，而且，你下午也听到我堂妹和堂嫂说了，四年一次祭祖才会来，所以没必要在这里。"

她"嗯"了一声。

感觉不太安心，她又犹豫地问他："你妈妈的意见，真的不重要吗？"

"在这件事情上，只有一个女人的意见，值得采纳，"他难得开玩笑，"就是你自己。"

很舒服的解答方式，语气也很笃定。

"我把这个送给你，就代表了我的立场，其他人都没有权利干涉，"他伸出手，用手指碰了碰她胸前的纯金项圈，顺着细长的圆弧，捏住那个金锁，"每个姓周生的人，生下来都会打造这个东西，里边会有玉，刻的是我的生辰。"

他的手，就在胸前。

时宜的两只手在身后，自己握住自己，甚至紧张得有些用力。抬头想说话，却蓦然撞入了那双漆黑的眼眸中，虽映着灯光，却仍是深不可测。

她看着他。

他也直视她。

然后，听到他说："在订婚前，这个东西会送给未婚妻。而你收下了，就已经定了名分。"

她的两只手在身后，已经绞得发疼。

"我需要每天都戴吗……"

"不用，"他不禁一笑，"收好它就可以了。"

他说完，松开了那个金锁。

她松了口气。

他其实早已看出她的紧张，笑着说："晚安。"

"晚安。"

她转身，打开门。

回头看了看，他已经走进了电梯间。身影颀长。

在"叮"的轻响里，他看了这里一眼，轻颔首后，走进了电梯。

后来母亲追问她，那天和周生辰父母见面的情景，时宜都一语带过，倒是记得他说的话，认真征询父母意见，是否介意一个月后在上海订婚。

这是个非常仓促的决定，但幸好，他给父母的印象很好。

不傲不浮，有礼有节。

从这些来看，就赢得了长辈的高分。

他们离开镇江的清晨，周生辰特意来送行，和时宜约定了在上海试礼服的时间，并亲手递给他父母订婚地点的详尽介绍，另有四个备选。

时宜坐进车里，他还特意弯腰，低头和车内的她道别。

"上了高速，要系好安全带。"他说。

她忙拉过安全带，老老实实扣好。

回程路上，母亲坐在她身边翻着那本小册子，竟发现是人工手绘的，文字也是中规中矩的小楷抄写，不免和父亲感慨："这孩子，真是用心了。"

"何止用心，"父亲笑，"这孩子啊，真是规矩做得足，没有丝毫的浮躁傲气，像是搞科研的人。"

母亲嘴角带笑，看时宜，"平时你们一起，会不会觉得无聊？"

时宜想了想，"不会。"

"不会吗？"母亲觉得有趣，"每天准时三个电话。早晨七点，中午十一点，晚上十点半，每次电话都不会超过三分钟，会不会太死板了？"

"不会啊。"

这样多好，每次快要到固定时间，她就会避开所有事，等他的电话。

谈话的内容也很简单。

她从没想过，可以这样有规律地和他联系。

没有任何的不适，甚至还很享受。

周生辰真的如他自己所说，把两个人的相处，当作了一个研究方向，非常耐心地执行每个必需的步骤。无论多忙，也要每天三通电话联系。每天早晨，一定会让人送来不同种类的鲜花。

他人在镇江，却像就在上海。

因为清楚她特殊的工作时间，每当她在录音棚做到深夜，都会准时在十一点有夜宵送过来。而且总是很细心地，为工作间每个人都备了一份。

到最后，连和时宜合作五六年的录音师都开始好奇，边吃着热腾腾的点心，边问时宜是不是有男朋友了，或者是追求者。

时宜说是男朋友后，就不再多做解释。

有一晚，经纪人美霖来视察工作，也碰上了爱心牌夜宵，颇为诧异地看时宜眼睛里幸福的笑，都觉得自己和这小姑娘恍如隔世了。短短十几天没见，怎么她就有了个从不露面的二十四孝男友了？

美霖是急脾气，百般威逼利诱下，时宜终于认输，说，是个化学教授。

"科学家？"美霖很是被颠覆了价值观，"你会喜欢整天待在实验室的科学家？"

她笑，把港式红茶握在手里，"智商高啊，我喜欢高智商的人。"

美霖摇头，不太相信地笑着。

她轻声说："而且，我们马上就要订婚了。"

美霖足足怔了五六秒，拍了拍她的手腕，长长地，呼出口气："幸好是订婚，否则，我真是要被吓死了。订婚这种事，都是富家公子常玩的伎俩，你可切记，不要太当真。"

时宜没理会她的调侃，反倒是认真地问她："你觉得，如果一个人什么都不缺，送他什么比较好？我说的是订婚礼物。"

"什么都不缺？"美霖立刻抓住了重点。

"他这个人，看起来对什么都不太感兴趣。"时宜刻意避开敏感话题。

"一个化学教授，对什么都不感兴趣……"美霖无能为力，"我对化学一窍不通，你男朋友对我来说，和外星人没差别。"

"算了，不问你了。"

"好了，我也不问你了，反正你不是露脸的艺人，我不怕你被狗仔队偷拍，"美霖笑，"告诉你个好消息，你获奖了……"

她看看表，还有一分钟，他就要来电话。

只要是工作日，晚上的那通电话，他都会改到十一点半打过来。

"让我打个电话。"她打断美霖，把她推出阳台，关上玻璃门，拿出自己的手机。

他为了她专门配了手机，号码簿上，只有她的名字。

细想想，何尝不是浪漫至极。

工作室的阳台下是步行街。春夏交接的季节，梧桐树已经开始郁郁葱葱地绽出大蓬的绿叶，有清新的味道，弥漫在空气里。

时间从 11：29 跳到 11：30。

忽然就有来电显示，周生辰三个字闪烁着，在漆黑的夜色里，格外醒目。

他的声音，非常平稳。

询问她何时开工的，何时能收工，夜宵是否合胃口。时宜一一作答，两个人忽然都静下来，她忍不住笑起来，问他："是不是每天你都要问我这些问题？"

周生辰也笑，一时词穷。

"听你的声音，好像很累？还是生病了？"

"昨晚受了些凉。"

"吃药了？"

"还没有。"

"那不说了，"她有些心疼，"快去吃药。"

"现在？"

"是啊。"

"手边没有药。"

她有些埋怨："家里没有常备的药吗？"

她是真想说，我的大少爷，你该不是连生病要吃药的道理，也不知道吧？

忽然，远处有消防车开过，时宜下意识抬头看了一眼。却发现，在电话的那端，也有同样的声音由强至弱，直到彻底安静。她像是猜到了什么，马上往楼下四处看看。透过梧桐树枝叶的缝隙，她看到街角处有辆车，而有个人就站在车边。

十层楼，太高。障碍太多，看不清。

"你在楼下？"

周生辰"嗯"了一声，带着些淡淡的鼻音。

她一时觉得感动，一时又觉得好笑。

这个人忽然出现，本来可以当作非常浪漫的事，却莫名其妙被消防车揭穿。然后，他非常冷静地承认了，再没有一句多余的话。她不敢再让他多等，只听他说话的鼻音，就好像感冒成了天大的事情，很快挂断了电话，回到工作室迅速交代工作后，拿起包就跑向电梯。幸好已经录完音，在进行最后的混音，否则一定败坏了她认真负责的名声。

不过，这还是让经纪人和录音师吓了一跳。

看她脸色发红、急得不愿多说一个字的模样，不知道的，还以为她家着火了。

在电梯关上的瞬间，美霖终于记起，还没有和她交代入围奖项的事。

最让美霖哭笑不得的是，这姑娘对获奖的事真是半点儿都不上心。

电梯迅速降落，她还在因为刚才的快跑，轻轻喘气。

下降的速度太快，让她的心稍许有些不舒服。

不知道是紧张，还是因为失重。

就在电梯门打开时，她一步跨出去，险些撞到一个人。有双手稳稳地扶住她，"别跑了，我就在这里。"太突然的出现，时宜有些傻，看着近在咫尺的周生辰。

他解释自己的突然出现："我猜你会跑下来，怕你穿马路太着急，就先走过来接你。"

她还在喘着气。

二十一天，整整二十一天没有见了。

期间她试过很多套他送到家里的礼服和首饰，收到过他的花，还有父母也会定期收到一些礼物，偏就是见不到他的人。

她也曾试探问过，他回答："我不想对你说谎，所以最近我在做的事情，不要问。"

语气很严肃，她想，他一定有很重要的事。

对时宜来说，周生辰，永远都是最值得信任的。

"你今晚，还走吗？"她脱口而出。

周生辰嘴角微动，像是在笑："走去哪里？"

"我是说，"她想了想，"你今晚就留在上海？"

他颔首。

她掩不住的好心情。

"先送你回家。"

她点头，"嗯。"

他松开她，和她并肩走出去。

时宜刚准备上车，手机就拼命振动起来，是美霖。对方像是做了什么亏心事一样，刻意压低了声音说："我看到你了，还有你的化学教授。不过十层楼太高了，怎么看，都只能看到他比你高很多……"时宜"嗯嗯"两声："晚安。"

很快就收了线。

周生辰替她打开一侧车门，"这么晚，还有工作？"

她笑笑："没有，"坐进去，对着前排善意笑着的人叫了声，"林叔。"

"你好，时宜小姐。"

见了几次他的司机，她终于知道这位穿衣考究、做事一丝不苟的中年人也姓周。周生辰简单解释过，家里一些老资历的管家，都姓周，多少都有些远亲的关系在。但为了和直系有所区分，总会叫名字的最后一个字。

越是知道得多，她越是感叹他家庭的传统。

钟鼎世家，却也是书香门第。

这样的家庭教出来的孩子，很难想象会献身现代科学研究。时宜想到他口中所说的那对双生弟妹，也有些好奇会是什么样子。

过了二十几天，已要进入五月，城市的夜晚也不再寒冷，非常舒服的天气。

他替她打开车窗，她摇头，又把窗子都关上了。

或许因为车上有林叔，或许是很久未见，略显生疏的同时，她甚至不太好意思当着第三人的面和他闲聊。每日三个电话的默契，荡然无存。

甚至他坐在身侧，稍微动动手臂的动作，都会被无限放大。

直到周生辰把她送到家门外，再没有外人了，时宜才试探地问他："到我家里坐坐？"

"会不会太晚？"

"我想给你泡杯驱寒的药，"她低声说道，声音在空旷的楼梯间里，仍旧听得清晰，"大概二十分钟，最多半小时。"

周生辰笑了笑："我只是掌握不好分寸，因为，从没单独进过女孩子家里。"

很坦然，坦然得让人想笑。

时宜轻声嘲笑他："你不是说，你很喜欢吴歌的刺绣？怎么会，这么……"

"这么无趣？"他了然。

"有一点儿，"时宜想到他的试验派理论，"我想问个问题。"

"问吧。"

"你说，我们……嗯……是你的一个研究方向，"她看着他，"如果，研究方向是错的怎么办？"周生辰笑意渐浓："我记得，你是中文系，纯文学学科？"

她颔首，不解他的问题。

"所以，你有了个概念性错误。"

时宜更困惑了："什么概念性错误？"

"研究方向本身，并没有对错的分别。"

时宜颔首，示意他继续说。

"只有试验方法会出错。"

"那……如果试验方法错了呢？"

"方法错了，就换其他方法，但是，研究方向不会改变。"

听上去，很有说服力。

可这段话的比喻，说的却是他们之间的事。

他们在一起的事实，不会改变。如果有任何差错，那就换一种方式相处。

她明白了他的意思。

时宜从来都以为，文字的力量最能蛊惑人心，而此时此刻，却从周生辰含笑的眼睛里，看到了更动人的方式。她轻笑了声："科学技术不只是第一生产力，也是最好的……语言。"

她转动钥匙，终于打开门。

因为工作时间的关系，她已经搬出父母家，独自住了三四年。家里除了几个好朋友，从来没有外人来过，更别说是男人。房间里到处都是女孩子独居的痕迹，周生辰坐在沙发上，尽量目不斜视。

他因为感冒的疲累感，背靠着沙发，坐得略显随意。手臂搭在一侧，手指碰到了毛茸茸的长形抱枕。嗯，触感……很特别。

时宜给他泡了驱寒的中药包，端过来。

他接过，试了试，还很烫。

"老人家有句话，叫'春捂秋冻'，"她拉过来一个更加毛茸茸的坐垫，类似于小凳子模样的，坐在他面前，"春天不要这么急着穿薄衣服，这十天天气反复得厉害，很容易感冒。"

她说得很认真。

周生辰真的穿得不多，只有单薄的衬衫和长裤。

这么深的夜晚，衬衫的袖口还挽到了手肘，根本就不像个病人。

他低头，喝了小半口药汤，"只是感冒，按照定律，吃不吃药，七天都会好。"

"这是驱寒的草药包，"时宜指点他，"如果是寒症，到明天你就会好转了。"

他扬眉，"这么好使？"

"当然。"

时宜看他半信半疑，忍不住笑："你是不是想，我是找借口让你进来的？"

"我的话，并不是拒绝，"周生辰的声音，因为感冒，有些微微泛哑，倒更让人觉得好听起来，"是慎重。订婚的要求，我做得太唐突，所以之后的相处想慢一些来，给你些时间适应。"

她没想到，他会回答得这么认真。

有些词穷。

没想到他却笑了一声："想不想听句实话。"

时宜被吊起好奇心，点了点头。

"其实，我很想进来。"

她讶然，他却已经低头，继续喝着那烫手、烫嘴的药汤。

最后他离开时，差不多真的是半小时之后。时宜发现自己和他接触越久，就会越来越守时。她穿着拖鞋，把他送到电梯间，周生辰左手插在裤兜里，右手去按电梯。在电梯门打开时，他却忽然想起什么，用手背抵住电梯门，看她，"我这次回来，是因为你入围了提名奖项。"

时宜怔了怔，隐约记得，似乎美霖说过这件事。

"所以，你是来看颁奖的？"

"差不多，"他抽出左手，替她把披着的外衣拢在一起，"剩下的时间，用来准备订婚仪式。"

忽然亲近的动作，却做得自然。

她还在为近在咫尺的"订婚"而神游，他的手已经松开。

然后他轻轻地，拍了拍她的手臂，"快回去。"

他走出时宜家时，已经是00: 45。

抬头看她的家，是十二层。这个位置，黄澄澄的取暖灯光，应该是在洗手间洗澡。舌尖上还有酸苦味道的药，刚才看她拿过来，他其实很想说，因为十几岁的时候喝了太多的中式汤药，所以他现在很是抗拒这种味道。

可是很难拒绝，不是吗？

就像在广州白云机场，她光着脚追上自己，要求他留下来等她时，也是很难拒绝。

这个女孩子的眼睛，太干净。宛如水墨中走出的人。

他曾以为，自己是被蒙蔽了。

却在拿到她长达两百多页的资料后，找不到丝毫疑点。

周生辰驻足了一会儿，看到取暖灯的光灭了。

接着，就是卧室灯亮。

低头看了眼腕表，二十五分钟。嗯，她洗澡需要这样的时长。

"大少爷，"林叔走过来，"时间差不多了。"

林叔的车，安静地停靠在路边，远处，有四五辆车也在停着。他颔首，转身头也不回地坐上车，那四五辆车只是远远随着，车速非常快，从上海到镇江的老宅，只用了两个多小时。老宅灯火通明，车水马龙，完全不像是凌晨四点的样子。

他下车，觉得有些冷，把衬衫袖口拉下来，扣好。

忽然就想起时宜说的话。

对林叔说："'春捂秋冻'，林叔，你听过这句话吗？"

"百姓家的常话，时宜小姐说给大少爷听的？"

周生辰不置可否。

从镇江到上海不算是长途跋涉，但也耗了些体力，尤其他还在感冒。但没有任何办法，他现在仗着老旧家族的规矩，想顺利接手周生家大小的事情，就需要按部就班，按照规矩来。比如，六点晨膳，是规矩，必须在镇江。

不过因为他早起的习惯，改为5：00。

他不觉得什么，但落在别人眼里，就是上百年的规矩，硬生生改了。看上去，只是晨膳的时辰，别人心底里，想的却不只是吃个饭这么简单。

这个十四岁进入科研轨道，从不关心家族事务的男人，用无声的方式，宣告了地位。

他从裤子口袋里，拿出灰色格子的手帕，轻轻按住口鼻，避开庭院里的花粉气味，一路无声向内而去。不断有人欠身，唤大少爷。

待到正厅，十三桌上的人，都差不多到了。

他认得不全，也都一一颔首招呼。

走到主桌上坐下来，身边只有两鬓雪白的叔父周生行和频频瞌睡的小仁，母亲与辈分长些的女眷都坐在邻近桌旁，依旧是一丝不苟的盘发，描了双狭长的丹凤眼。

安静的一顿晨膳。放了碗筷，天才蒙蒙亮起来。

他想走，母亲却硬要留他，待只剩了他和叔父、小仁和母亲后，气氛却比方才更冷了。

自从生母意外身亡后，周生仁就不太爱说话了。倒是和周生辰亲近，拿了本书，靠在他身边的椅子上，看了起来。看到不解处，用笔勾了递给他。周生辰笑笑，接过来，随手写了几个推导公式。

"昨晚睡得如何？"叔父嘘寒问暖。

他把书推回去给小仁，"昨晚在上海，还没有时间睡。"

叔父精神矍铄，已经开始和他聊起家中大小事宜。

周生家到他这一代，不只是内姓谢绝从政，甚至是直系也开始禁止，与其说是中庸，倒不如说是避世。而祖辈又思想老旧，始终认为商人地位不高，所以从商者也是少数。

只是积累两百多年，根深叶茂，经过几次国门开放和紧闭，百年来，每每有新兴行业露头时，周生家都乐于扶持一把，之后也从不插手经营，只做最原始的股东。

渐渐有了如今的财富。求稳，不求变。是祖训。

可惜，他这次回来，要做的就是颠覆性的改变。

"记得南家吗？"叔父微微笑着，说，"几年前，在赌船上和你母亲合作，已经和伊朗当地的政府合资，打通了当地汽车市场。南淮很大方，回馈丰厚，我和你母亲商量下来，决定送给你未婚妻。另外，如果有可能，让她跟着你母亲三年，学着如何管家。"

"时宜？"他略微沉吟，"她不需要。"

母亲淡淡地看他，"嫁过来，都要开始学。"

"她不适合。"他丝毫不留情面。

"你也不适合，但也要接手，"母亲柔声说，"既然你挑中她，她就必须适合。如果你已经发觉她不适合，还来得及换个乖顺听话的。"

"婉娘，"叔父摇头，试着化解两人的争执，"那个女孩子的画像我见过，很乖顺，或许比那些自幼养着、专学管家的小姐们，要好些。"

母亲笑得冷淡生疏。

周生辰也不说话。

母亲微笑："做的都是哗众取宠的行当，有名声，也是人捧出来的。看不出什么好。"

"她很适合我。"

"你这个理由很单薄。"

他不再理论。

小仁低头排列周生辰给自己的公式，终于磕磕绊绊把题解开，出声唤来人，要把点心换成七返糕，茶也要从"神泉小团"换成"恩施玉露"。小少爷是出了名的怪脾气，好的时候怎样都好，不好的时候，最会刁难下人。

小仁说换，另外三个大人当然不会和他计较。

很快就有人上来，悄无声息，撤换每人手边的茶点。

有闲杂人在，周生辰的母亲又恢复了安静。

他想找借口离开时，小仁很快又推过书来。他以为又是什么题，扫了眼，不禁微微笑着，屈指敲了敲男孩子的额头。书上写着龙飞凤舞的几个字：

　　你的那个时宜，很喜欢你。这个，我倒是看得出。

电影节的颁奖典礼，她总是能避就避。别说红毯，就是列席都一律推拒，早几年美霖还做了些努力，想要把她扶起来。可惜，她是典型的扶不起的阿斗。所以，就连被提名这件事都到最后才告诉她，料定她必然会拒绝参与。

　　这次却出乎美霖预料，她竟然一口应承。

　　对时宜来说，原因很简单，因为周生辰的那句话。

　　她甚至开始期待，在那一天，和他并肩坐在某个角落里，看着台上的庆典，让他坐在台下，看自己被提名，甚至是获奖。

　　周生辰送来的订婚礼服里，有些并不适合订婚仪式，反倒很适合参加电影节。

　　她看着衣柜，甚至开始猜测，他是不是早知道了这件事，所以才送来这些？

　　她这么想着，就已经忍不住好心情。

　　挑来选去，仍旧踌躇不已，到最后，反倒是坐在了衣柜里。有记忆纷至沓来，绵延不绝，她记得，曾经的自己初次和他有约，是怎样的装扮。月青色宽袖对襟衫，臂间有鹅黄披帛，而他？记不起来了。是什么原因，让她连这么重要的事都忘了？

　　她向后仰靠，整个人躺倒在数件礼服中，有什么呼之欲出，却抓不住。

　　时宜，你又庸人自扰了。

　　她笑笑，用脸蹭着礼服的下摆，现在这样多好。

　　能看到他，能和他说话，就已经很好。简直是，好到不能再好。

　　她特意叮嘱美霖，给自己安排两个空位。

　　可惜周生辰忽然来了电话，说要迟一些，她只好把美霖的手机号码告诉他，如果他到了，而自己不方便接听电话的话，能有人带他进场。

　　在确认他记住后，她挂了电话，趴在自己的座椅上，看往来的、寒暄的、吹捧的、握手的、拥抱的各色人。

　　"笑什么呢？难得看你这么高兴。"

　　美霖安排好所有签约的艺人后，终于想起这个被"放养"的美人。

　　她笑，指着自己座椅上的字条："时宜。"

　　美霖颔首："你没坐错，这是你的位子。"

　　她的手指，又去指身边没有任何字条的座椅："时宜的某某。"

　　美霖忍俊不禁，摸摸她的脸："看你这样子，是不是快幸福死了？"

　　她抿嘴笑，侧脸靠在前座椅背上，"嗯"了一声。

"搞科研的，能有这么大魔力？"美霖真是对那个"外星人"非常好奇，"万一哪天你们吵架了，他会不会一怒之下，让你人间蒸发？比如搞点儿什么浓硫酸之类的。"

时宜好笑地瞥她，"真没文化，就知道浓硫酸。"

"你知道得多。"

"比你多一点点。"

"比如？"

"H_2SO_4。"

美霖愣了愣："这是什么？化骨水吗？"

"浓硫酸，"她自满地看美霖，"换种说法，是不是显得很有文化。"

"嗯……"美霖有些挫败，"这好像是初中学的，我怎么就忘了？"她兀自在脑子里绕了会儿化学方程，忽然发现自己非常不务正业，竟陪着时宜在聊化学。而面前这个穿着样式复古的月青色长裙的美人，竟也非常投入。

"说好了，今晚庆功宴我也不去了，就单独和你，还有你家化学教授吃夜宵，"美霖被好奇心折磨得不行，主动邀约，"我一定要看看，他是什么样子。"

"好，"时宜想了想，补充说，"如果他来得及赶来的话。"

"这么重要的事，他不来？"

"说不定，"时宜也有些忐忑，"他这段时间都很忙。"

如果周生辰真的不来，她肯定会失望，但是会生气吗？时宜假设着情景，发现自己根本不会生他的气。只是，她真的没料到，自己的假设，在一个个奖项被揭晓后，慢慢变成了现实，他真的没有来。

时宜有些心不在焉，甚至在嘉宾念出自己的名字，从座椅上起身时，仍旧心不在焉。

这是她第一次现场领奖，从后排，一步步走上去，穿过不断鼓掌的人群。

还有嘉宾主持的调侃和寒暄。

配音演员的奖项非常少，她的名字有很多人知道，但她的脸，鲜少有人见过。台下，很多红得发紫的女演员的影视剧配音，都出自时宜。在她走上台之后，绝大多数人都惊讶于这个陌生的脸，对应的竟是那个熟悉的名字。

她谦虚地笑着，想要马上接过，就退场。

却在视线滑过第一排时，惊讶地停驻了目光。

满座衣冠，都已淡去。

只有那双漆黑的眼眸，在看着她，略有疲倦，却有着若有似无的笑意。

那一排坐着的都是业内前辈、最当红的演员、大投资人。周生辰就坦然地坐在最右侧，非常低调地穿着银灰色西服、白色长裤。

这个位置有些偏，不会有直播镜头拍到。

而他为了怕人打扰，还刻意空出了身边的位置。

只可惜，他不了解这个地方，这并不是他曾经去过的国际学术会议。以这种方式，坐在这样的位置，分明就是高调的出现。那些整晚和他坐在第一排的人，都在猜测，这个男人是谁，又是为谁而来。

没人知道答案。

除了台上那个仿佛是因为获奖，而紧张得说不出话的她。

第五章
陈年的旧曲

嘉宾轻轻用手在时宜身后拍了拍。

她恍然:"谢谢。谢谢各位。"

她接过玉白塔,因为自己站在舞台上最光亮的地方,看每个人都只能是个轮廓,她看到,周生辰轻轻地把右腿搭在左腿上,调整了坐姿。

"我是个不太善于言辞的人,"时宜很谦虚,"所以只想到要说谢谢。希望我的声音,可以一直为你们的电影、电视剧、纪录片、译文片配音。"

非常简单,简单得所有人都以为她还没有说完。

所以,都还在安静地等待着。

时宜略沉默了一会儿,不得不扬起嘴角,再次说声谢谢。

然后微微举起手里的塔形奖杯。月青色的曳地长裙,本该是春光无限,她却硬是挑了袖口到手肘的复古款式,全身上下仅有一件饰品,是那日见周生辰的母亲时,他送给自己的翡翠颈饰,翠得仿佛能滴下水来。

没有刻意,大方自然地微笑,甚至有种迫不及待想要离开的感觉。

所有人这才意识到她真的说完了。

在后知后觉的掌声里,她离开舞台,手提长裙,从最光亮处走下来。身后已经有当红的艺人登台,在不断喷出的干冰中,出场表演。

时宜从台下的黑暗中,悄悄地走到他身边。

周生辰看她穿着高跟鞋，伸手，轻握住她的手，引到身侧坐下来。

"你怎么坐在这里？"她刚落座，就轻声问他。

他略沉吟，也觉得自己坐的位置太过醒目："我只和他们说，想要给你个惊喜，坐在能看清楚你的地方，这是林叔的安排。"

她哑然，轻声笑："你知道，你坐的是什么地方吗？"

"大概猜到了。"他的神情有些无可奈何。

"那……我们现在就走？"

"你不需要等到结束？"

"不需要，"她摇头，"我无所谓的。"

只他这个局外人在这喧嚣的地方，也为他难受。

周生辰偏过头，看了她一眼。

她疑惑看他。

"今日，我母亲问我，为什么会想要和你订婚。"

她"嗯"了一声。

"我说，你很适合我。"

因为此处喧闹，两个人都是近乎耳语，才能听得清彼此的声音。

他说这话的时候，声音就在时宜的耳边，甚至还能感觉到淡淡的温热气息。她的耳根有些发烫，渐渐地，脸也烫了起来，再也坐不住了，轻轻动了动自己的手。

从刚才坐下来，他始终不紧不松地握着她的手。

她动，周生辰自然有感觉，他兀自笑了笑，起身带着她，悄无声息地向偏门走去。太醒目的位置，还有时宜这个今夜最让人惊艳的美人，都足以引人注目。时宜感觉到很多人在看这里，看了看他，周生辰倒是一副云淡风轻的模样。

他们离开大厅，甚至还有人在议论。

尤其是坐在第一排的那些，都没料到，这样一个神秘来宾只是为了个配音演员。不过再想想，以时宜的品相，这也并不过分。不娇不艳，不俗不傲，最适合去演古装电影里的仙品女主，有人轻声问了句："大陆四大女声之一，没想到这么漂亮，她的经纪人是谁？"

"东视的美霖，"后者笑，"我都不敢相信，她手里有这种王牌，至今还不捧出来，也不知道是在等什么。"

"等什么？"那人摇头，"你是不识货，今晚她脖子上的那串老种翡翠，都够再拍一个《黄金甲》了。我猜，是她不想出来而已。"

后者咋舌："难怪，美霖这种金牌经纪人，都能忍着，不捧她。"

时宜并不知道，周生辰的忽然出现，让她成为庆功宴的热门话题。

有人私下透露，坐在那个位置上的人，姓周。

再深入，已无人熟悉他的背景。

他们出来时，不到九点。

车从车库开出来，能看到大剧院门口有很多等待的人。灯火通明，车来人往。

林叔询问是否要去试礼服，周生辰不置可否。

"试礼服？"时宜有些奇怪。

他拿走了她的详细尺寸，送来了各式礼服，甚至还和她品位很相似，都是不太裸露的复古款式。这么多，足够订十次婚了，却还要试礼服？

"今晚看到你穿这身衣裙，觉得很好看，"他坦然，"所以临时预约了这件礼服的裁缝，想要再给你做一件新的。"

"这件不好吗？"

"很好，"他笑，"只是，忽然想让你订婚的时候，穿新做的。"

她恍然。

直到车开出上海，她才开始猜想，他是否要带自己回镇江。幸好，她认得去镇江的公路，并不是那个方向，倒是开到个不知名的小镇。

这里并不像大城市，到夜晚还灯火醒目，只有一家一户，自点着灯。

时宜穿着礼服，披着周生辰的西服外衣，下车走了会儿，到了个小宅院前。看起来像是住户，而非是什么缝制礼服的店面。她疑惑地打量四周，周生辰这才出声解释："这家人家，十几代都是裁缝，到年轻一代，也是如此。"

时宜想了想："别告诉我，这里有什么隐秘的国际设计师。"

"这倒没有，"他笑，"他们的家底也很丰厚，已经不需要为人缝制衣服。只是祖训不能丢掉家传手艺，年轻一辈喜欢这些的，都会去四处游学，再回来继承家业。"

"所以，中西合璧了，"时宜低头看自己的礼服，"难怪，你送来的所有衣服，都很特别，却也精致得吓人，不像寻常礼服。"

林叔叩门不久，就有人开门。

看到是林叔，都恭恭敬敬地唤了声，倒不认得周生辰。

他们跟着进了院子，倒是不大。青石地雕，石雕门楼，楼层不高，皆隐于树木中。幸好早已用复古的壁灯，取代了灯笼，否则时宜真会怀疑，某个地方会走出红衣女子。

时宜轻声说："这样的院子，才像江南的老宅。"

周生辰说："你的意思是，我的祖宅不像？"

时宜摇头，"你家太大了，我都数不清是几进。"

他颔首，"听起来，像暴发户？"

她摇头，一本正经地说："不是暴发户，像香港电影的鬼片拍摄地。"

他笑起来："那里也不常住人，只有祭祖时才有人回去。"

"平常有人看管？"

"每一代都有，基本上都是最老的管家去养老，"他说，"半是看管，半是给他们颐养天年。"他们说着，来接的老妈妈已经撩起绣线软帘，"林老先生，先在这里坐坐，我去叫太太来。"林叔颔首，"告诉太太，今日是正主来了，要亲自挑选衣服样子。"

老妈妈应声去了，不一会儿就有人端茶来。

时宜刚和周生辰拿起茶杯，还没来得及抿一口，就见两男两女前来，除却一个年迈的婆婆，余下三个都是年轻人。两个男人，一个穿着长袍，另外那个倒是西装革履，不知道的还以为是到了某部民国片子的片场。倒是女孩子，穿着简单的 T 恤长裙，手里抱着画册，还算正常些。

也只有那个时代，能看到这么中西夹杂的衣着。

时宜有些愣，那个穿长袍的眼睛扫了扫，就落在时宜身上，"我猜，这位肯定是时宜小姐。"女孩子笑起来，"废话啦，只有这个是女孩子，当然是她。喏，二哥哥，她穿着的是你打的样，这次二哥胜了。"

"你们三个，"老婆婆笑着挥挥手，"要尊重客人。"

老婆婆走过来，看到林叔站在一侧，就大概明白了周生辰的身份，微笑颔首，"大少爷，我还是你四岁时见过你。这么多年了，给你做了不少衣服，却一直没见到人，没想到，再见竟然是带了新娘子来。"

周生辰欲要起身，老婆婆却先落了座，"婆婆我啊腿脚不好，就先没规矩，坐下了。"

"婆婆请便，"他倒不大在意，"抱歉，这么晚来。"

"没关系，你是忙人，科学家，"老婆婆的目光中满是欣赏，笑眯眯地说，"周生家人呢，就是聪明的多。老一辈是，小一辈也是。"

他们闲说了会儿话，老婆婆就开始认真打量时宜。

先前周生辰虽给了些尺寸，却比不得见到真人，衣裳终归是要配人的，不只是尺寸，甚至是容貌气质。做了一辈子的衣裳，倒真难碰到像时宜如此身材容貌俱佳的，自然欢喜，不只是老婆婆，那几个孙子辈的，也像看到珍宝，看时宜的神情都像是看宝贝。

重新量了尺寸，因为时宜是女孩子，自然那个穿着便服的女孩儿和她亲近，低声和她交流着衣服的细枝末节处，甚至说到兴起，又拿来各色料子，一一品评建议。

"时宜，你的腿好长，"那个女孩儿感慨，"我记得，我有个表妹考舞蹈院校，要求腿一定要比上半身长十四厘米，你大概，超出标准快两厘米了。"

她笑一笑。

由始至终，除了腿脚不方便的婆婆，倒真的没人坐下来。

看起来，他们都很尊敬周生辰。

整个过程中，周生辰都在一旁安静坐着。

非常耐心。他没有看书，偶尔和老婆婆说上几句话，在几个年轻设计师的询问中，表达自己的意见。离开时，已经是两个小时以后。

此处离镇江不远，时宜以为，她大概会在镇江住一晚。

却未料，周生辰坚持把她送回了上海。

待看到她房间的灯亮起来，他才坐回车上。

如果不是非常时期，他也不想如此长途跋涉，送她回来。

他忽然说："我希望，她一直都能平安无事。"

林叔颔首，"大少爷放心，如今周生家的人，都在静候订婚日。在这之前，时宜小姐不会发生任何事，否则，所有人都会怀疑周生行，他不会出此下策。"

周生行掌权已二十几年，心思缜密，谋算深重。

他的确不会这么做。

周生辰等到她浴室的灯灭掉、卧室灯亮后，习惯性看了眼手表。

这次用了三十八分钟，所以……她习惯的时间，应该是二十五到三十八分钟之间。

林叔继续说："周生家家规森严，无人敢破。大少爷放宽心，周生行不敢不让权。"

他将手搭在车窗边沿，说："走吧。"

车内并没有照明灯，只有月光透过车窗，照进来。

很安静。

林叔把车开上路，平稳行驶着，"大少爷为何忽然想要扭转时局，逆市引资，扶持江南经济？"因为累了，周生辰说话的语速有些慢，"五到十年内，中国不再有全球最低廉的劳工，内陆制造工厂会陆续关闭，'Made in China'会变成'Made in Cambodia'，'Made in Vietnam'。庞大的失业人群，会造成巨大冲击，一定要提前缓冲。"

林叔在沉默。

这个大少爷，和旁人不同。

从十四岁进入大学开始，就已经注定他和旁人不同。五至十年的逆市投资，需要的，是庞大的人脉和资金。如今替周生辰出面的，只是外姓和一众幕僚，但如此长期的项目，必须要他真正地支持，而此举，必然违背周生不得从商的家规。

倘若没有周生行这个叔父，或许，还简单些。

时宜本以为，他会如先前一样，白天返回镇江，深夜再回来。却未料，次日清晨，她从公寓附近的酒店健身房回来，周生辰已经等在楼下了。她有些惊讶，他却说："我来陪你吃早饭。"清晨七点，忽然出现一个人说要陪你吃早饭。

她忽然觉得，这种场景，极像是读书时，那些在宿舍楼下、校食堂边出现的年轻男女。

可惜不巧，她已经吃过了。

可他却还饿着。

时宜试探地问，要不要上楼给他随便做些早饭吃。周生辰没有拒绝。她带他上楼后，后知后觉地发现家里只有牛奶和一些水果。厨房的架子上，有雀巢的蛋奶星星，哗啦啦倒了大半碗，倒了奶，切好一盘水果，端给他。

他坐在餐厅的桌子旁，低头看了眼奶中形态可爱的星星，有些怔愣。

"我不知道，你习惯不习惯吃这个，"时宜有些不好意思，轻吐舌头，"挺好吃的。"

"习惯。"他忍俊不禁。

她怕他不够吃，还特地把盒子也拿出来。

周生辰刻意扫了眼上面的说明：六至十二岁食用。

他笑，低头舀了口奶和星星，吃了起来。

她耐心陪着。

仔细看去，他双眉间拢着淡淡的倦意，脸色也很苍白。时宜忍不住伸出手，想要碰碰他的额头，他察觉了，微微抬起眼睛看向她。

短暂的安静。

她不知道是该收回手，还是坦然去试他额头温度。

就在她尴尬徘徊时，周生辰轻轻往前凑近了，配合着，贴上她的手。

她碰到他的额头。果然有些烫。

"是低烧。"他说。

她"嗯"了一声。

他们牵过手，都是在大庭广众下发生的。

此时此刻，在明亮安静的餐厅里，她忽然触碰他的皮肤，手竟然禁不住地颤抖。幸好很快离开，他没有察觉，"是一直没退，还是又受寒了？"

"一直没退。"他放下调羹。

她沉吟了几秒。

他好笑地看着她："又要给我泡药包？"

"现在不管用了，"她遗憾地看着他，"那个是紫苏叶，泡水喝可以散寒。但是现在你已经不是简单的寒热了，上次应该让你喝完，在这里睡一晚捂捂汗，很快就好了。"时宜说完才意识到自己的措辞非常暧昧，虽然是要订婚，但和他之间似乎刚刚才有了比朋友近一些的关系。

若真是留宿……

周生辰仿似没有察觉异样，继续吃水果，动作慢条斯理的，"睡一晚？可能不会有这么完整的时间睡觉。"

"那现在呢？"她忽然问。

"现在？"

"嗯，"她说，"你刚吃了东西，过二十几分钟，我给你吃些退烧的药，在客房睡一觉，烧也就退了。"她看着他，倒是认真。

周生辰有些意外，但很快就颔首，"也好，我大概有几个月没有好好睡了。"

时宜的提议，是真的为他着想。

所以也不觉得什么，只是迅速把客房腾出来，边给他换干净的被褥，边和他有一句没一句地说话。等到他吃了药，躺到床上，她就走出房间，收拾早餐的碗碟。

在清凉的水流中，她慢慢清洗碗碟。

眼前似乎仍是他的模样。眉目清秀，并不深刻的五官，唯有鼻梁很挺直，躺在床上的时候非常地安静，像是刚闭上眼睛就已经沉沉睡去。如此坦然，甚至能感觉到，他的完全信任。

刚把洗净的碗碟放好，她却想起来，他吃了药肯定会发汗。

醒来了怎么办？

难道还要穿着汗湿的衣裤？

她一念刚起，就听到有人轻轻叩门。打开来，是林叔，也没有过多的话，只说送来少爷常备的干净衣服。时宜放下心来，越发感叹他的严谨，任何事情都准备稳妥，做得滴水不漏。她把衣服放到干净的藤编篮子里，推开房间门，放了进去。

这个公寓设计得非常好，不论主卧还是客房，都有独立的洗手间和浴室。

她想，不用自己提醒，周生辰醒来也肯定会去洗澡。

整个上午，因为周生辰在客房里睡着，她的心就像是飘着，始终落不下来，索性就拿了一盒影碟，看起电视剧。她的工作时闲时紧，不可能每日准时坐在电视前追电视剧，只有休息了，才找些感兴趣的片子，从头看到尾，也免得惦记。

因为阳光强烈，只能拉上窗帘，让房间暗下来。

怕吵到他休息，就戴上耳机，仔仔细细盯着字幕，看得入神。

一集集连下来，浑然忘了时间。

忽然身边的沙发沉了沉，她猛地回头，看到他坐下来。头发还湿着，显然已经在睡醒后洗了澡。浅蓝色的绒料长裤，白色衬衫，干净得像是个尚未离校的学生。

"怎么醒了？"时宜摘下耳机。

"不习惯睡很长时间，"他看着电视里的无声画面，"你一直在看电视？"

她点点头，去试他额头的温度。

幸好，烧退了。

"你没有家庭医生？为什么发烧了，都不吃药？"

"有，不过这种低烧，我通常都会自己痊愈。"

她"哦"了一声，耳机挂在脖颈上，看他还微湿的头发，"如果不急着出门，就多坐一会儿。"

"没有急事，我这一个星期，都会空出来陪你，"他松了周身力气，靠在沙发上，"可能之前已经很忙，订婚之后会更加忙。"

她"嗯"了一声，看着他。

"有话想说？"他了然一笑，声音疲倦，略有柔软。

"没有正经话，"她也侧身靠在沙发上，和他面对面，"只是忽然好奇，为什么你会做科研，真的是因为不知道做什么，才随便选择的吗？"

"做一些事情，可以对别人有益处，"他倒是认真考虑着如何回答时宜的问题，"而科研这种东西，可能帮到的人会更多一些。"

她"嗯"了一声。

"我家里这样的人，不多，但还是有几个。比如我妹妹，"他说，"她生下来，心脏就是先天性供血不足，身体不好，却一直读医科，也就是想做一些事，多救几个人。"

他说起妹妹的声音，有种温暖的感觉。

她在家里看东西时，总习惯戴着眼镜。而现在，坐在面前的周生辰，也戴着眼镜。

两个人的眼睛，隔着薄薄的镜片，时不时对视一眼。

她靠在沙发上，和他慢慢地闲聊。只是如此，就已觉得享受。

从这里，能看到客厅和餐厅之间的玻璃墙。玻璃上，映着她和周生辰。

轮廓清晰，面容却模糊。

她想起，前世的初见。她在城楼上，扶着城墙，有些费力才能借着黎明的日光，看到远处的他，也是如此面容模糊，只见背影。那时身边有人说，十一，他是你今后的师父。她轻轻颔首，在偷偷来见他前，她已听过这个名字：周生辰。听起来儒雅清贵，仿佛饱读诗书。

可所见，却完全不同。

她所想的，是手持书卷的先生。

而她所见的，却是金戈铁马的小南辰王。

那一日。

长夜破晓，三军齐出。狼烟为景，黄沙袭天。

他立于高台，俯瞰大军，素手一挥，七十万将士铿然跪于身前。这就是真正的周生辰，家臣上千，手握七十万大军的小南辰王。

是色授魂与，还是情迷心窍？

六七岁的她，并不懂得这些，只是被眼前所见震慑，双手紧紧扣住城墙青砖，心跳若擂。

曾经的她和他，隔着师徒的名分，隔着她早有的指腹婚约。自七岁至十七岁，琴棋书画，为人处世，甚至每一卷书，每一句诗词，都是他所教授的。从懵懂无知，到深入骨血。

色授魂与。

她用了十年，才弄懂这四个字。

"累了？"周生辰忽然问她。

时宜摇头，"想到一些事，"她怕他追问，很快说，"工作的事。"

她自知道他没有工作和家事的安排后，就刻意说，自己前一夜工作太晚，有些累。两个人在家里待了整天，消磨时间的东西很多，而他，偏偏就选了围棋。他执棋的手势，非常漂亮，也非常熟悉。

时宜有时候会借着斟酌棋局，悄悄瞄他下棋的样子。

她想，他可能有所察觉，只是任由她这么做而已。

他带她去他们的房子。

不大的庭院，还有幢三层小楼。室内装饰得如同一纸素笺，色彩并不浓烈，却有着让人沉静下来的氛围，她走进去，就不自觉地压低声音说话。她忽然想，如果不是自己，而是其他人做他的未婚妻，会不会每件事都觉得十分违和？一种年代的违和感。

可唯独她，从不觉得有什么不舒服。

作为即将和他订婚的人，她理所应当要参与所有的事。周生辰并不认为自己有资格裁决一切，甚至连请柬所需的套色木刻水印，也要亲自给她看，问询她可有偏好的字体。他们说这些的时候，是在他与幕僚谈话的间歇。

深褐色的桌面上，排开了木刻水印，每个版刻旁，还有张裁成长条的宣纸。

是他让人刻了她的名字，复印在纸上的。其实，她认得这其中的每个字体，甚至是背后的每个故事。她问他："通常，你喜欢用什么？""老辈人崇尚唐风，喜欢周正的楷书，具体哪家的字，只看个人喜好。"

她颔首，楷书四家，唯有赵孟頫是元代人。她理所当然，排除了那张字。

然后，非常准确地把另外三家的字挑出来，摆在两人眼前。

却没留意到，周生辰眼底的稍许惊讶。他没想到，时宜能认得这么准。

"我很喜欢颜真卿的字体，可他算枉死，会不会不太吉利？"她莫名地迷信，"柳公权的字，太过严谨，会不会不适宜订婚的请柬？"她轻声喃喃着，有些犹豫，转而又觉得自己过分。不过是请柬的字体，何必如此较真？

周生辰倒不觉如何，抽走唯一没被她否决的字条，"骨气劲峭，却不失风流，欧阳询的字很不错。"说完，便唤来人，拿走了这张宣纸。

他抬起手腕看时间，然后告诉她，接下来会有很多安排，不适合他参与。

她起初还有些奇怪，看到他的背影消失在书房后，发现门外有张熟悉的脸，歪着头笑着，是那晚给她量身材的姑娘。

时宜恍然，何为"不适合他参与"。

那晚在姑娘的老宅里选料子和量身材，只有他们祖孙四个人，还有位端茶倒水的婆婆。她只觉得除了深宅大院的环境，并没什么特别的。但此时，她看到那个女孩子走进来，身后跟着十几个衣着精致的中年女人，就已经明白周生辰所说的"世家"是什么意思。

那些中年女人手里，有人提着暗红色布所罩的衣裳，还有人抱着长形木匣子。

她看过去，猜不透匣子里装着什么。

女孩子和她打招呼后，示意人拆开匣子，不多会儿，就有了悬挂衣物的暗红色架子。

原来，来送衣服，竟连悬挂的木架也要带来。

她恍然。

女孩子却看出她的神情，也觉此举甚为麻烦，"婆婆说，凡是周生家大少爷的事情，都要做足样子，"女孩子看到她的诧异，也忍不住叹气，"没办法，谁让时宜小姐你嫁的是周生，每一辈只出一个的周生。"

有人撤去罩着的布，把十几件长裙挂上。

时宜看得嘘出一口气："好漂亮。"

"喜欢吗？真的喜欢吗？"女孩子笑起来，"那我再告诉你，现在只是订婚，我外婆最近身体不好，所以都是我们三兄妹打的衣样。倘若是大婚，婆婆一定会亲自出手，就不只是好看了。"她说的时候，也甚为憧憬。

时宜感叹着说谢谢。

有人挂好布幔。

时宜配合她，一件件试着礼服，终是记起自己始终没问女孩子的名字。

"我叫王曼，"王曼细细看她身上这件衣裳，努努嘴巴，示意她看镜子，"难怪婆婆会说，大少爷待你是好到不能再好了。你是他们家唯一一个，不必在公开场合穿旗袍的女孩子。"

"一定要穿旗袍吗？"她奇怪。

但仔细想想，初次见他母亲，还有后来在金山寺边吃饭，见到他的堂妹和一个堂嫂，似乎真的都是旗袍。无论何种衣料，何种式样，都跳不出老式旗袍的桎梏。

"我也只是听婆婆说起过，钟鼎世家，规矩繁多，所以给他们家人做衣服也很闷。"

王曼看礼服的袖口，似乎在思考减去那些装饰。

美人不必过多装饰，极简才是上上之选。

到最后，时宜终于挑了件礼服，难得露出小半截的小腿，衣袖却已经长及小臂。

最关键的是，这个样子非常像旗袍……

王曼看出她的意思，忍俊不禁，让人撤去屏风，刚想要周生辰来看，她就听到自己的手机在响。时宜从桌上拿起手机，走到窗户边去接电话，就在接通后，听到有男人的声音，轻轻地咳嗽了声。

她回头，门口立着一对男女。

陌生的面孔。

这并不奇怪，和他在一起后她见到的，始终都是陌生的面孔。真正令人奇怪的，反倒是王曼一瞬愣住的神情，视线落在年轻男人身上。时宜也顺着她的视线望过去，这个男人穿着浅色长裤、绿色的格子衬衫和黑色西服。

因为身高的优势，压住了绿色的轻浮，反倒是风流随意。

年轻男人对王曼很轻地点了点头，视线移到时宜身上，"我猜，这位漂亮得让人吃惊的小姐，一定是我哥哥的未婚妻，对不对？"

时宜有些意外，但还是颔首，答："你好，我是时宜。"

"你好，"年轻的男人走过来，伸出手臂，在她刚伸出手准备握手招呼时，给了她一个十分热情的拥抱，"我是周文川，周生辰是我哥哥。"

这个男人，中文说得竟然这么生疏。

完全不像周生辰。

不过时宜还是认出来，他有双他们母亲的眼睛，斜挑起来的眼睛。

原来这就是他口中提过的，双生子之一——周文川。

两个人分开时，周文川才对自己的女伴招手，告诉她："这是我的妻子，佟佳人。"佟佳人向着她走过来，反倒不及周文川的热情，只是简单地和她握握手。

有些冷淡的人，甚至还有细微的敌意。

时宜并不明白，房间里的气氛为何如此诡异。

就在她犹豫着自己以什么身份招待他们时，小型会议室的门忽然被打开，似乎他也听到了外边的声音。内里或坐或立的男人们，均是黑色西装，严谨得像是在做生死谈判。周生辰走出来，让人关了门。

他没穿外衣，衬衫的领口解开了一粒纽扣，右手还拿着自己的眼镜。他微抬起眼睛，看了看书房里的几个人，视线很自然地落在时宜身上，"很好看。"

时宜笑笑，还没来得及说话，王曼已经长嘘一口气："好看就好。"

她似乎不愿久留，很快让自己家里的人将所有东西收拾妥当。

告辞时，周生辰忽然开口，让王曼留下来，一起用晚饭，"你和文川自幼相识，应该很多年没见了？"王曼看了眼周文川，"差不多，三四年的样子。"

"是吗？"周文川想了想，"差不多。"

一笔带过，再无赘述。

晚饭是在家里吃的，饭罢几个人坐在庭院里闲聊，时宜竟然意外听出来，佟佳人和周生辰曾是校友。两人年纪差得并不多，但佟佳人入校时，他已经拿到了博士学位。

"根据'斯坦福－比奈量表'的智商测试标准,我这位哥哥可是标准 190 分天才,"周文川笑了笑,将左腿搭在右腿上,"十二岁就收到深造邀请,十四岁进大学,十九岁拿到化学工程博士学位。"

王曼轻笑一声:"你炫耀你这个哥哥,已经听得人耳朵都麻木了。"

周文川摇头笑笑。

王曼继续说:"吉尼斯世界纪录中,世界上最聪明的人可不是大少爷。人家是两岁会四国语言,四岁旁听大学课程,十五岁拿到物理博士学位。"

周文川微微扬起眉,"小丫头,你从来都和我作对。"

时宜忍俊不禁。

可身边的话题中心人物,却并不太投入的模样。时宜用余光看着他,猜想他是在想西安的那些研究项目,还是在想家里的事?似乎这样,也挺有趣的。他能安静下来,陪在她身边,任由她时不时打量着,天马行空地猜想着他的想法。

时宜的思绪收回来。

却意外地,看到佟佳人巧妙地挪开了视线。

她看的方向,只坐着时宜和周生辰。

不知道看的是她,还是他。

那两个在争论智商的人,已经把话题移到了艾灸上,王曼正说着自己从伦敦回来,脱离了那种容易肥胖的饮食习惯,却未料,反倒是胖了些,"我在老宅子里每日跳操到半夜,早晨又是瑜伽,都不大吃主食了,没想到,还是没成效。"

女孩子说起瘦身,就是如此。

不管你是不是世家子弟,是不是有一双能缝制天衣的手,都要为肥胖烦恼。

周文川只是笑了笑:"小心婆婆被你跳出心脏病,"他看向身边的新婚妻子,"佳人,我记得你教过你表妹,说是有艾灸和按揉的方法?"

佟佳人有些走神,像是没听到。

周文川轻轻用手拍了拍她的手臂,半笑不笑地说:"想什么呢?"

"啊?没什么,"佟佳人疑惑看他,"你说什么?"

"我说,你是不是有什么艾灸和按揉的方法,用来减肥?"

"不是减肥,是促进代谢,"佟佳人把手指放在自己腹前中线,脐下三寸的位置,"这里是关元穴,经常艾灸和按揉,可以利水化湿,促进肾功能,促进五脏六腑的健康。通常代谢好了，体内就不会有太多垃圾和脂肪，也就不会肥胖。若论功能来说，这算是最健康的减肥方法了。"佟佳人说起话来，很和气，却有些疏离感。

"记住了吗？"周文川看王曼。

王曼有些隐隐的不快，没有说谢谢，也没有回答周文川。

一时倒是尴尬了。

时宜旁观到现在，越发觉得，他们之间的关系，非常微妙。

她笑了笑，忽然说："还有，王曼你记得，灸此穴容易上火，灸前后各饮一杯温水，或者配合灸脚底涌泉以引火下行。"

她只想消散尴尬。

倒是引来了周生辰的好奇，"你懂得穴位？"

她"嗯"了一声："一点点。"

很多她所知道的，都不过是皮毛。

但因为是曾经的他所教授的，所以她反复牢记，都未曾遗忘。

包括书法，包括艾灸穴位。

客人相继离开，她和他依旧坐在庭院里。

和他下午议事的几个人，拿着一沓文件来，给周生辰过目。时宜非常识相地避开视线，去看池塘里各色锦鲤。忽然，有条金色的锦鲤，从水面跳出来，啪的一声又跌回去。

清浅的水声，突显了夜晚的惬意。

他接过笔，在一页的右下角签了字，在几个男人走后，轻轻用两指揉按着眉心，戴上眼镜。

这才偏过头看她。

时宜的侧脸轮廓很美，眼睛里映着月色，因为要回避他的公事，而专注地看着池塘和池塘旁的假山，没有丝毫的不耐烦。他想起，有句话用来形容美人，"最美者，都贵在美不自知。"

与她初识，他怀疑过她是被人安排，仰仗出色的外貌接近自己。而现在却已真正承认，她是真的单纯地想要认识自己。

非常单纯的目的。

月色中，她看着锦鲤，而他却看着她。

很自然地想到一句话：

  长眉连娟，微睇绵藐，色授魂与，心愉于侧。

前世间章
美人骨

　　她还记得，拜师时，是个艳阳高照的日子。

　　清河崔氏这一辈，她竟是家族正支唯一的女孩儿，余下的大多夭折于襁褓中。而因家族权势正盛，她在母亲腹中，就被指婚给太子。据儿时的几个奶娘议论，倘若当时生下来是个男孩儿，应该会被偷梁换柱，换成女孩儿，只为能入主正宫。

　　幸而，是女孩儿。

　　而不幸的是，这个女孩儿生来便不会言语。

　　是以，她才会拜小南辰王为师。这个坐拥七十万大军、最令皇太后忌惮的小王爷，也是太子最小的叔父，却并非是太后嫡出。据母亲说，此举可以让她有坚实的靠山，同时，也好以她的师徒名分，日后替太子拉拢这个叔叔。

　　一举两得。

　　一箭双雕。

　　这其中利害关系，她听得似懂非懂，但想到那日这个师父素手一挥，三军齐跪的霸气，仍旧满怀憧憬。若不是那日偷偷见过他，她会以为，小南辰王是个三十有余的王爷，否则不会有赫赫战功，令皇室忌惮。

　　在众目睽睽之下，时宜工工整整地行了拜师的大礼，接过身边人递来的茶杯，用两只小手紧紧握住，一步步走向坐在正中的年轻男人。

水在杯内微微晃着，荡出一层一层的涟漪。

她每一步都不敢分神，直到周生辰面前，恭恭敬敬地把茶杯举过头顶。

她想，如果是其余弟子，应该尊敬地唤句"师父，请用茶"，但她只能安安静静，唯一能做的就是将茶端稳。很快，一只手就接过她手里的茶杯，另外一只手持杯盖，轻抿了一口，"时宜，你在家中被唤作十一？"十一抬起头，亮晶晶的眼睛，看着他，轻轻颔首。

"恰好，我已有十个徒弟，也叫你十一，可好？"

他没有自称"为师"，而是称"我"。

时宜有些微怔，忍不住看遥远处的母亲。

在母亲颔首后，她才又轻轻点头。她想，这真是个奇怪的师父和小王爷。

事隔多年，她想起那日，仍旧记得清楚。他身着碧色的长衫，眉目中仿似有笑，竟如阴日一道和煦阳光，晃了人眼。少年成名，战功显赫，却又善待每个徒儿和兵将的小南辰王，自那日后便是她的师父，一生一世不再有变。

她是未来的太子妃，和寻常的师兄师姐不同，在王府内独门独院，也有单独侍奉的侍女。也因此，在入门前两年，备受排挤。因她身份，那些人不敢有任何动作，却只是待她冷淡，仿若路人。她并不太在意，也是这样的身份，让她更得师父宠爱，常单独伴在书房，甚至能登上王府禁地——藏书楼。

而后，在师父的察觉和训示下，所有师兄师姐终于开始慢慢接纳她。她不能言语，总是笑，笑得每个人都暖意融融，纵然容貌平平，却也招人喜爱。

只是，师父仍旧只允许她一个人上藏书楼。有些师兄忍不住，拿来纸笔问她，藏书楼里到底有何宝物，可成王府禁地？她每每摇头，笑而不写，甚至目光偶有闪烁。

楼内不过三层，常年弥漫着松竹香气，不点灯时，光线很暗。她第一次去，也是偷偷潜入，初入王府，就有邻国敌军大举寇边，师父领兵出征，她甚至没有第二个认识的人。所以，藏书楼里，有一整面的墙上，都是她写下的诗词，均是自幼跟着母亲背诵的。

诗词意思，并不甚懂，却能流畅书写。

当周生辰归来时，藏书楼已被她写满了两面墙。

侍女在深夜寻不到她，只得悄悄向周生辰求救，清河崔氏的女儿深夜失踪，若传出，便是满门受辱。侍女做不得主，手足无措，周生辰便独自一人寻遍王府，直到走到藏书楼的顶层，看到拜师时给自己乖巧奉茶的小女孩儿，竟在墙面上写下了司马相如的《上林赋》。

洋洋洒洒，竟无一字偏差。

却偏偏卡在了男女情意的那句话上：长眉连娟，微睇绵藐。

她手足无措，紧紧攥着毛笔，从竹椅上下来。甚至不敢抬头去看月色中神色有趣的师父。"忘记后半句了？"周生辰走过去，单膝蹲下，温声问她。

十一抿起嘴唇，有些不甘心，但仍旧默默颔首。

师父忽然伸手，抹去她脸上的墨汁。

指腹有些粗糙，并不似娘亲般的柔软。可是一样的温热，也一样的温柔。

他笑了一声："后半句是：色授魂与，心愉于侧。"

她恍然抬头，欣喜地看着师父，想要反身再爬上竹椅时，却觉得身子一轻，被他从身后抱起来，"写吧，我抱着你。"她颔首，有些害怕，也有些欣喜，以至于这八个字写下来，和别的笔迹相差甚多。

她还要再写，师父已经把她放下来，"睡去吧，待你学成时，再补足余下的。"

是以，藏书楼内，有她未曾写完的篇章。

她私心里甚至将它当作了秘密。

后来渐渐大了些，她方才懂得，这句词的真正意思。

　　　女以色授，男以魂与，情投意合，心倾于侧。

师父常常不在王府，短则半月，多则三月，每当此时她都会悄悄去藏书楼。有时候在午后打开窗，会有风吹进来，夏日浮躁一些，冬日则冰寒一些。有风，就有声音，无论是风穿透数个书架的萧萧呜咽，抑或是翻过书卷的声响。

起初她个子矮，总会站在竹椅上，后来慢慢长高了，再不需要竹椅。

不用她说，周生辰总会在这里找到她，然后在固定的一根柱子上，丈量离开的这段时间里，她是否有长高。她看到他忽然而至，总会开心不已，说不出，就小心翼翼地用食指勾住他的小指，摇摇晃晃，不肯松开。

"十一，"他和她说话的时候，总会单膝蹲下来，很温柔，"你笑起来，最好看，要常常笑，好不好？"她笑，嘴角扬起来。

日日月月，年年岁岁。

琴棋书画，她并非样样精通，却偏好棋和画。

前者，可在藏书楼陪师父消磨时间，后者，则可趁师父处理公务时，用来描绘他的样子。她不敢明目张胆地画，只得将那双眼睛，那身风骨，一颦一笑，睡着的，疲累的，抑或是因战况盛怒的师父，都藏在了花草山水中。

只她一人看得，唯她一人懂得。

她不能出王府，自然不及师兄师姐的眼界开阔。每每到十日一次共用晚膳，总能听到已随师父出征的师兄，眉飞色舞地描绘他如何剑指千军、身先士卒。而师姐又描绘在市井传闻中，师父的名声。

"十一，你觉得，师父是不是很好看？"

她怔一怔，想了想，然后很轻地颔首。

若说师父不好看，这世上再无可入眼的人。

"有没有听过'美人骨'？"最小的师姐，靠在她肩上轻声说，"'美人骨，世间罕见。有骨者，而未有皮，有皮者，而未有骨。'而小南辰王，是这世间唯——个兼有皮相骨相的人，百姓们都说，这比帝王骨还稀有。"

小师姐说到最后，竟有了大逆不道的话。

"小南辰王家臣数千，拥军七十万，战功赫赫，早该分疆裂土，开出一片清明天下。"

她眼神闪了闪。

她知道小师姐喝多了，忘记了自己这个不会说闲言碎语的师妹，就是皇太子妃。

为了配得上皇室，拉拢小南辰王而存在的人。

她听得有些心慌，晚膳罢，又偷偷上了藏书楼。却未料师父竟也未燃灯烛，立在窗侧出神。她透过木质书架的缝隙，远远地，看着师父，想到师姐的话。美人骨，这三字虽然听去极美，却也未尝不是一道枷锁。

她看得累了，就坐下来，迷糊着睡着了。

再睁眼天已有些亮了，却不见了师父，只有长衫披在自己身上。衣衫冰凉，想来师父已走了很久，这还是初次，她在此处睡着了，师父没有抱她下楼。

时宜的手指顺着衣衫的袖口，轻轻地画了个圈。

只是如此，就已经脸颊发热。多年前她只能背诵到"长眉连娟，微睇绵藐"，是他，教会她"色授魂与，心愉于侧"。

如今她当真是色授魂与，情迷了心窍。

她深夜提笔，书信一封，恳求母亲退婚。

母亲回信来，字字句句不提退婚，讲的却是些坊间传闻。

坊间传闻，小南辰王与太子妃行苟且事，罔顾师徒名分，罔顾纲常伦理；坊间传闻，小南辰王有意举兵，将天下改姓自立；坊间亦有传闻，清河崔氏已与小南辰王府联手，美人天下，双手供奉，只为分疆裂土，由望族一跃成王。

　　　　吾儿，谨言慎行，清河一脉尽在你手。

她合上书信，揭开灯烛的琉璃盏，将信烧尽。

宫中频频有圣旨示好，太子殿下更是亲自登门，以储君身份安抚小南辰王。君君臣臣，好不和睦，仿似昭告天下，传闻仅为传闻，皇室、南辰王氏、清河崔氏，深交固若金汤，动摇不得。

十七岁生辰，她奉母命，离开小南辰王府，离开住了十年，却未曾见过市井繁华的长安城。

那日，也是个艳阳高照的好日子。

师父难得清闲在府中，倚靠在书房的竹椅上。她记得，自己走入拜别时，有阳光从窗外照进来，斑驳的影子落在他身上，半明半暗中，他眸色清澈如水，抬起头来，静静地看着她。

十一工工整整行了拜师时的大礼，双膝下跪，头抵青石板。一日为师，终身为父，她这一拜是拜别他十年养育教导恩情。

"皇太后有懿旨，让我收你做义女，十一，你愿意吗？"

她起身，很轻地摇了摇头。

刚才那一拜，已了结了师徒恩情，她不愿跨出王府还和他有如此牵绊。

他微微笑起来："那本王便抗一回旨。"

十一走到他面前，在竹椅边靠着半跪下来。仔细去看，他双眉间拢着的淡淡倦意。她忍不住伸出手，想要碰碰他的脸。

只这一次，这一次后她就离开，离开长安，回到清河。

他察觉了，微微抬起眼睛看向她。她被吓到，不知道是该收回手，还是坦然去碰碰他的脸。短暂的安静后，他轻轻往前凑近了，配合着，碰到她的手。

她的手指，有些发抖，却还是固执地从他的眉眼，滑到鼻梁。

每一寸，都很慢地感觉。

美人骨。

她想，这骨头究竟有什么特别，可以让王室都忌惮，可以让天下人传扬。

色授魂与。说的即是女以色授，男以魂与，如她这般平凡无奇的样貌，又如何担得起"色授"……她静静收回手。他却忽然笑了笑，问她："来长安十年，十一还没见过真正的长安城？"十一颔首，想了想，忍不住遗憾地笑了。

"我带你去看看。"

她愣了愣，想到母亲的书信，有些犹豫地摇摇头。直到他命人取来风帽黑纱，遮住她整张脸，只露出眼睛时，才终于带她走出王府。艳阳高照，街道喧闹，他和她共乘一骑，温声告诉她每一处的名字，每一处的不同。

他长鞭到处，本该是生死搏杀的战场。

可那日，仅是长安城的亭台楼阁，酒肆街道。他没穿王袍，她遮着脸，他不再是她的师父，她也不再是他的徒儿。远望去，马上的不过是眉目清澈的女子，还有怀抱着她的风姿卓绝的男人。

这便是她住了十年的长安城。

她离开王府那日，也是他再次领兵御敌之时。征战十年，边关肃清，邻国更是闻风丧胆，这一战不过是向四方示警，再无任何丧命危险。

她如此以为。

十日后，她抵达清河崔氏的祖宅，受太子奶娘亲自教导，学习大婚礼仪。奶娘似乎听闻她的种种不是，严词厉色，处处刁难。她不言不语，只记下每一个紧要处，略去言辞讽刺。

直到边疆告急。

太子殿下亲自出征，援兵小南辰王，她才觉事有蹊跷。

小南辰王自十六岁上马出征，从未有败绩，长剑所指，皆是血海滔天，必会大胜回朝。一个常年养在宫中的太子，何德何能，敢带兵增援。

　　她无处可问，四周只有父兄和皇室的人。

　　她记得那十年在王府的岁月，周生辰每每在她睡着时，亲自将她抱回房内，唯恐她受凉生病。稍有风寒，就会在他房内喝到紫苏叶所泡的热茶。反倒是回了家中，在大雪纷飞日，也要光着脚，踩在冰冷地板上学如何上榻，侍奉君王。

　　半月后，母亲来寻，旁观她反复练习落座姿势。
　　半晌，母亲终于悄无声息，递上一纸字笺。

　　字迹寥寥，仓促而就，却熟悉得让人怔忡：

　　　　辰此一生，不负天下，唯负十一。

　　她光着脚站在青石地上，听母亲一字字一句句，告诉她三日前那夜，小南辰王是如何临阵叛乱，挟持太子，妄图登基为帝，幸有十一的父兄护驾，终是功败垂成，落得剔骨之罪。
　　何为剔骨？只因他一身美人骨，盛名在外。
　　那太子偏就要在天下百姓前，剔去他美人骨，以儆效尤。

　　母亲目光闪烁，她睁着眼睛，直勾勾地看着母亲。
　　张口却问不出，言语不能。
　　此生徒有口舌，却不能言。就连他如何留下这纸笺，都问不出。
　　是谁负了谁？
　　十一拿着纸笺，禁不住地发抖，她想起，那日离去前她亲手抚过他的眉眼，不想忘记关于他的一分一毫。而如今再见，却已是残纸绝笔。
　　他一句不负天下，分明告诉她，他是被陷害的。
　　父兄害他，皇室害他。
　　而她，又如何能置身事外？

　　十一把纸笺折好，放入衣襟内胸口处。继续沉默地，一遍遍练习如何坐下。

十一，你这一生，可曾想与谁同归？

她早有答案。

后记：

　　周生辰，小南辰王。一生杀伐不绝，赤胆忠心，却在盛年时，被功名所累，渐起谋反之心。幸有清河崔氏识破奸计，小南辰王被俘，储君恨之入骨，赐剔骨之刑。

　　刑罚整整三个时辰，却无一声哀号，至死不悔。

　　小南辰王一生无妻无子，却与储君之妃屡传隐秘情事。小南辰王死后第四日，储君之妃命殒。有传闻她是从王府十丈高楼自缢，亦有传闻她是自长安城墙一跃而下，众说纷纭，终无定论。唯有王府藏书楼内，储君之妃手书整首《上林赋》为证，流传后世，渐成美谈。

他一生风华，尽在寥寥数语中，深埋于世。

这一世已过去二十六载。

　　时宜靠在窗边，看车窗外掠过的路牌，不禁感叹这好天气，没有一丝浮云的碧蓝天空，让人心情也好起来。出租车一路畅通无阻，她下车后，手续办得亦是顺畅，却不料在安检的门内，来回走了两次，都警报声大作。

　　最令人烦躁的是，隔壁的警报声也响个不停，不知是哪个倒霉鬼和她一样，遇到不讲理的安检门。

　　"小姐，麻烦你把鞋子脱下来，我们需要再检查一遍。"她点点头，在一侧的座椅上坐下来，低头脱掉鞋的瞬间，她看到隔壁那个男人的背影。

　　很高，背脊挺直。她看到他的时候，他正拿起自己的手提电脑。

　　安检门的另一侧，长队如龙。

　　而这一侧，却只有他们两个在接受检查。

　　"周生辰先生？"安检口的男人拿起他遗落的护照，"你忘了护照。"

　　"谢谢。"他回过头来。

他留意到她的目光，抬眼看过来。

那一瞬的对视，压下了周遭所有的纷扰吵闹。所有的一切，都不再和她有关系。时宜目不转睛地看着他，再也挪不开视线。她想笑，又想哭，却无论如何都说不出话，哪怕是半个字。

你终究还是来了。

周生辰，你终究还是来了。

第六章
色授魂与

时间一天天倒计时，她有些紧张，问他，是否需要提前见那些周家的人。周生辰很简单地否决了，他的原话是："不需要提前见，最多三年，我会恢复到正常的生活轨迹，你也一样，不需要有任何变化。"

她理解，他说的正常轨迹，就像在西安研究所一样的他。

穿着实验室的白大褂，带着研究员，研究一些她永远都不懂的材料。

纵然是要订婚，她还是要参与一些业内活动。

比如东视旗下一众配音演员，要录制一期公益曲目。这些配音演员，轻易不开口唱，但如果肯进录音棚，歌声绝对会震撼绝大多数听众。所以从三年前第一期开始，就成了每年五月的惯例。

她连请假都没机会。

林叔开车送她到录音棚，已经有很多人等在那里。或站或坐，都穿着随意，相互笑着闲聊，时宜推开门，有两个中年女人笑起来："看看，我们今年获奖的最好声音到了。"都是业内的前辈，经常会拿她开开玩笑，她长出口气，也玩笑着深深环绕鞠躬，"各位前辈，晚辈实在是逾越了，竟然拿了今年的大奖，见笑见笑。"

众人大笑。

配音演员就是这点好，不露脸，名声也只在业内，所以都是一些淡泊名利的人。时宜样子好，人也和气，对前辈都很尊重，自然很受欢迎。

她走过去，习惯性和美霖要稿子。

岂料后者双手环胸，非常为难地说："今年的规矩变了，老板说，要学学好声音，让你们都录自己最拿手的，公益打擂。"

"真的？"时宜看看周围人，手里的确也没有纸。

"真的，"美霖笑，低声说，"用你的脸做海报？"

时宜用手肘狠狠撞她。

美霖轻声说："告诉你，今天王应东来了。"

王应东，D Wang，非常低调的制作人，极富才气。最关键的是，他喜欢时宜很久了，久到每个人都知道，却从未明白对她说过。时宜并不傻，但同属一个公司，总会或多或少地和他接触。她已经尽量让美霖安排，自己的工作一律回避他，但这种大项目，总难逃开。

她微微蹙眉，没有说话。

如果可以，她希望，这一世可以简简单单。

除了周生辰，不再和任何人有牵扯。

幸好，他们所有人都坐在休息室。

除了进录音棚录制的人，可以听到王应东的声音，其余时间，都不会有接触。

依照美霖所说，这次真的改了方式。每个人都要背一段指定的角色台词，并且，为了录制各种娱乐效果的花絮，真的不给任何提示，每个人进了录音房，就随意放伴奏音乐。幸好都是当年的流行乐，唱不出的还是少数。

不过也有一些专配纪录片的，根本不听流行音乐，只好现场放几遍，跟着学习。

当时宜被推进去的时候，王应东并没有为难她。

挑的是她最熟悉的台词，放的歌曲，也是耳熟能详的。

《我的歌声里》。

唱遍大街小巷的歌，也因一个选秀节目红得发紫。她戴上耳麦，看到玻璃的另一侧，D Wang也戴着黑色耳麦，对她微微竖起大拇指，用自己标志性的手势示意她准备。

音乐播出来，她轻轻地跟着旋律，哼了两声。

很简单的词。

每句，都能让她想到很多。

没有一点点防备，
也没有一丝顾虑，
你就这样出现，
在我的世界里……
你存在，我深深的脑海里，
我的梦里，我的心里，
我的歌声里……

她还记得，他忽然出现的时间。他们坐的都是早班机，机场的人不多，也幸好不多，否则只能让他更觉得自己唐突。每个神情，其实都很清晰，比如他是从左侧转的身，手里除了电脑、护照和登机牌，没有任何多余的东西。

淡蓝和黄色交叠的格子衬衫，干净的目光。

他看到她，竟然没有任何多余的神情，反倒显得她眼神慌乱。

时宜手搭在麦克风的金属架上，轻轻地唱着，从未如此投入地唱过一首歌。

隔着玻璃，只有 D Wang 和美霖看着她。

两个人似乎都看出来，她在为某个人唱歌，没有任何杂质的感情。D Wang 轻轻地，将音乐减弱，近乎于清唱。他想，这个内地四大女声之一，刚刚拿下大奖的女人，或许真的在谈着一场隐秘的恋爱。那晚颁奖典礼的花边新闻，曾让他以为，时宜也开始慢慢变质，但今晚，她的歌声里，很明显地表达出她正在非常爱着一个男人。

不管那个男人身家如何，她真是投入了感情。

她完成自己的部分，很快就离开了。

却并不知道录音棚里，余下的那些人，如何开着 D Wang 的玩笑。有人轻轻拍着 D Wang 的肩膀，笑着说："东视最漂亮的女人，归属似乎很不错。" D Wang 两指轻轻叩着工作台，没说话，却有些无奈地笑起来："只要她喜欢，没什么比这个更重要的了。"

非常严苛的制作人，忽然说出这么煽情的话，一室竟难得安静。

她下楼时，周生辰早在路边等着。

时宜猜，他一定保持着习惯，早到了十五分钟。快要进入多雨的盛夏，夜晚的路面，常常会被突然而至的细雨淋湿，黏着几片绿色的梧桐或是银杏叶，踩上去，会有软绵深陷的错觉。时宜走过去，走到他身边，"你把老师送回酒店了？"

周生辰颔首，"一个小时以前就送到了。"

"一个小时？"她算算时间距离，"你到这里多久了？"

"三十分钟。"

"三十分钟？"她笑，"你不是说，你的等待习惯，是提前十五分钟吗？"

他替她打开车门，随口说："如果是等未婚妻，时间加倍也不算过分。"

她没想到他会这么说，坐进车里，看到林叔似乎也在笑。

车从街角拐出去，平稳地开上灯火如昼的主路。时宜看见他打开车窗，四分之一的高度，刚刚好足够透气，却不致有风吹乱头发。两个人之间，有木质的扶手，他的手臂并没有搭在上边，而是让给了她。

这样细枝末节的地方，她都忽然留意起来。

或许他和自己相处，从来都是如此。

虽然感情是慢慢培养，但他真的做到了该做的一切，留出时间陪她，也留出空间，不让烦琐家规束缚她。虽然从唯一一次见他母亲，时宜就看出来，那些家规有多难被打破。

她轻轻用手碰了碰他的手臂。

周生辰回头，看她。

时宜悄悄指了指前座，他了然，关上了隔音玻璃。

"你们家订婚，需要不需要一些特定的环节？"她问他。

周生辰仔细想了想，"没什么，能省略的，我都已经让人取消了。"

"那，需要戴戒指吗？"

他笑："需要。"

"那戴完戒指，"她看着他漆黑的眼睛，"需要吻未婚妻吗？"

周生辰有些意外，但仍旧仔细想了想，"这个，他们倒是没有告诉我。"

他的声音里，有淡淡的笑意。

时宜想，他可能，大概明白了自己的意思。

可又像是没有明白。

"你过来一点儿。"她低声说。

他很听话，轻轻地把身子靠过来，神情似乎还有些疑问。

她轻声问，有些脸红，"如果问这么仔细，别人会不会尴尬？"

他略微思考，答："或许会。"

她不知继续说什么，周生辰却礼貌而安静地等待着。

他比她坐着的时候，也高了不少，只得低下头和她说话。近在咫尺，蛊惑人心。

如果再不这么做，可能今晚都不会再有勇气了。

时宜忽然就闭上眼睛，凑上去，在触碰的一瞬，竟分不清前世今生。这样的感觉，让她不能呼吸，不敢动，也不敢睁眼。

只有心跳若擂，紧紧地抓住两人之间横亘的木质扶手。

在短暂的静止中，甚至能感觉到近在咫尺的目光，她的眼睛闭得越发用力，甚至睫毛都在微微颤抖着，固执地，不愿意离开。幸好，他很快就温柔地回吻住自己，自然而然，用舌尖撬开她的嘴唇、牙齿，将所有的被动变为主动。

而他的手，也轻握住她的手，合在了掌心。

掌心温热，并不用力。

唇舌相依，这样的距离，她曾经想都不敢想。他并不着急，甚至有种仔细而耐心的味道，在和她亲吻。一寸寸，一分分，抽走她的意识和思维，她不舍得离开，他也没有放开的意思，就如此反反复复，持续了很久。

到最后，他终于从她嘴唇离开，轻吻了吻她的脸。

悄无声息地，两个人分开来。

他似乎想说什么，最后只是笑了笑。

时宜不敢再看他，很快偏过头，去看窗外掠过的风景。

车仍旧在平稳行驶着，不断有楼宇远去，也不断有灯火袭来。这样美的夜晚，就这样开下去，一路看下去，该有多好。

她回到家，把椅子搬到阳台的落地窗前。

从这里，能看到不远处的高架桥，车如流水。

坐了很久。

她忽然想要完整拼凑出前世的记忆，她和周生辰是如何相识，如何相知，又是如何的结局。可偏偏幼时清晰的画面，到如今，反倒像蒙太奇的画面。

层层叠叠，碎片无数。

她只记得，曾美好得不可思议的相处片段。

记得，一定是自己负了他。

故事的结局究竟是怎样的？或许太令人难过，她真的忘记了。

漆黑的房间里，忽然亮起了白色的光，这么晚，他竟然还打来电话。

时宜心跳得有些飘，拿起来，却又有些莫名担心。通常送她回到家后，他都不会再来电话，因为在门口，已经道过晚安。

她把手机贴在脸边，"喂"了一声。

周生辰的声音，淡淡的："还没有睡？"

"我？"时宜不知道为什么，自从今夜的那个吻之后，听到他的声音，就有些心慌意乱，"嗯，我在客厅坐着。"

他略微沉默了一会儿。

不知道想说什么，总之，最后什么也没有说。

只是说了声"晚安"。

时宜也轻声说了"晚安"。

等到周生辰挂断电话，林叔才在前排，低声问："现在回去？"他颔首，公寓楼下的车缓缓开出小区，向高架桥驶去。

他刚才，只是看她的房间始终没有亮灯，完全不像她平日作息。按照平时的习惯，她应该一进房间，大概十分钟内就会去洗澡。可是今天，却始终没有这么做，以至于他忽然有些担心，是不是出了什么状况。

而打这个电话，还有别的原因。

这么特殊的一晚，是不是应该和她说些什么？

要说什么？他最后发现，电话接通后，什么也不用说。

他能听到，手机里，她的呼吸有稍许克制，和平时有很大差别。周生辰将手肘撑在车窗边，用两根手指撑住脸，视线落在窗外的夜色中。

过了一会儿，忍不住，微微扬起了嘴角。

提前三日，她随他返回镇江老宅。

而父母要晚一天抵达。

时宜在路途中忐忑难安，怕再见他母亲，甚至是他那一族人。当山路深入下去，她却发现，轿车经过了曾经到过的地方，却并未停驻，反倒是更往绿影深重、宁谧的山林内深入。到最后开始有高耸的石雕牌坊，两侧的树木亦变得愈加高耸。

沿着路，左侧有溪水潺潺，右侧则是青石搭就的一层层石阶。

她望着路边的景色，猜测着，这是什么地方。

不久，就看到有两三个女孩子，沿着石阶慢悠悠走着，似乎在闲聊。轿车开过时，女孩子们忽然转过头来，有个认出了这辆车，忙不迭招手，"大哥。"

声音叠在山谷中，略有回音。

轿车慢慢停下，周生辰先下车，年轻女孩子想跑，却不太敢跑，只是从最近的碎石小路上快步走过来，待近了，周生辰伸出手轻轻摸了摸她的脸，"出汗了，从山上走下来的？"女孩子"嗯"了一声，笑着绕过他，走到时宜面前，微笑着打招呼："时宜小姐，你好，我是周文幸，你未来的妹妹。"

她看了看周生辰，猜出这就是他疼爱的那位妹妹。

迄今为止，他们家这一辈，她见了四个。果然如同他所说，除了他和周生仁比较特殊外，余下的，都是"文"字辈的。名字没有任何差异，无论远近亲疏，嫡系旁系。

周生辰似乎担心她的身体，坚持让她上车，不再让她攀爬。

岂料周文幸竟然很欣喜，将两位同族的小姐妹也招来，自作主张地关上门，"大哥，你陪时宜小姐走上去吧，希望你能赶上午餐的时间，"她催促林叔开车时，忽然又说，"对了，今日是要试菜的，千万不要迟到。"

轿车很快离开，转过环山弯路，就不见了踪影。

她这一刻的感觉，如同进入了无人的风景区。

没有任何交通工具，只有她和他。

周生辰笑中有些无奈："还需要走一段路。"

"没关系，"她已经慢悠悠走起来，"这里风景很好，走起来，应该不会觉得累。"

他抬腕看表，"你这样的速度，可能需要走五十到六十分钟。"

她脚步顿了一顿，"你妹妹说，中午你要试菜？"

周生辰颔首，把西服外衣脱下来，搭在手臂上，显然做好了徒步上山的准备。

现在时间已快午饭，如果要走将近一小时，岂不是让所有长辈都等着？念及此，时宜不敢再耽搁，拉起他的手腕，"我可以走得很快，非常快。"

握住了，方才觉得这是种亲近。

不过周生辰倒不觉得什么，只是拨开她，反过来握住她的手，"不用走得太快，他们会一直等我们。"因为是上行坡度，他要带着她走，自然就攥得紧了些。

起初她还小鹿乱撞，心神不宁，到走了二十分钟的上行山路，已经有些轻微的喘气。

两个人到老宅大门，她额头已经有些汗湿。

"很累？"他松开她。

时宜微哂。

依旧是深宅，不过看起来比先前去的老宅略微温暖些。她想起那里，仍旧是绵延的细雨，湿漉漉的老式地砖，亭台楼阁皆在雨幕中，包括他母亲的语气也是阴沉沉的。

可这里却漫溢阳光。

庭院很深，数不清是几进，雕梁画栋，一路走入，常能看到阳光透过石雕砖雕，落在地面的奇异形状。两个人并肩而行，她忍不住轻声说："我喜欢这里。"

好像这样的地方，能阻断时光。

他笑而不语。

两个人终究还是迟到了。

周文幸轻轻地对她笑，如同奸计得逞了。只是辛苦两个人，走得腿酸脚疼。

她再次见到他的母亲，还有他曾经提过的，暂时帮他照顾周生家业的叔父。还有很多长辈，他并未一一给她介绍，最后，让她最为不安的是，这些人她也只是走马灯地招呼过，然后就分桌落座。唯有她和他，坐在单独的桌子上。

周生辰似乎还考虑到，有十几桌的陌生人在，刻意嘱咐人搬来屏风，堪堪遮住两人所坐的位置。除了林叔，还有两位看起来像是总管的人，随侍在身旁，再无他人。

他看出她的不自在。

随手把西装外衣，递给林叔，接过温热的湿毛巾，边擦手边说："其实今天来，主要是让你试菜。那些长辈只是难得一聚，趁这个机会来叙旧，这么隔开来，也，好让他们安心吃饭。"时宜应了声，看了看身边立着的三个男人。

他了然，让三个人都下去用餐，最后，只剩了他和她。

一道道上来的，倒都是很新鲜的食物。

雪夜桃花、莲蓬鱼肚、驼羹、八卦山药，她吃起来，倒都觉得不错。更享受的是，周生辰每样都很熟悉，没有旁人在，就亲自给她介绍："鱼肚要过油浸泡十二个小时，待软后，再用180℃高温加热使其膨胀，而后，再次低温浸泡，浇入上汤调味，煨小火一分钟……"他说得十分详细，时宜忽然笑出声："这道菜，你会做吗？"

"完全不会，我厨艺很差，"他笑，"其实，也算不上什么厨艺。"

"那你这么清楚？"

"之前挑菜的时候，会有厨师详细介绍，听过了，也就记住了。"

她"哦"了一声，握着筷子，扭头看窗外偷笑。

如果不了解他，一定会以为他在炫耀自己的过耳不忘。

高智商，而不知遮掩的人，也真是有些可恨。

她视线飘回来。

周生辰正在看着她。

屏风外，安静得像没有人。

两个人莫名对视了一会儿，他忽然轻咳了声："所以这些菜，你觉得还可以吗？"

时宜"嗯"了一声。

再精致不过的菜品，毫无瑕疵。最主要的，他刚才说，这些菜都是他之前挑选的，只是这一个理由，就完全足够了。她根本不会有任何多余的意见。

两个人住在单独的院子里，房间仅是隔壁。

或许是因为他的要求，室内装潢都是极舒适的现代设备，除却墙外环境的古朴，她如同住进了私家酒店。在她进房间，洗过澡后，房间电话竟然很快响起来。

一墙之隔，他还不嫌麻烦地来电话，道晚安。

时宜忍住笑意，感叹说："好巧，如果早十分钟，我还在洗澡。"

还没等他说话，就听到窗外，有稍许吵闹。

离得远，她听不清楚。

他似乎也听到了，仍旧礼貌地和她解释："我需要先挂断这个电话。"

“好。”

电话挂断不久。

很快，就有脚步声从楼下上来。

木质楼梯和地板，掩不住这样的快步行走声。而后，是隔壁房间门打开的声响，时宜按住扶手，犹豫了几秒，还是打开门。看到林叔已走下楼，而周生辰的背影刚巧就在楼梯口，听到她走出来，微微转过身，“有些小事情，你先休息。”

他看起来，神色略有不同。

时宜才颔首，他就匆匆离去。

这样陌生的环境里，她很难立刻入睡。

尤其还有深夜莫名的喧闹声，让她更加心神不宁。幸好周生辰很快就返回这个院子，她听见他的声音从楼下传上来，悄悄走到窗边看下去。

月色中，他面对着五六个黑衣的男人，其中一个正是试菜时出现过的总管之一。说话的声音不大，她听不到具体内容，只见他很快就挥手，众人散去。

院落中，只剩了他自己。

住在一楼的两个负责饮食起居的女孩子，问了句明日晨膳的时辰。他只说照旧，又低声说了句话，便上了楼。时宜从窗边离开，就听到房门被敲响。

打开来，看到周生辰左手手肘撑在门框上，站在门口，笑了笑：“我回来了，和你打个招呼。”她也顺势靠在门上，“有很严重的事情吗？”

他略微沉吟：“上次你见到的一个怀孕的堂嫂，刚刚不慎跌倒，可能要早产了。”

她心头一跳，未料忽然出这种事，追问了几句。

只是奇怪，他一个大男人去管这种事？实在说不过去。

不过他既然没有说出完整的故事，那她也无须深问。毕竟她现在还不是未婚妻，哪怕是未婚妻了，想要真正成为这家庭的一员，或许都有很长的路要走。

两人说话间，小姑娘连穗走上楼，端着一盏茶，在微微对两人欠身行礼后，将茶端入了时宜的房间。待连穗走后，周生辰才解释：“这是莲子心芽泡的水，喝一些可以助眠，不过不要喝太多，晚上醒了口渴了，也可以润喉。”

难怪，有很淡的莲子清香。

时宜的心有些软绵绵的，又点点头，想要抬头和他道晚安时，他却已经低下头来。如此近的距离，甚至能感觉到他的鼻尖已经碰上自己的，轻轻摩擦，却不再进一步。

她不敢置信地睁大眼睛。

"晚安吻，可以吗？"他微微偏过头。

时宜轻轻说了个"好"字。

两个人离得这么近，都能感觉到彼此呼出的气息。

倘若不答应呢？他会怎么办？

她意乱情迷，闭上了眼睛，感觉到有柔软，碰到自己的嘴唇。

起初，她以为只是稍许碰触。

却未料竟是如此绵延深入的一个吻，唇舌间有淡淡的莲子清香，混杂着苦艾的薄荷味道，并不十分浓烈。似乎和那夜不同，但为什么不同，哪里不同，她说不出确切的理由。只感觉他的舌尖轻扫过自己的上腭，竟像被碰到了最脆弱的地方，直觉退后一步，却被他一只手扣住了后腰，退无可退。

他发现她的反常，倒有了些研究精神，开始慢慢试着，找出哪里才是最敏感的地方。

那个地方碰一碰，就难受得要命。可离开了，却又有些空落。到最后她也不懂，是好受还是难受，在他终于放开自己时，已经有些空白晕眩，迷惑地看着他。

"还好吗？"他用手指碰碰她的脸。

很烫。

手指滑下来，摸到她的嘴唇，已经有些肿。

时宜轻轻避开，几不可闻地"嗯"了一声。

到现在她终于明白，不同之处在哪里。周生辰一定很认真地研究过怎样接吻，面对一个如此有研究精神的男人，真不知道是该哭还是该笑。

或许是因为山里的寂静，她次日醒来，比平时晚了半个多小时。

周生辰不在，她独自在小厅堂里，慢悠悠吃着早餐。连穗和连容都待她十分尊敬，甚至有些小心翼翼。她忍不住笑："你们吃早餐了吗？如果没有吃就去吃吧，不用陪着我。"

"吃过了，"连穗年纪小些，鬼灵精怪地笑着，"时宜小姐肯定不知道，自从大少爷准备订婚以来，这里的晨膳都是五点呢。所以除了时宜小姐，这里上上下下的人，早就用过晨膳了。"她低头笑了笑，继续吃紫糯莲子羹。

这个晨膳的规矩，他没有和她提过，只是让她舒舒服服地自然醒后，安静地吃早餐。时宜握着调羹，抿了一口，紫糯合口，莲子香甜。

却都不及他的细心让人沉醉。

原本上午的安排，是他陪她去寺庙进香。

她耐心等到了十点半，周生辰仍旧没有出现，她拿出来时带来消遣的书，翻着打发时间。时针缓慢地移动着，她看得入神时，钟摆的撞击声骤然响起来，非常有规律的沉重响声，持续到第十一下后，恢复了安静。

十一点了？

她从窗口望下去，周生辰依旧没有回来。院子里的连穗似乎也在等着大少爷回来，来来回回走着，看起来有些焦虑。忽然有人影闪进来，是年纪大一些的连容。

楼层不高，两个小姑娘的说话声很快就传上来。

连容叹了口气："越来越麻烦了，孩子没了。"

连穗"啊"了一声，压低声音说："没了？"

"是啊，说是她生辰八字不好，克的。"

"什么克的？昨晚明明姓唐的那位，仗着自己有身子，先冲撞了她。你说提什么不好，偏偏就在众人面前提她被退婚的事？倘若她不退婚，说不定如今我们的小小少爷都生下来了，谁敢这么冷嘲热讽——"声音骤然消失。

显然是两人之间有人记起楼上还有时宜，很快停止了议论。

时宜短暂地品味这几句话，震惊于早产后，那个孩子的死去。她还记得，当初在金山寺旁吃饭，忽然闯入的唐晓福。

这个话题中那个克了唐晓福的"她"，时宜猜不到身份。

但显然，曾和那个"她"有婚约的人，是周生辰。

她首先想到的，是在西安听说过的未婚妻。但很快就推翻了这个可能，按连穗说的话，这个"她"若不和周生辰退婚，早已有机会生下孩子。那时间上来说，应该是比较远的事情了。

所以，还有别人吗？

他在过去二十八年里，有过怎样的故事，她一无所知。

如今看到的文质彬彬、波澜不惊、似乎对男女情事不太热衷的周生辰，究竟有怎样的过去？他就像个谜，接触得越多，不懂的越多。

时宜，你要耐心，慢慢地去了解他。

午后，周生辰姗姗而归。他今日穿着深蓝色的衬衫，黑色长裤，周身上下色调暗沉，唯有袖扣泛出了细微的银灰色光泽。他安静地在她身边坐下来，松开袖扣，轻轻嘘出口气。

"下午去接我爸妈？"她给他倒杯水。

"事情可能会有些变动，"他似乎在思考如何措辞，"家里出了一些事情，确切说，有了白喜事，不宜在最近办红喜事。"

时宜恍然。

这个道理是对的，所以她点点头，倒是没有追问。

周生辰看她并不惊讶，猜到了什么，"听到连穗她们说了？"

她吐了吐舌头，轻声说："是偷听到的，你千万别怪她们。"

他眼底有隐约的笑意："这个宅子，大小院落有六十八座，房屋一千一百一十八间，人很多，也很杂，所以——"他停顿下来，时宜疑惑地看着他，"所以？"

"所以，总难免有闲言碎语，真真假假的，听过便罢，不要想太多。"

她笑："知道了。一般电视剧里的大家族，都这么演的。"

这场订婚仓促取消，她虽能理解，却总要和父母交代。

两人大概商量了一些措辞。

周生辰给她父母打了一个电话，很诚恳地抱歉，寥寥数语交代清楚。幸好只是订婚，母亲也觉得人家家中出现了白事，无论如何现在订婚都有些不妥，况且，也有些不吉利，所以很快就释然，取消了行程。

只是母亲多少有些微词，自始至终，周生辰的母亲都没有任何礼貌的交代，丝毫不像是即将结为亲家的态度。时宜含糊笑着，解释说他母亲对这件突发的白喜事，很伤心，所以顾不及这边的礼数。

"时宜，"母亲的声音有些心疼，"妈妈并不需要你嫁得多好，那样的家庭，如果你觉得不适应还来得及。说实话，你们这些年轻人，结婚离婚都像儿戏，何况订婚，你还有很多机会考虑清楚。虽然我挺喜欢那孩子，但也不想你处处低人一等。"

"知道了，知道了，"她笑，开玩笑说，"我会慢慢树立我的地位的，女权至上。"

母亲被逗笑，嘱咐她不要亏了礼数，去探望一下早产的亲戚。

母亲这么一提醒，她也想起，是该去探望探望唐晓福，毕竟也算和这个堂嫂有过一面之缘。问周生辰时，他却解释说人已经离开了镇江，时宜只能作罢。

周生辰临时改变行程，准备明日就送她返沪。

他午后去处理余下的大小事宜，刚走不久，周文幸忽然而至，说受了哥哥叮嘱，要陪时宜四处走走。时宜本就对如此庞大繁复的老式建筑很感兴趣，自然乐得闲走。

这种江南老宅，皆是长廊接着长廊，院落紧挨院落。

不像西北的大宅子，每个院落中都有分明的进出大门，规整刻板。

"我大哥哥说，一定要带你去一个地方，"周文幸笑的时候露出一颗尖尖的虎牙，可爱极了。时宜猜不到，"是什么地方？祠堂吗？"

周文幸扑哧笑了："那种地方平时不太好去，而且去了也没什么好玩的。我现在不告诉你，到了你就知道了。"

她们走得深入了，附近的植物已经渐渐被竹子取代。

竹子并不浓密，称不上是林，但伴着水声和微风，让人有种清凉感。穿过一道窄门，竹林越发茂密，却已经能看到有三层高的老旧建筑，在不远处安静矗立着。

"喏，就是那个藏书楼，"身边的周文幸告诉她，"我大哥哥说，你曾问过他关于藏书楼的事情，所以他猜，你应该会喜欢这个地方。"

有风吹过竹叶，沙沙作响。

她想起，她在青龙寺的时候，问他可曾去过那种老式的藏书楼，有一层层的木架，无数的书卷。彼时他看似听不懂的神情，只薄笑着，似是而非地说他经常去的地方，是一层层木架上，放置着试验所用的器具。

未承想，这里当真有这样的地方。

第七章 十八子念珠

藏书楼，总有很多故事。

她不知道眼前这个往来过多少人，隐藏过多少情事。但此处是江南，而曾经记忆中的那座楼，却远在西北。早已尘归尘，土归土。

周文幸从身上摸出老旧的长形铜钥匙，开了锁。

兴许是怕时宜爱干净，周文幸边推开门，边告诉她，这里每日都有固定的人来打扫，不会有任何的灰尘，"对了，你对灰尘和花草过敏吗？"

时宜摇头。

"我大哥哥对灰尘和花草过敏。"周文幸低声笑了笑。

时宜点点头，"记住了，以后家里要一尘不染，而且不能养花花草草。"

周文幸笑起来："他过敏不算很严重，"她忽然压低声音，像是偏向着时宜般，"所以你和他吵架了，就让他闻花香，他身上就会发出红色的小肿块，不多，但是特别有趣。"

时宜实在怀疑面前这个女孩子是学医的。连她都知道，过敏是不容忽视的事情，虽大多病发不严重，但真严重起来，还是非常可怕的。

室内果真是一尘不染。

时宜从一楼到三楼，像是欣赏古物似的，从每个角落的摆设，到仰头看到的木雕，都觉得有趣。周文幸看起来对古建筑没有任何兴趣，也说不出所以然，任由她走到楼顶。因为是古建筑，所以楼高足有十丈。

三楼的东面和南面，是有悬窗的，十几排的书架上，摆放着各色书籍。有书卷也有书册，幸好没有竹简，否则她真要怀疑自己所在的年代了。

周文幸接了个电话，因为信号不好，匆匆下楼。

她站在书架旁，随手拿起一本书，就听见有脚步声。

很快，周生辰就出现在楼梯口，他手搭在楼梯尽头的木雕扶手上，透过一排三米高的书架缝隙，很快就看到了她，"有没有喜欢的书？"

"我才刚到不久，"她放下书，"你不是说，家里有事情要处理？"

"结束了，"他微微笑着，"余下的那些妯娌间的事，应该不需要我插手。"

他神色坦然，声音里仍有些不太自在。

毕竟都是一些家庭矛盾，的确不需要他来做主。

所以他匆匆离开，甚至走的步子有些快，只是想看看时宜看到这样的礼物，会有什么反应。而此时看到了，却发现她的态度并不重要。

背对着窗外的夕阳，她这种恬淡而又古典的气质，像极了传说中一顾倾城的女子。

"为什么不到窗边去看看？"他不紧不慢地走过来。

时宜愣了愣，瞥了眼半敞开的窗子，竟然踱不动步子。有种深刻的恐惧感袭来，甚至让她手指发抖，呼吸困难。她并不恐高，十丈也不过是十层楼房的高度，不知此时为什么会这么怕。她轻轻地深呼吸了下，怕他看出自己的反常。

他却已经先走到窗边，彻底打开窗子，将支撑的钩子挂上。

如此一来，视野更加开阔。

风吹进来，临近窗边的书架上，有书唰唰翻过数页。

他靠在窗边，回身看她，"来，看看这里。"

时宜不敢动，觉得周身都有些疼痛，那种从骨缝儿里渗出来的疼痛，让她紧紧攥住拳头。

他看着窗外，未曾留意她的异样，"站在这里，你能看到整个老宅的全景，还有落日。"

声音淡淡的，在清凉的晚风里，让人如此熟悉。

时宜克制住自己心里的恐惧，慢慢地，一步步地走过去，把手递给他。直到被他轻轻握住，带到窗边。她扶上窗棂的一瞬，眼前只有血红，他的声音明明那么近，却像是隔了层水雾，听不清。

"身体不舒服？"周生辰单手撑在她身侧，低头看她，发现她的脸色竟有些微微的泛白，"时宜？"

他唤她的名字，耳边是他的气息，还有他的体温。

所有现实的触感都把她从噩梦中渐渐拉回来，直到眼前恢复清明。

血光散去。

只剩夕阳余晖。

连绵的白墙黑瓦，还有浓郁的绿，都被余晖拉长了。真的是一眼看不到边界的老宅，那些似乎是边界的风火墙，都隐在了暮色里。

美极了。

她想，他是想让自己看美景。

她额头有些浮汗，此时在即将散去的日光中，才被他看清楚，"忽然出了这么多汗，真的不舒服？"她摇头，还未说话，周文幸已经走上楼来。

周生辰本想给她拭去额头的汗，刚伸出一半的手，也因此中途收回，插入了裤兜里。好像他在第三人面前，永远都很矜持，矜持得像个不近女色的和尚。

时宜被他这个动作逗笑了。

所以周文幸走上来，看到的是时宜笑得有趣，哥哥却一本正经地看时宜，面上毫无笑意，眼底却有着细微的愉悦。

周文幸越发对自己这个未来嫂子有了好感。

要知道，这位科学家哥哥，可是向来对女人没兴趣的。

晚上周生辰带她去见外婆。

让她非常奇怪的是，他的外婆那么大年纪，竟然不住在老宅子里。

车开出山区，拐入不算太繁华的邻近小镇，见到了独居在两层小楼的老人家。接近百岁高龄，老眼昏花，却思维清晰。

她坐在摇椅边，陪着外婆说话时，周生辰始终在耐心地四处检查着用具、设备。甚至淋浴头都要亲自检查，看是否有任何细孔的阻塞。

"再耐心的人，终年对着和自己没有血缘关系的老人，也会失去耐性。无论安排多少人在这里，总难免会有不尽心的时候，还是自己检查得好。"他对走过来看自己劳作的时宜轻声解释。

时宜颔首，"陪护不是亲生子女，总会有怠慢。"

他笑一笑："感同身受？"

她解释说："以前我妈妈和几个舅舅轮流照顾外婆，就是因为发现，陪护不陪外婆说话，给她老人家晒的日光不足。都是些小事情，但做子女的就会照顾到。"

她看着他，忍不住想，他在实验室是不是也是如此的耐心。

周生辰检查完浴室，拧开水龙头，清洗自己的双手。

她看得仔细，竟发现他手心似乎有伤疤，"你的手，受过伤？"

他"嗯"了一声："这很正常。"

他说的正常，自然是身处在实验室内，总有这些那些的小危险。时宜抿起嘴唇，有些心疼，却也觉得这是他的工作，没什么好多说的。

她看他差不多检查完了，就离开了浴室，继续去陪外婆说话。

周生辰低头继续洗手，一丝不苟，却不禁微微笑着，兀自摇了摇头。

时宜回到老人家身边，被摸索着，戴上了一串翡翠珠子。

外婆攥住她的手，轻轻地拍了拍。她未曾细看，就听见外婆说起话来。

"我啊，生了个女儿，一辈子对不起周生家，"外婆的口齿已不太清楚，她勉强弯腰凑过去听，"大少爷啊，不该娶她啊，要知道她和二少爷的事情，就不该娶她啊。"

时宜听得云里雾里，猜想，外婆说的大少爷并非是周生辰，而是他父亲。

外婆重重地叹了口气。

然后又握着一串一百零八颗的翡翠手串，默默地诵起经来。

周生辰恰好出来，看到她手腕上的十八子翡翠手串，竟有惊讶自眼中一闪而逝。回程的路上，他才说出这个十八子手串的来历："周长二十八厘米，十八颗翡翠珠，"他的手指顺着珊瑚珠下的绳带滑下来，"粉色雕花碧玺，还有珊瑚珠、珍珠。"

她抬起腕子，"很精致。"

"这是明末清初的东西。"

时宜恍然，忍俊不禁，"周生辰，你送我个保险箱吧？我要好好把它们锁起来。"

"这是念珠，多少代用来诵经念咒的手串，戴着吧，"他笑，"佛祖会保佑你。"

"这个我知道，"她用食指一颗颗拨弄着珠子，"这个是最小的，还有二十七颗，五十四颗，一百零八颗的，都是念经的手串。"

车在山林中开着，盘山路上很安静，空气显得更好。

有微风从半开的车窗吹进来，吹起她脸颊边的碎发，如此笑吟吟的神情，还有明显在小小炫耀自己博学的那份骄傲，让时宜整个人看起来……有些可爱。

他看了她一会儿，也不说话。

倒是把她看得有些不好意思，笑了笑，不再说什么。

他的轿车，还有随后跟随的四辆车，都保持一定的距离，相继向老宅驶去。

却在快到时，远远看见，有很多的警车停在大门外。

那些警车倒是安静，只是都开着车灯，四五辆车的苍白灯光交错着，将老宅门口的路和石雕照得很清晰。林叔很快戴上耳机，低声吩咐后边的车选小路走，不要跟上来。

时宜不解是因为什么，匆匆偏过头，看了眼周生辰。

他没有任何惊讶，只是将挽起的袖口放下来，独自系好袖扣，"林叔，把时宜小姐的护照交给我。"

林叔左手握着方向盘，继续平稳地向着老宅门口开过去，右手则从车内的储藏格内，拿出四本护照，递过来。

"时宜，你记住，"周生辰拿过她的皮包，把四本护照放进去，"你现在拥有四国国籍，而我在这里是有外交豁免权的，你名义上是我的妻子，所以，你也同样享有豁免权。"

他说得很平淡，时宜有些难以理解。

"简单来说，"他冷静地告诉她，"无论发生任何事，你都可以不必理会。"

车缓缓停下来。

林叔先摘下手套，折叠好放在驾驶位，轻轻理了理西服，先一步走下车。时宜错愕地看着眼前发生的一切。有两位警察走近，十分礼貌地和林叔握手，低声说着什么。

林叔很快摇头，欠身看车内，解释着。

安静的画面，听不到任何交谈内容，她却能感觉出事态的严重。

仍旧在交谈。

窗外无声，她却已经胡思乱想了很多。

手边皮包里的护照，她甚至从未见过，更别说对这件事有什么了解。她以为周生辰只是个家族的长房长子，却未猜到他有如此能力，将自己的国籍彻底换掉，甚至不需本人知晓。

而眼前的四五辆警车，平淡应付的林叔，也说明他早就清楚这些，预料到了，所以先把两个人放置在最安全的身份上。

他有"外交豁免权"？他是哪国的外交使节？

林叔已经反身而回，走到周生辰那一侧，替他开车门，很快又跑到时宜这里，以同样的欠身姿势，为她也打开了车门。

时宜下车后，很快挽住他的手臂。

如此多的警车停靠在大门口，说不忐忑是不可能的，她的手握得有些紧。

"周生先生，你好。"

为首的中年警察和一位亲自前来的检察官走上前，握手后，公事公办说出此行来意。

周生辰始终微笑沉默。时宜眼睛垂着，一直看着地面。直到听到唐晓福的谋杀案，她的手指忍不住扣得更紧了些。

中年警察表示，已知晓他有外交豁免权。

但此次案件，不只是简单的刑事案件。一系列非法拘禁、强制失踪、谋杀、实施酷刑等罪名，都或多或少牵扯到他，甚至有些罪名是跨国而来。她听得胆战心惊，始终紧紧攥着他的手臂，让自己不露出任何的异常表情。

他仍旧什么都不说，直到最后他才非常礼貌地道别。

沉默的力量，让人畏惧。

可又何尝不是令人遐想的黑洞。

这个面容清淡的华裔男人，是伯克利化学学院副教授，在十天前已公开身份是俄外交官。如此诡异的转换身份，甚至还有他身边这个女人，也在立案前脱离国籍，成为他在俄罗斯的合法妻子。所有的一切，根本就是为了应对这些指控。

"周生先生，我们希望你可以停止在西安的学术交流活动。"

他略微沉吟："我很遗憾，但一定会尊重你们的意愿。"

出于礼貌，他以主人的礼仪，目送所有不速之客离开。

时宜想要动一动，却因为长时间紧绷着神经，已经双腿发麻。周生辰没有留意，往前迈出两步，再察觉已经来不及。因为他的移动，她跟不上，腿一软就跪在了地面上。

很疼，她蹙眉。

丝袜摩擦粗糙的地面，扯动擦破的伤口。

"抱歉，时宜。"他单膝半跪着，蹲在她面前，细细检查伤口。

她因为太疼，顺势就要坐在地上，却被他阻止："不要坐地上，这里光线不好，也不太方便让人出来检查，我抱你进去。"

不等她回答，他已经伸出手臂，把她打横抱起来。

他很快迈上十几级青石台阶，林叔快速推开大门。他一路不敢怠慢，几乎可以说是健步如飞。路上不停有人躬身唤大少爷，还有些略微熟悉的面孔，都有些惊讶地看着他们。

时宜头靠在他肩膀上，听着他跳得很急的心跳，呼吸竟然也快起来。

因为疼，也因为这样的横抱。

她看着自己膝盖上银灰色的丝袜，沾着血，还有一层层的跳丝，显得非常狼狈。有种非常隐秘的心思，竟然盖过了刚才的恐惧，还有摔倒的疼痛，她想遮住自己的膝盖，很不想让他看到任何糟糕的地方……

周生辰当然不知道她的心思。

直到走入自己的院子内，看到被林叔唤来的中医和西医，才算是松了些心弦。

等在厅堂的，不只有家庭医生。

可真是坐满了人。

时宜认识的，有他的母亲、叔父，还有弟弟周文川、弟媳佟佳人。不认识的，自然是家中远近长辈，同辈的似乎还没资格参与这件事。那些人看到这一幕，神色各异，他母亲和佟佳人都有些色变，倒是周文川觉得十分有趣，感叹大哥越来越有情调了。

"我很快就会下来。"他简短说完，抱着她走上楼。

四个家庭医生都跟了上来。

等把她抱到房间的木椅上时，周生辰终于留意到自己的手，靠着她的胸口。

他看到的瞬间，她也看到了。

他很快抽离开手，嘱咐那些医生要快速处理后，头也不回地走下楼。

楼下很快传来争执的声音，有些大、有些小。措辞非常激烈，却态度克制。

老式的小楼并不十分隔音，她大概听出，他在受母亲的责备，叔父的口气也非常的严肃。很快就有女人抽泣的声音，她想了想，唯一年轻一些的女人就是佟佳人了，可她为什么会哭呢？

连穗递给她温热的湿毛巾。

她接过来，看到连穗也分神在听着楼下的声音，忽然想起那天她说的话。难道唐晓福的早产，就是因为佟佳人？刚才那个检察官说谋杀案，她一定也脱离不了关系。

就如此纷繁猜想着。

四个家庭医生倒是神色平淡，像是什么也不知道。

其中一个西医处理好伤口，另外三个仍旧不肯怠慢，一一重复检查。小小的膝盖伤口，被他们看得比谋杀案还严重。

骤然有瓷器碎裂的声响。

楼下安静了片刻，渐渐地，争执都变成了他叔父的说话，内容有些模糊，她努力听了会儿，大意不过是如此大规模的逆市注资，周期会长达二十到三十年，违背家规。并且这次唐晓福的意外身亡，已经引来唐氏的不满，所以才将这件事晒到太阳底下，不肯私了。

"周生数百年蛰伏避世，不能毁在你手里。"

她清晰听到这句话。

心跳得太急，甚至有些疼。

她对他的家规，并不清楚。

但依稀从他的话中，猜到这是个家规比人更重要的家族。否则他也不会为了想要做什么，而马上和自己订婚。但现在令婚期推迟的白事，已经演变成了命案，她虽懂得外交豁免权会让他避免刑事起诉，但却避不开被驱逐出境的后果。

周生辰。

你到底想做什么呢？

"时宜小姐看上去有些累，是不是要休息一会儿？"连穗轻声问她。

她点点头，觉得自己需要安静一会儿。

楼下渐渐恢复安静，悄无声息地，有风从窗口吹进来，带着潮湿闷热的感觉，好像要下雨了。她想起唐晓福的脸，甚至还能记起她轻声妥协的话语，还有对住在阴森老宅的不好感觉。

很快有人走进来，关上窗。

她侧着，蜷缩在躺椅上，睁开眼睛。

周生辰为了和她面对面，坐在了琉璃的矮几边沿，幸好是老旧的红木底座，撑得住他这么高大的男人。

"一直没问过你，配音有趣吗？"他开口，竟然是这样的话题。

她笑："很好玩，但要很有想象力。比如，录音师经常要求'时宜老师，你要想象自己正走在倾盆大雨中，在失恋，要欲哭无泪'，"她回忆着，低声说，"那时候很无奈，你看他们表演的时候，还能对戏，我只能对着稿子和麦克风，纯想象如何欲哭无泪。"

时宜举着各种例子。

周生辰倒是听得认真。

渐渐地有雨声，她能想象外边应该是闪电划破夜空，可惜看不到，他刚才在关上窗子的时候，也同时拉上了窗帘。

她端起茶杯，喝了口润喉，然后就听到他问："和我在一起，会不会不习惯？"

"会有一些，"她也给他倒杯茶，递给他，"会觉得很多事看不懂，怕忽然遇到什么事，不知道该怎么办。"周生辰抿了一小口，想了想，"会怕吗？"

她笑笑，没有回答这个问题。

生死轮回，她连死都不觉得神秘，会怕什么呢？

认真算起来，她只怕再也见不到他。

"你说，"她转而问他，"你换了我的国籍。"

周生辰颔首，"很抱歉，没有事先和你商量。"

"没关系。"她想，总有必要的道理。

"关于你父母和家人，我也希望能为他们这么做，但毕竟是长辈，"他略微沉吟，"你怎么看？"

她看他，"非常必要？"

"以防万一。"

她想了想，"等想到一个好理由再说吧，如果你是为了……嗯，规避法律才想这么做，他们可能会……"她犹豫着，不知如何措辞。

周生辰哑然而笑："我的确是为了规避一些东西，但是，"他略微瞧了她一眼，"时宜，我不会做任何不好的事情。"

"我知道。"

"你知道？"

"我是说，我相信你。"

"哪怕是今晚面对这么多指控，也相信我？"

今晚这么多指控，换作普通人，完全无法想象。

她沉默地看他的手，骨肉均匀，手掌比她的大了不少。男人的骨骼，总是比女人的要粗大、长一些。起初她想，这双手和她不一样，科学家的手肯定和大脑一样，和普通人构造不同。今晚却发现，不只是这点不一样，这双手握住的权力，也很难去理解。

他可以随意转换身份，让人摸不透。面对那么多可怕的指控，他都坦然以对。

她很怕，有一天醒来，周生辰这个人就人间蒸发，再无踪迹了。

他看她纤细的手，放在自己的手背上，轻轻攥住自己。

有种陌生的情绪，悄然流淌在两人之间。

他抬起眼睛看她。

时宜回视他，轻声给出了自己的答案："只要你让我和你在一起，我会无条件相信你。"

她忽然恐惧，怕他突然离开自己。

所以这是第一次，她真正说出自己的真实想法。

有些忐忑地，告诉他，他对自己有多重要。

越是不了解这个家庭的真正背景，越是害怕，像是已经被人推到了旋涡边缘。

没有人比她更了解，一个人和另一个人的缘分，想要了断有多容易，可能一个人行横道的转弯，就已天人永隔……她甚至会想，会不会松开手，自己就是这个老宅里的下一个唐晓福，毕竟她对这个家庭来说，也是新的来客，也是如此格格不入。

而显然，连他的母亲都敌视自己。

时宜攥着他的手，迟迟不肯松开。

"时宜，"他有些动容，用右手，轻轻拍了拍她攥住自己的手，"你……对我来说，一直是个意外。我好像总把握不好，怎么和你相处，也不知道怎么回答你的问题，"他略微沉吟，声音有些低下来，"谢谢你，相信我。"

非常正式的回答，简直可以写成标准的感谢邮件。

她抽回手，继续往躺椅上一靠，颇有种怒其不争的感觉，低声笑着，用影视剧里被用烂的话抱怨："真是……我本将心向明月，奈何明月照沟渠。"

她的声音，当真是好听。

他笑了笑："说错了，没什么沟渠。你现在是我的合法妻子。"

他不说，她倒真是略去了这句。

她"哦"了一声，蜷缩着腿，脸贴在藤椅上，刚刚落下去的心又飘了起来。藤椅上垫着柔软的白色狐毛，和他曾经喜欢坐的椅子相似，她记得，自己总喜欢悄悄地爬上去，趁着他读书写字，甚至是他在珠帘外怒斥部下时，靠在上边安静地听着。

他的声音，曾经好听极了。

她在心里演练过成千上万次，如何学他说话的音调，从起音到收尾，那时的她想过，只要自己能开口说话，第一个念出的就是周生辰。

"周生辰。"她叫他。

"嗯？"

"周生辰。"她换了个声音叫他。

"嗯。"他看出她的意图。

"周生辰。"她坚持又叫了一遍。

"嗯。"他配合她的小心思。

觉得自己开心极了，要开心得疯掉了。用脸蹭蹭狐狸毛，眯起眼睛看他，看这个已经是自己合法丈夫的男人。他今晚穿的是淡蓝色的衬衫，纯色的，袖扣是深蓝色，银灰色的裤子，非常舒服的颜色。原本和自己的丝袜颜色很搭配，可惜现在她只能光着两条腿，膝盖被包上了白色纱布。

"是五月十一日。"他告诉她。

"是什么？"她奇怪。

"以后的结婚纪念日，取了你名字的谐音，很好记。"

她有些恍惚，觉得好不真实，"好记？难道你会记不住？"

"不会，我对数字很敏感，况且，"他顿了一会儿，清淡地笑着，"总有几个重要的日子，必须要记住。"

那晚她就只记得，真是开心极了。

后来想起来，都只记得是开心的，竟然连多余的华丽语言都没有。她两世记忆加在一起，开心的日子并不多，尤其深刻的是纵马长安城，还有这夜他说，她是他的合法妻子。

时宜记得，后来自己和他说话的时候，都不太有逻辑性，总是忍不住笑。窗外是电闪雷鸣，倾盆大雨，可房间内却暖意融融。最后他向她道晚安离开后，她留意到躺椅的狐狸毛下面有个很古旧的雕紫檀蟠龙的木盒。

小心翼翼打开来，并列着两枚戒指。

祖母绿戒指，还有一个非常简约的黄钻戒指。她想，这应该是他早已准备好的。

盒子的盖子上，别着张纸。

他的字迹，简单写着，祖母绿是订婚戒指，尊重家族传统。黄钻是结婚戒指，方便平时佩戴，希望你喜欢。

最后，他竟还龙飞凤舞地写了四个字：新婚快乐。

好吧，用这样的方式送戒指，还有祝自己合法妻子新婚快乐的男人，或许这个世界上也只有他做得出来。她捧着盒子，思考了很久，自己把那个黄钻戒指戴上了。

对这种实验室在自己面前爆炸后，还能冷静转移材料，继续到其他实验室工作的男人，她想，自己真的不能有太多要求。

单单是五月十一日，这样的日期选择，就已经足够了。

五月十一日，511，我的时宜。

凌晨五点，她听到他离开的声音，跑过去打开房门，问他是否要自己陪着吃晨膳。他站在楼梯口，略微沉默了一会儿，告诉她今天不是个好时机。时宜明白他的意思，只是怪自己被好心情冲昏了头，忘记如今正是多事之时。

周生辰察觉她的失落，从楼梯口又走回来，"不要多想，我只是怕你太难堪，"他低声说，"因为今天早晨，我会遇到一些难堪的事情。"

"我知道，我知道，"她重申着自己的理解，"我在这里等你回来，如果在那里没有胃口吃，回来这里，我陪你吃早饭。"

他颔首，"好。"

他离开后，时宜反思刚才自己的表现，活脱脱像个小媳妇……她有些窘意，也有些担心，昨晚的激烈争吵，她并没有旁观，却听了七七八八。只是这么听着，就已经能推测出，他刚才所说的"难堪"，会是如何的情景。

她在房间里，有时坐，有时又站起米。

天从五点的蒙蒙亮，到日头初升的透亮，不觉就过了一个小时。连穗连着问了三次要不要准备早饭，她都说再等等。却不料等来了他母亲的传话，要她陪着一道去进香。

连穗说的时候，她有些不敢相信。

但很快就反应过来，自己现在的身份已经变了。

她本想问连穗，大夫人偏好什么衣服，却又在话就要出口时，堪堪止住。周生辰提醒过她的话，她记得很清楚：这个宅子，大小院落有六十八座，房屋一千一百一十八间，人很多，也很杂。

她感同身受，并非真源于什么影视剧，而是曾经的真实体会。

昨天的事情并不难理解，他也被困在这样复杂的旋涡里，步履维艰。所以在这里，除了他以外，时宜告诉自己，对每个人都要小心一些。

腿有伤口，还包裹着纱布，不能穿裙子，也穿不了贴身的裤子。

带来的衣服，倒是有运动服能穿。

她想到他的家规，还是咬咬牙穿了旗袍，自己把纱布拆了几层，勉强穿上了不透明的黑色丝袜。还算妥帖，只是高跟鞋穿不得了，有些怪异。

因为要拆卸纱布，小心穿上丝袜，耽误了些时间。

她到大宅门外时，已经是此起彼伏的车门闭合声，却没有任何车发动。周生辰远远站在第二辆车旁，在等她，在看到她的衣着装扮时，神情有瞬息的怔愣。

"姐姐，"第一辆车的副驾驶座被推开，穿着黑色背带西裤的周生仁探出头，"我母亲让你和我们坐一辆车。"时宜刚走了两步，就停下来，看他。

周生辰不动声色，微微额首。

她忐忑着，尽量以最快的步子走到车前，周生仁跳下车，替她开车门。在打开的一瞬间，她看到他母亲独自坐在后座，身着暗色花纹的旗袍，搭了件深紫色的披肩，妆容一丝不苟，笑容也非常有涵养："时宜小姐，请上车。"

疏远的称呼。

他母亲难道不知道，周生辰和自己已经是合法夫妻了？还是……真的不肯承认？她越发忐忑，余光看了眼仍旧站在车旁的周生辰，坐了进去。

车队很快离开，她和他母亲并肩坐着，竟格外安静。开了好一会儿，倒是他那个十几岁的弟弟，从前排扭头看过来，"时宜姐姐，一直没有机会和你说，你很好看。"

她笑："谢谢。"

周生仁也笑了笑。

她能感觉到，这个看起来话不多的男孩子，在试图缓解车内几近凝固的气氛。或许因为他们两个的简短交谈，真的起了作用，他母亲终于轻轻摇头，笑着说："小仁，看人不能只看脸。我告诉过你，'靡曼皓齿，郑卫之音，务以自乐，命之曰伐性之斧'，还记得吗？"

她怔了怔。

周生仁悄悄递给时宜安慰的眼色，却在一本正经回答自己的母亲："记得。母亲说过，这句话是说，美色和俗曲都会乱人心性，切忌沉溺。"

小男孩儿坐的角度，恰好足够和她交流眼神。

时宜悄悄地，也自嘴角扬起个弧度，感激于周生仁的善意。

自此一路再无话。

她正襟危坐，想，或许他母亲真的很生气，毕竟周生辰没有按照家里的安排娶妻。或许就像高门大户的婆婆，总要给未来媳妇一个下马威。她悄悄安慰自己，幸好是这样的家庭，他母亲再性格怪异，该有的礼数却一个不少，总不会当面给什么难堪。

长久维持一个坐姿，她膝盖有些隐隐作痛。

想着再坚持一会儿，再坚持一会儿，就如此又保持了二十几分钟。最后耐不住，轻轻地挪动自己的腿，看到窗外，已经有了山林古寺的风景，暗暗松气。车停下来，周生仁先跳下车去，给他母亲打开车门。

"时宜小姐，"在车门打开时，他母亲说了句话，"关于你们的合法夫妻关系，周生家不会承认，希望你能慎重考虑，是否要坚持和我儿子在一起。"

她始料未及，身侧人已经下车离开。

第八章
总有离别时

这里出乎意料地清静。

时宜很庆幸，他母亲虽要她全程陪同，却并没再说什么。时宜进香当真是虔诚，双手合十，跪在早已有两道深痕的跪垫上，对佛祖拜了三拜。

抬起头，看微微含笑的佛像。据说信与不信的人，善与恶的人，眼中的佛像是不同的。慈悲的，怜悯的，含笑的，不一而足，而在她的记忆中，佛祖永远都是微微含笑，从未变过。

她忽然想，为什么要这样安排。

她记得所有，而周生辰什么也不知道。

时宜跪下去时，忘记了自己还在恢复期的膝盖，站起来时，后知后觉地有些疼。有只手握住她的手臂上侧，将她扶起来，"如果有下次，不用为了穿旗袍这么做。其实穿运动服也挺好看的。"他记得上次在她家小憩，从客房出来时，时宜就穿着身淡蓝色的运动服，盘膝坐在有些暗的房间里，戴着耳麦看电视。

尤其在没发现他前，捂着嘴笑那些电视情节的动作。

他现在还记得清楚。

"没关系，没有完全取下来，所以不会有问题，"她轻声问，"怎么刚才一直没看到你？"

"我是无神论者，"他低了声音，回答她，"所以一直站在大殿外，看风景。"

两个人走到大殿外，千年古刹，只是站在这里，就觉得心慢慢变得宁静。

"可是我信佛，"她笑，"怎么办？"

他回头，看了眼殿中佛祖，"完全尊重。"

"你看到的是什么？"她好奇。

"看到的是什么？"

"我的意思是，你看的他，是什么样子的？"

周生辰因为她的问题，略微多看了一会儿，"慈悲。"

她看着他的侧颜，一语不发。

有些人即使忘记了所有，改变了音容，内在却是不会改变的。

这一瞬，有身影和眼前的他叠加，那个影子也曾说过，释迦牟尼抛却妻儿，入空门，就是因为对苍生的慈悲。她记得清楚，所以她从没怪过他所说的：不负天下，唯负十一。

周生辰察觉她的沉默，低头回视，"怎么？难道和你看到的不一样？"

"不太一样。"

"你看到的，是什么样子？"

"笑着的，"她轻声说，"看起来，像是很喜欢我，所以总是笑着。"

他讶然，旋即笑起来。

视线从她的眼睛，落到了她的无名指上，她手指纤细白皙，戴这样的戒指很好看。

他们站的地方，有斑驳的白石围栏，他似乎是怕她被太阳晒到，把她让到阴影处。这个位置很僻静，他始终陪着她说话，像是怕她会无聊。其实经过这么多天的接触，她发现周生辰这个人应该不太喜欢说话，尤其是没必要的闲话。

唯独和自己在一起，总会想些话题，和她聊下去。

他在努力，她看得出来，所以她也心甘情愿为他而努力。

午饭是在山下的饭庄吃的，周文幸走在她身边，低声说，因为母亲信佛，所以早年在此处建造这个地方，专为招待周生家的家人、朋友而设。

吃的自然是斋饭。

饭罢，有今日来的客人，听说这里有周生辰即将订婚的女孩子，竟当场写下一幅字。周生辰并不认识这个人，倒是他母亲好意告诉他们，这是周生辰父亲的朋友，写的一手价值千金的字。

礼物送得突然，时宜收的时候，发现身边竟无一物可回赠。

她悄声问周生辰怎么办，他倒不在意，低声安抚她。这种当场馈赠字的事，并不常见，即使没有什么回赠也不算失礼。她想了想，笑问那位世伯："世伯的字是千金难换，时宜的画虽比不上，却还是想能够回赠，不知道世伯是否会嫌弃？"

她的语气有些客套，那位世伯听罢，欣然一笑，当即让出书案。

他们交谈的地方是饭庄的二层，刚才为了观赏这位世伯的字，很多周生家的客人都起身观看，此时又听说是周生家未来的长孙媳，要现场作画，更是好奇。

这位家世寻常，却生得极好的女孩子，会有怎样的画技？

周生辰也未料到，时宜会如此坦然，说要作画。

他对她的过去太过熟悉，熟悉到，能清楚记得她从幼儿园起，一直到大学所有同学、朋友的名字。这期间的资料，并未说明，她曾师从何人学画。

他站在书案旁，看她拿起笔，略微思考着。

时宜的脑子里，回想着自己曾经最擅长的，那些由他亲手传授，他最爱的静物，便很自然地落了笔。

起初是芦草，独枝多叶。

层层下来，毫无停顿，仿佛是临摹千百遍，笔法娴熟得让人惊奇。

到芦草根部，她笔锋略微停顿，清水涤笔，蘸淡墨，在盘子边上刮干些，再落笔已是无骨荷花。渐渐地，纸上已成一茎新荷。

那些不懂的，只道此画当真清丽空盈。

唯有世伯和他的几个好友，渐从长辈的鼓励笑意到欣赏，到最后，竟是毫不掩饰的惊艳与赞颂的神情。

画的是荷花芦草，笔法洒脱轻盈，风骨却有些清冷。

她怕自己耽误时间，刻意快些，到结束整幅画时，那位世伯禁不住摇头叹息："可惜，可惜就是画得稍嫌急切了，不过仍是一幅值得收藏的佳作，"世伯很自然地叮嘱她，"时宜小姐，不要忘记落款，这幅画我一定会珍藏。"

她颔首，再次涤笔，落了自己的名字。

岂料刚要放下笔，那位世伯忽然又有了兴致，问她是否介意自己配首诗。时宜自然不会介怀，世伯接过笔，洋洋洒洒地写了两列诗，却为尊重画者，不肯再落自己的名字。

周生家未来的长房长媳有如此画技，出乎所有人意料。

在场的周生家的长辈和世交，都因这位德高望重的世伯，而对时宜另眼相看，甚至纷纷开着玩笑，说日后要亲自登门求画。她不擅应酬，更难应对他家里人各种语气和神色，到最后都不知道说什么好，频频去看周生辰，用目光求助。

他似乎觉得有趣，但看她如此可怜兮兮，便寻了个借口，带她先一步离开。

坐上车了，他想起她的那幅画，还有她明明是被人称赞，却显得局促不安的神情，仍旧忍不住笑着，去看坐在身边的人。

时宜察觉了，不满地嘟囔了一句："不要再笑我了。"

"很有趣，"他笑，"明明画得很好，却觉得很丢人的样子，很有趣。"

"你也觉得好吗？"她看他。

"非常好，你的国画，师从何人？"

她愣住，很快就掩饰过去，"没有师父，只是有人送过我一些画册，我喜欢了，就把自己关在房间里练，当作打发时间。"

他毫不掩饰惊讶。

"是不是很有天赋？"她继续混淆视听。

他兀自摇头感叹："只能用天赋来解释了。"

她笑，十年的倾心学画，最擅长的就是画荷。

而他，便是那莲荷。

回到老宅，正是午后艳阳高照时，周生辰让她回房换衣服，自己则坐在二楼的开放式书房里，对西安的交流项目做最后的交接。时宜照他的嘱咐，换了运动服走出来，看到他正在打电话，说的内容完全听不懂。

只是在电话结束时，忽然交给她，说何善想要和她说再见。

时宜接过来，听到何善的声音有些雀跃，还有些紧张，"那个……时宜……不对，现在应该叫师母了。"她"嗯"了一声，悄悄看周生辰，脸有些微微发烫。

"真可惜啊，周生老师忽然就离开了，但是一日为师，终身为父，所以时宜你也一辈子是我们的师母，"何善嘿嘿笑着，"你知道吗？周生老师就是我们的偶像，那种看上去好像就不会娶妻生子的科学家，我们都觉得他要是结婚了，就很怪异。可是想到是你，我们又觉得真是绝配，才子佳人，这才是最高端的才子佳人啊。"

何善继续念念叨叨。

她听得忍俊不禁。

周生辰看她在笑，饶有兴致地坐在她面前，看她接电话。

时宜用口型说：他好贫啊。

他笑，伸手，拍了拍她的额头。

很自然的动作，可是碰到她后，却不想再移开。慢慢地从她额头滑下来，顺着她的脸，碰到她的嘴唇。时宜没有动，感觉着他的动作，看着他漆黑的眼睛。

他征询地看着她。

时宜无声地闭上眼睛。

他细看了她一会儿。

少时有背诵《吕氏春秋》，其中曾说"靡曼皓齿，郑卫之音，务以自乐"。

可真能配得上"靡曼皓齿"这四字的，又能有几人？

周生辰悄无声息吻上来，也不管电话有没有挂断。离得这么近，甚至能听到何善那小子还在反复念叨着，说着什么才子佳人的话，忍不住边吻边笑，微微离开，对着电话说："好了，把你需要我看的论文发过来，自己先检查一次，上次的英文单词拼错太多了。"

他说完，就把她握着的手机挂断，放到手侧。

"继续？"他低声问。

时宜刚刚睁眼，听到他说，马上又紧紧闭上。

有红晕悄悄从耳根蔓延开来。

他每次亲吻，都会先询问她的意见。明明很死板的做法，此时此刻，如此轻声，却莫名给人以调情错觉，是那种很诡异很认真的……调情。

有阳光，落在手臂上，暖暖的。

他的手，顺着她的肩膀滑下来，碰到她的手腕，轻轻握了握，"多吃些。"

她"嗯"了一声，脸红得有些发烫。

"我可能要离开国内一段时间。"

"因为那件事？"

"不是，"周生辰笑一笑，"那件事情，的确是为了让我离开这里。不过，我这次走的目的，是为了我的研究项目。"

"无卤阻燃硅烷交联 POE 复合材料？"

时宜真的是死记硬背，记下了这个拗口的名称。

周生辰没想到，她能说得如此顺畅，倒是有些意外地深看了她一眼，似乎想问什么。过了几秒，却又作罢。"那个是西安的研究项目，并不是我这几年所做的。"

她疑惑地看他。

"简单来说，我这几年在欧洲的一个中心，复制金星环境，研究居住可行性。"

她"哦"了一声。

这么听着，的确比那个名词简单明了。

可是怎么离她更遥远了，"金星的居住可行性？金星上可以住人？"

"地表炙热，温度 480 摄氏度左右，表面压力接近 90 倍地球大气压强，"他简单回答，说起这些，就像教科书的有声读物，"但是它的大小、质量，甚至是位置都最接近地球。在太阳系里，它和地球算是双胞胎。所以，以后它应该有机会住人。"

她又哦了声。

他笑："听着会不会无聊？"

"不会，"她摇头，"挺有意思的，因为不懂才听着有意思。"

他继续讲了些。

她记性不错，虽然基本不懂，却记得清楚。比如金星的四天环流，极地旋涡，等等。还有他所做的对微量组分的分布情况的研究。她想在他离开的这段时间里，悄悄补习补习，起码在他偶尔提到时，不再坐在阳光里傻乎乎地听着。

"那你……什么时候回来呢？"

他说："三个月。"

她点头，想，三个月会很快过去的。

"时宜？"

她"嗯"了一声。

"为什么会是我？"

她没听懂，"为什么？"

"在白云机场，为什么你会想要认识我？"

周生辰说话的时候，不经意碰到了她腕间的十八子念珠。翠色的珠子，触手微凉，让他有些奇怪的感觉……他蹙眉，不太适应这种瞬间失神的感觉，像是有什么呼之欲出，却完全抓不到方向。

时宜也恰好陷入了短暂的沉默，过了一会儿才说："是一见钟情。"

她无法解释，那些存在于史书中的过去。

只好如此形容故事的缘起。

三个月。

周生辰简单交代了这个时长后，就真的在次日离开了。

他只给了她大概归返的时间，从头到尾，都没提过要带她同行。

她猜，他口中所谓的项目，或许只是他离开的原因之一。他出生的家庭，是个诡异的存在，出了这么大的事情，竟然仿佛没有任何震荡，除了那个深夜的不速之客，还有一系列爆炸性的涉嫌罪名外，没人再提过那个轻易殒命的唐晓福。

那个家族像在另外的空间，有着自己的守则。

如果不是记得他，她怎么敢接近这样的家庭？

他离开不久，夏天早早就来了。

除了每天三个电话，他似乎远离着她的世界。

美霖为了给公司造势，整个月都在筹办配音选秀活动。她因为获奖的缘故，不得不配合一些活动，其实也只是录了一段宣传语，仍旧坚持不参与活动。

那天美霖拿了十几个录音小样给她听，大多是参赛者自己写的稿子。

"那一年，佛祖在菩提树下结跏趺坐，用七七四十九日顿悟。他顿悟的是四大皆空，忘却的是爱恨癫痴。我想，你我相识四百九十日，四千九百日，四万九千日，我都没有勇气结跏趺坐，宁要金身而忘记你……"她听着demo，忽然有些感动。

美霖笑起来："好像当初我听你的demo带的感觉，那么多的样带，竟然只有你念了一首《上林赋》，念得我们云里雾里的，却觉得真是好听。"

时宜笑："我对《上林赋》最熟，所以读着最有感觉。"

"时宜？"

"嗯？"

"你那个科学家未婚夫……"

她回过头，伸出手晃了晃，"看清楚我戒指戴在哪里，已婚了。"

"已婚？"美霖不敢相信，"你这两个月都和我厮混在一起，算是已婚？房子呢？车子呢？蜜月呢？最重要的是，你的化学先生呢？"

"他在罗马的国家天体物理研究院……"时宜实话实说。

"天体物理？"美霖有些茫然，"他不是研究化学的吗？"

"界限没有那么分明，他现在主要做的是金星地表的微量组分和半微量的测试分析……"她尽量说得通俗，实际上她也说不了多专业的话。

美霖沉浸在这些词语里，仍旧不理解金星和时宜的婚礼有什么关系。

"我一直不知道，你喜欢的是……以人类发展为志向的科学家，大爱无私啊。这种人，对男女之间的感情，应该会看得很淡。"

大爱无私？

她视线飘开，落到大厦外的空地上，"可能吧。有时候我看历史题材的东西，都在想，如果我生在古代，肯定会喜欢上心怀天下的男人。一个男人总要做些事情，和名利、爱情无关，天天谈情说爱……不太适合我。"

美霖又说了什么，她没留意。

只是看到空地上有一对熟悉的人影，是他的弟弟周文川和王曼。在熙来攘往的人群中，他们两个像是一对简单的情侣，低声说着什么，很快就上车离开。

时宜看得太专注，美霖也留意到了。

她忽然就说："哎？这个男人我认识。"

"你认识？"

美霖大致给她讲了讲，公司来了个大学毕业生，顶头上司太过强势，天天被骂。忽然有一天这个男人来公司，说是要找最大的老板谈些事情。具体谈了什么，美霖自然不知道，她唯一知道的就是大老板点头哈腰把人送走后，直接把毕业生分给最强的项目组。

"老板事后感叹，这个人背后的家族很难招惹，他的背景，绝不限于某个地方和城市……"美霖继续自言自语，"你说，那个小姑娘背景这么强，怎么还留在公司，唉，谁让人家乐意呢，就喜欢在这里混着玩着……"

时宜想起那个深夜。

面对突如其来的指控，周生辰的化解简直无懈可击。

她想，这样的说法并不夸张。这个姓氏看起来普通，甚至在平时都不会有人像阅读八卦一样，看媒体分析爆料。

好像他们的存在，就只是一个秘密，而曾经的她根本不会有机会接近。

她和他法律关系已经是夫妻的事实，包括她的国籍改变，时宜至今都不敢和父母提起。如果匪夷所思的事情太多，她怕，父母对他的家庭会更加排斥。

午饭后，她被强留下来，帮美霖审 demo。

两个人边听边讨论，很快就到了两点，周生辰的电话准时进来，她比了个手势，跑到小房间里，关上门。比起最初，现在两个人说话的时间长了不少，他甚至有时会说起和她无关的事情，当作趣事讲给她听。

当然，这也是她的要求。

毕竟两个人的生活交集太少，总会找不到话题。直到某天，时宜终于忍不住说，其实你可以说些身边的小事。比如你今天吃了些什么，或者是哪里不舒服，或者天气，都随便，这样我会多些话题，多了解你些。

她想，正常情侣都是如此做的，交流着零碎小事，也不觉得无趣。

周生辰起初还不太习惯，她就问他，他来回答，渐渐感觉自然了很多。这样说着，她就觉得离他很近，而且她也私心地感觉到，周生辰从没和人如此交流过。

"接下来的一周，我会在德国不来梅，"周生辰的声音虽然平淡，却对她尽量温和，"你想来吗？"

"想，"她毫不犹豫，"大概什么时候……不过会不会来不及签证？"

"不会，"他笑起来，"你来德国不需要任何手续。"

她恍然，忘记了自己被他改变的国籍。

第一次发现这件事的好处，可以让她随时随地见到他。

周生辰简单解释着他此行的目的，是为了国际空间研究委员会的会议，从星期一到星期日，行程很满。时宜听着他说，或许没有太多时间陪她的时候，已经思绪涣散开，想着要准备什么，见到他时说什么。

等电话结束，她很快和美霖说自己要离开一周。

美霖听到理由后，非常不满她的主动，"时宜，你知道男女之间相处，是要有技巧的，哪怕你们已经是合法夫妻，也要适当用些心思，不要一味迁就他……"

"美霖，美霖，"时宜笑着阻止她说教，"我二十六岁才遇到他，就算幸运可以活到八十岁，也只剩了五十四年，一万九千七百一十天。你也说了，他是做研究的，很容易就像现在这样离开几个月，或许真正在一起的时间，只有不到一万天，"她半是认真，半是玩笑地告诉美霖，"我没时间，没时间用心思、用技巧，我要争分夺秒和他在一起，知道吗？"

航班准时抵达不来梅。

她按照他的嘱咐，取了行李，无处可去，就在大厅里等着。她坐的地方正对着一个门店，透过玻璃可以看到店内形形色色的人，也可以看到自己淡淡的影子。她微微偏头，对自己笑了笑，周生辰，我们有两个月没见了。

两个月，六十一天。

很多交杂的人影，来来去去。

她看到镜子里出现了几个人，有他。今天的他穿得很简单，也很普通，白衫黑裤，戴着眼镜。时宜很快回头，看清了余下的那些严谨的穿着深蓝衬衫和黑色西裤的男人们，有两个还提着黑色公文包，唯有和周生辰并肩走着的男人，看上去随意得多，大概有三十五六岁的模样。

她起身，他已经走到身前。

"我妻子，时宜，"周生辰轻比了个手势，告诉身侧的男人，同时也看向她，"这位是我大学时的同学，也是我的老朋友，梅行，字如故。"这个名字有些特殊，能有表字的人比较少见，周生辰如此介绍，想必又是周家的世交。

时宜友善地笑笑："梅如故？残柳枯荷，梅如故。"很好的名字，她不好意思直接说出来，就如此隐晦地表达着，很快说，"你好，梅先生。"

梅行有些意外，去看周生辰，用手肘撞了撞他的胳膊。

"怎么？"周生辰笑起来。

"好福气。"

梅行有些好奇，礼貌地问时宜："时宜小姐第一次见你先生，是不是也很快就明白了他的表字的含义？"

时宜摇头，"我不知道他有表字。"

"抱歉，"周生辰很快说，"不太常用，就忘记告诉你了。"

他的抱歉非常礼貌。

面前男人的神情，从意外、欣赏，换成了疑惑。

幸好梅行很知分寸，没再问。

从机场到酒店，他安排妥当后，很快把时宜交给了梅行，只是和她说有些手续会由梅行来帮她厘清、办妥。待到周生辰走后，四五个男人有条不紊地打开公文包、电脑，梅行开始很耐心地给她解释，需要接手些什么，大多是周生辰私人的财产。纷繁复杂的词句，她听得渐渐有些发昏，也开始明白这个梅行，应该是他的私人理财顾问。

而这些人，其实只是梅行的助手。

她听到最后，只是明白他要给自己一些财产。但具体如何，梅行解释得很清楚，所有的动产、不动产都不需要她亲自管理。今日所做的，都只是必要的程序。

"相信我，他名下的财产都是干净的。"梅行把眼镜摘下来，折好，放入上衣口袋里。

时宜听不太懂，但隐隐能感觉，这个男人所说的"干净"是在和周家其他人比较。梅行看她想问又不敢问的眼神，有些想笑："怎么？听不懂？又不敢问？"

她颔首。

"其实，我有些事情也不懂，也不敢问，"梅行把钢笔扣好，放在文件旁，"你对他知道的有多少，就已经成了他合法妻子？而且据我所知，还是未经周家点头的婚姻。"

这是个意料之中的问题。

唯一值得奇怪的是，周生辰并没有告诉他真实情况。

时宜想了想："除了知道他喜欢科研外，什么也不了解。"

她所了解的，只是他给人的那种感觉，除此之外没有任何事情在她的预想内。甚至她隐隐有种感觉，她刚才接触到了最边缘、最无关紧要的事情。真正的核心，他的背景、他的为人，甚至他的喜好，她都一无所知。

梅行的眸光很深，端详着她，过了一会儿，笑起来："他表字，长风。"

"长风。"她重复。

"想到了什么出处？"

时宜笑："长风至而波起兮，若丽山之孤亩。"

梅行也笑，接了后半句："势薄岸而相击兮，隘交引而却会。你果然能猜到出处。"

这么有名的《高唐赋》，她很难不知道。

只是深想这个表字的含义，并不太符合周生辰的性情。这些话分明是形容巫山川水，磅礴汹涌，难以匹敌。而他的性情却很冷清，不咸不淡的。

这个梅行也是传统背景出身，说话又偏风趣随意些，他们聊得很开心。到最后处理完所有事务，他问她，是否来过不来梅。时宜摇头，他似乎很有兴致邀她一同外出用餐，时宜很委婉地拒绝了，独自留在酒店。

她喜欢安静，并不怕无聊。

时间充裕了，就上网看看这个城市的介绍，想要等到后几日周生辰再忙的时候，自己到处走走。就如此戴着耳机，翻看网页，偶尔听听邮箱里新进来的比赛demo，消磨了整个下午。忽然有淡淡的茶香飘进来，时宜终于察觉，客厅有人在。

走出去，看到的是周生辰。

不知什么时候回来的，竟然非常有情调地泡着茶。他身前是整套完备的茶具，应该是刚才拿出来的，水已经烧开，在一侧汩汩冒着热气。

他虚握着小巧的茶壶，将水倾倒而出，添了水，再倒出。

手势很随意，应该早已习惯了自己泡茶喝，她视线很快停在一点，看到了他无名指上的戒指。刚刚在机场时，她记得他还没有戴，难道是因为看到自己特意准备的？

周生辰听到脚步声，没有抬头，随手添了个茶杯，倒了些水，"刚才看你听得很专注，就没有打扰你。"

她笑，默默地想，她刚才都不知道自己在听什么。

整个下午，唯一专注做的事情，就是想他。

时宜在他身边坐下。

她仍旧忍不住去看他手上的戒指，他察觉了，回视过来，看到她的目光，略微有些不自然地用手指轻轻转了转左手无名指上的戒指，"前几天洗手时摘下来，丢了原本的那个，这个是下午刚刚才送来的。"

她"嗯"了一声。

没头没尾的一句话，却解开了她的疑惑。

"时宜？"

"嗯？"

"晚饭时，出去走走？"他提议。

这是他的提议，她以为他很熟悉这里，是为了陪自己散心。结果却发现他还不如自己了解不来梅，那种有人提议陪你逛一个陌生城市，到最后你反倒成了他的向导的感觉，让时宜觉得这个已经是自己丈夫的男人，忽然添些可爱。

她猜想，他是不是除了科研和家族中的事，再无暇去看这个世界？

又或者，他看这个世界的角度，和她不同？

两个人像是初来此地的旅行者，所到处都是最大众的必游景点。此时已是傍晚，微有夕阳余晖，有些游客状的人们，在美景前驻足留影。她带他走入弯弯曲曲的窄街道，"刚才我在网上看这里，觉得很有意思。"

十五、十六世纪的木质小房子，鳞次栉比，色彩艳丽。

有些地方窄得只能走一人。

因为脚下都是石板弹硌路，高低错落，让她走起来有些吃力。她的鞋跟并不算高，但总免不了一次次卡入弹硌路的间隙，她微微趔趄，被一只手稳稳扶住，"走慢一些。"

她站稳时，有一对老夫妇迎面走来，周生辰很快又松开手，插入自己的裤兜。

"你准备什么时候回国？"

"没有具体计划，想要回去，还有些事情要先解决。"

她想想，提议："如果你不回去，我们就住在国外好不好？"

"好，"周生辰答应得很痛快，"在我完成这次十年引资计划后，我们可以定居在任何你喜欢的城市。"

这是他第一次和她说起自己要做的事。

时宜还记得，第一次关注这个引资是在清明节时，和父亲随口闲聊了两句。她记得，当时自己和父亲的评价是，能挽救这个大势的人，既要有实力，也要有良心，只是她没想到这个人会是周生辰。

"这几年，国内人工成本上涨得厉害，很多企业开始撤去东南亚，五到十年内，必然会有大批工厂倒闭、工人失业，对吗？所以你才会想要逆势引资？"时宜回忆父亲说的话，她并不十分懂这种经济话题，但道理浅显，她也就记得七七八八。

他倒是没想到，她会关注这种话题，"背后有很多原因。比如，人民币连续六年走高，对外贸易成本已经上涨了30%。成本上涨30%，非常可怕，这时候最需要的是扶持的政策，在美元下跌时，人民币也该……"

时宜看着他，努力想听明白。

周生辰忽然止住，微微低头，兀自一笑："抱歉，难得陪你，竟然说这么无趣的事情。"

她摇头，"没关系，你继续说。"

周生辰看她真的很认真，便又多说了几句。时宜听着，想，自己不论轮回多少世，都会始终爱着这个男人。这个男人，骨子里并非是为一人一家一姓而活，在现在这个社会，这种人可算是傻，傻到应该很少有人能理解他。

她听了一会儿，试着去总结："所以，简单来说，你想要做的就是把白花花的银子扔进去，缓冲这个过程？"换句话就是，拿自家的银子和大势对冲，结果很难改变，最多让十年的制造业崩塌延长到十五年、二十年。

周生辰不置可否，若有所思地感叹："所以，过程会有些痛苦。"

他所说的痛苦，应该是指那个盘根错节的老旧家族，要历经数十代的蛰伏，才能积累如此家业，恐怕不只是他的叔父和母亲，任何一个人都会成为他的阻碍。

她想起周生辰的表字，忽然觉得自己的理解错误了。

这个男人的内心里，何尝不是磅礴汹涌，难以匹敌？

迎面又有游客走来，道路太过狭窄，他很自然地退后两步，让出了路。而同时，时宜却忽然轻轻地，主动去拉住了他的手。他们鲜少在室外如此亲昵，周生辰竟有些不太自然。

时宜有些撒娇地嘟囔："我累了，你拉着我走，好不好？"

她的周生辰，如此动人。

既然他不懂男女相处之道，那就让稍稍懂得多些的自己，来一步步靠近他好了。

他忽觉好笑，反倒放松了，"好，我拉着你走。"

时宜独自在酒店时，就已发现周生辰的日常用具和衣物也在这间套房里。换而言之，他并没有打算和她再分房住，白天还不觉什么，到吃过晚饭两人回到酒店，她就有些心猿意马。幸好时间尚早，有梅行和助理在，不至于让她直接想到今晚的独处。

男人之间的谈话，稍嫌严谨。

她旁听得一知半解，低声问他："我给你们泡茶？"

周生辰莞尔："是不是听得无聊了？"

她抿起嘴角，"不是，我看你喜欢喝茶，而我刚好也会泡茶。"

声音有些轻，淡淡的，甚至能听得出来有委婉隐晦的感情，告诉他，其实她想让他开心。周生辰原本想要说稍等片刻，自己结束，亲自给她泡来喝，可听她这么说，想说的话反倒被压了下去，"学过茶艺？"

她笑，不置可否。

两人的对话，倒是吸引了梅行，他饶有兴致地看时宜，"我猜，周生你的太太，应该不只会泡茶，或许会给人更加意外的惊喜。"

周生辰怕他为难时宜，抬手，用食指对梅行指了指，"好了，不许拿她开玩笑。"

"我没有啊，我只是觉得你太太或许很喜欢茶文化，"梅行看时宜，"时宜，我呢，也很喜欢喝茶，而且只要你能做到的，我都备有器具。"

时宜听得懂，这个男人所说的，是各代的饮法。

这些实在是难不倒她。

她不是个很喜欢展示自己的人，或许今夜有周生辰在身边，而面对的又是他的挚友，她自然不愿意认输，"我呢，读过陆羽的《茶经》，也喜欢研究这些饮法。如果梅先生想要试试，倒不难。"

梅行很是欣喜，"煮茶，如何？"

时宜忍俊不禁，"这个还是算了，以葱、姜、枣、橘皮、茱萸、薄荷等为作料，煮之百沸。我煮起来并不麻烦，就怕你们喝不下去。"

梅行笑着劝说："试一试，又不会如何。"

时宜想起那个味道，有些踌躇，手臂却被周生辰拍了拍，"不用理他，泡茶就好。"

"哎？"梅行摆手，"有懂行的人在，怎能浪费？既然煮茶不妥，我现在就让人去取饼茶和器具，我们尝尝你太太的煎茶。"

梅行很快让助手去取器具和饼茶。

因为这个意外的提议，他们的话题倒是落到了茶上。时宜正坐，听他们低声闲聊着曾经有关茶的经历，脑中浮现的画面，也渐渐清晰。

曾经的他闲坐书房，素手煎茶。

备器、选水、取火、候汤、炙茶、碾茶、罗茶、煎茶、酌茶，她看得仔细，不愿错过他的每个动作，只为消磨时间。她看着，他来做，并不觉无趣。

此时此刻，她做起来也不觉烦躁。

她甚至喜欢这漫长的过程，将他曾授予她的，再还给他。

梅行是个爱茶人，连茶具都备了四套。而时宜却是个名副其实的懂茶人，从开始选择茶具，到候火定汤，到炙茶的火候，都极像是一场艺术表演。梅行起先还和周生辰说几句，到最后两个男人都看着时宜。

倒是那画境中的人，只专心做自己该做的。

有茶香飘来，却只成了点缀，让这画境如染釉色，越发怡然。

周生辰看着她，也看得很专心。

他不懂女人的心思，更不懂时宜，哪怕她已经成了自己的太太。她如此一个人，为何会到二十六岁还没有任何感情经历？他不相信任何虚无的解释，比如注定，或者说缘分，可现在，却只能用这些词语来解释她对自己的感情。

而自己对她呢？

梅行告辞前，毫不掩饰对时宜的欣赏。

她被说得有些不好意思，频频向周生辰投去求助目光，后者心领神会，慢悠悠地拍了拍梅行的肩，一语不发。男人之间的沟通不需要语言，比如现在。

梅行微微笑着，拎起西装外衣就走，头也不回。

门锁啪嗒一声合上，留了两人独处。

时宜看了他一眼，"你们两个还真是默契。"

"我从五六岁就认识他了，"周生辰笑，"他历来如此，见到好看的女孩子就喜欢多说几句，你也别太介意。"

好看的女孩子？

时宜总觉得这么说有些怪异，原则上来说，她应该不只是好看的女孩子，还是他的太太，虽然两个人现在的相处仍旧像男女朋友。

周生辰走到卧室，拿了干净的衣物，习惯性地解开了几粒衬衫纽扣，很快像是想起什么，又潦草地系好两粒纽扣，走入浴室。到有水声传出来，时宜终于想起今晚，他要和自己睡在一个房间、一张床上。

她一时不知道该做什么，就在客厅沙发上坐下来。

如果睡在一起，那么……应该会……

她轻轻呼出一口气。

他很快从浴室走出来，衣服穿得规整，给人一种即将出门的错觉，"你稍等一会儿再洗，我让人来收拾干净。"他说着，已经走入卧室。

"没关系的……"时宜站起来，想要去拿干净衣服，却看到他拿了件黑色外衣，边穿边走出来。她有些奇怪，"你要出去？"

"嗯，"周生辰说，"实验室有些事情，需要开个很长的电话会议。"

他说得很快，自然地看了下腕表。

"那今晚还会回来吗？"

"会，就是会很晚，"他兀自笑了笑，"刚才喝了茶，应该不会觉得困。"

他很快交代了两句，离开了酒店。

说不失望是假的，可也松了口气。虽然有些心理准备，但她却感觉两个人之间少了些什么。鱼水之欢，首先要有鱼和水相融的关系，才能顺理成章地发生，不是吗？

她长途而来，又和他逛了大半个不来梅，经热水一冲洗，疲惫感尽显。她穿着睡衣坐在床上，能感觉得出这些床上用品都不是酒店公用，格外柔软。

躺在床上没一会儿，她就睡着了。

因为潜意识在等他，自然睡得浅，听到房间里有响动，很快就清醒了些，只是还有些昏沉的感觉。她睁开眼，天已经有些蒙蒙亮。周生辰靠在沙发上，正打算随便躺在那里补眠，房间暗，看不出他的脸。

"几点了？"时宜忽然开口。

他动作停顿，抬腕看了一眼，"五点四十七分。"

"那上床睡一会儿吧……"她轻声说，"睡沙发会很累。"

周生辰又停顿了几秒，把西服外衣放到沙发上，走到床的另一侧，躺到了她身边。床很大，她能感觉他有些拘束地躺着，忍不住微微笑起来，很快翻过身，把被子盖在他身上，手也顺势搭在他腰上。或许还有些困顿，她难免比平时随意了些，带了稍许揶揄："周生辰，你和太太睡在一张床上，很为难吗？"

"没有，刚才只是怕吵醒你。"他声音有些低。

"已经醒了。"

他笑："不睡了？"

"睡，"时宜坦白回答，"因为你没回来，所以睡得不太踏实，现在头昏沉沉的，还想睡。"

"那就睡吧，"他伸手，把她揽到怀里，"我下午才有会，可以陪你睡久些。"

她把脸贴到他身前，隔着薄薄的衬衫布料，听他这么顺理成章地说着，却想偏了些。靠在他怀里睡觉，这还是第一次，他虽然穿着衬衫和长裤，可她却是睡衣……

就如此安静了一会儿，她觉得自己的心跳开始不稳，忍不住挪动了身子。

"睡不着？"周生辰察觉了，低头看她，"还是习惯一个人睡？"

……

她决定换个话题。

"今天……你朋友夸了我很多，你还没有说过什么。"

她的声音里，有些失望。

周生辰略有疑惑，很快明白，"我不太会夸人，但你总能给我惊喜，多得有时候我也不知道说什么好。"她微微扬起嘴角，轻声说："那你拿什么回报呢？"

"回报？"他想了想，"说说看，你脑子里在想什么？"

"你负责哄我睡着吧。"

"好，"他倒不介意，"你通常怎么样会容易睡着？"

"听歌……或者听诗词，慢慢听一会儿，就睡着了。"

周生辰噤声了一会儿。

她闭上眼睛，等他给自己惊喜。

"就诗词吧，我念些和茶相关的，慢慢念。"

时宜"嗯"了一声："我能点想听的吗？你不用念全，随便一两句就好。"

"可以。"周生辰还是初次发现时宜的难缠，却觉得如此也很可爱。

"白居易？"

"他留了两千多首诗词，有近六十篇和茶有关……"

她好笑地打断："随便就好。"

还真是认真，稍微不留神，就会陷入严谨思维的科学家……还真是……

周生辰倒也不再深想，随口应对："白瓷瓯甚洁，红炉炭方炽。沫下曲尘香，花浮鱼眼沸。盛来有佳色，咽罢余芳气。"

时宜没出声，他便多挑了三四首。

"嗯……"她似乎满意了，继续说，"苏轼。"

"活水还须活火烹，自临钓石取深清。大瓢贮月归春瓮，小杓分江入夜瓶。雪乳已翻煎处脚，松风忽作泻时声。枯肠未易禁三碗，坐听荒城长短更。……"

起初她还说些名字，后来累了，他就自己随便挑些，念给她听。

从李白到刘禹锡，再到那些不甚有名气的，边回忆边念，倒也不成障碍。这还是他初次发现自己的记忆力如此好，也能做如此有趣的事情。

时宜听得舒服，不再出声。

她知道，他并不懂这些的意义，虽然诗句不同，但自己也曾如此被哄睡过。渐渐地，在周生辰刻意放慢压低的声音里，她渐渐有些模糊了意识。他闭着眼睛给她念，越来越放缓速度，直到终于停下来。

房间里悄无声息。

因为靠得近，似乎能听到她平稳的呼吸声。

周生辰睁开眼睛，耐心看了她一会儿，确认她真的陷入沉睡后，才又闭上眼睛，让自己真的睡着了。

他睡了大概一个半小时，到七点半自然醒过来。

时宜仍旧睡得很沉，从周生辰的角度，能看到她侧脸的弧线，到颈部，甚至能看到她领口内细腻的皮肤。他如此看了一会儿，心底有些不可名状的感觉，时宜轻轻地动了动，攥住他衬衫领口的手，微微松开了一会儿，却又很快攥紧了。

他略微撑起身子，轻声叫她："时宜？"

她不知是在梦中，还是迷糊着，"嗯"了一声。

他略微思考了一会儿，最终还是选择低头，吻住了她领口露出的皮肤。隔夜露出的胡楂儿，轻摩擦过她的脖颈，时宜下意识避开来，他便沿着她的锁骨亲下去，解开睡衣的两粒纽扣，透出些许旖旎春色。

"周生辰……"她醒过来，模糊着声音。

"嗯。"

两个人身子贴着，严丝合缝。

她能感觉到他身体的变化，还有那半梦半醒般的桃色氛围。她嗓子有些发干，忍不住扭动身子，面红耳赤地避开自己大腿和他下身的接触，"要不要……先洗澡……"

"不用，"他低声说，"我就是想抱抱你。"

他的行为和语言有所差别。

时宜也没有再出声，感觉他的嘴唇，真的就只亲吻，摩擦着自己的脖颈、锁骨和胸前，不进也不退，两个人在薄薄的棉被里，亲昵着，甚至有些折磨的感觉。

"你有没有读过《上林赋》？"他问。

时宜淡淡地"嗯"了一声。

她从来没有和他提到过《上林赋》，却没有想到他会先说起。

"我第一次见你，就想到《上林赋》，里边有形容女人的词句，"周生辰觉得想要放开她，竟然比预料得难，只能低声说话，来打断自己身体对她的欲望，"绝殊离俗，妖冶娴都，用来形容你很合适。"

这是他第一次说起两人的初遇。

也是他初次对她说类似于情话的话。

时宜闭着眼睛，笑起来。

她伸手，试着去摸他的脸。周生辰配合地停住话语，任由她的手指抚过自己的眉骨、眼睛和鼻梁，时宜的动作非常温柔，甚至有种他难以理解的感情。

　　"再好的皮相，也有年老色衰的时候，你在我心里是最好的，"她轻声说，"美人骨，世间罕见。有骨者，而未有皮，有皮者，而未有骨。世人大多眼孔浅显，只见皮相，未见骨相。我能摸到你的美人骨。"

　　这样的细微曲折，鼻梁和眉骨，没有丝毫改变。

　　国际空间研究委员会的这次会议行程很满，虽然有足足一周，但两人相处的时间并不长。时宜倒也会自娱自乐，了解他很详细的时间表后，就自动消失，在不来梅附近闲走。

　　正好碰上德甲的赛季，她甚至还饶有兴致，现场观摩了一场球赛。

　　她以前没有过男朋友，倒是身边的宏晓誉是铁杆的德国球迷，不断向她灌输各种知识，以至于她坐在赛场看台，甚至能认得出那些出名的后卫和前锋、中锋。

　　她告诉宏晓誉自己正在赛场，宏晓誉立刻拨来电话，非要感受现场气氛。

　　幸好她身边的位子都空着，不至于干扰别人。

　　"时宜时宜，下次带我去好不好？"宏晓誉在电话那头，带着哭腔说，"你找到一个富二代就把我抛弃了，我自费机票，只要你提供食宿就好啊……"

　　"好，好，下次我给你出食宿，"时宜乐不可支，想了想又补充说，"不过下一次也不一定会来德国。"

　　宏晓誉嘀嘀咕咕，继续抱怨。

　　她听着，随手去摸身边的矿泉水，却未料先被人拿起来，递给了他。

　　她抬头，没想到遇到的是周文川。

　　"好巧。"她感慨。

　　"不算巧，"周文川挨着她坐下来，"我来不来梅一周了，一直想来见见你。"

　　时宜有些不解，但没追问，她接过自己的矿泉水瓶，"你也在不来梅？我没有听你哥哥说起过。"

　　"他没说过？"

　　"嗯。"

　　周文川了然笑笑："或许他怕你误会。"

　　"误会？"

　　"误会他和我太太，"周文川倒是没想隐瞒，"你可能不知道，我太太佟佳人和他曾有婚约，还是他们年纪非常小的时候。也是因为这个原因，我太太念书时基本是跟着他的脚步，始终是他的师妹，换而言之，他们也算是一起长大的。"

之前几次遇到佟佳人，她就感觉到她对周生辰那种在意，只是没想到会有如此深的渊源。他前半生大部分时间，是和佟佳人一起的吗？

周文川继续说着："后来因为一些原因，婚约取消了，而后……又因为一些原因，我娶了她，"周文川也觉得自己说得很含糊，自顾摇头笑笑，"这背后有很多复杂的故事，如果有机会，我想你可以问问我哥哥。"

她颔首，猜到周文川隐而不谈的话，一定会牵扯很多灰色地带的事情。

她不知道自己是不是做好准备，要听周生辰说周家的背景，所以她没有追问。

"所以你这次来，你太太也来了？"她想到周文川最开始说的"怕你误会"。

"她和我哥哥一样，立志献身科学，"周文川轻耸肩，"其实我不太理解，他们所做的事情，这次也是巧合，都受邀来了。"

周文川又说了些话，大多只是闲聊。

时宜边陪他说话，边佯装看球赛，仍在想他有意相遇的意思。或许是出于女人的直觉，她能感觉到周文川对周生辰的感情，并没有对他孪生妹妹那么深。不管是因为佟佳人的缘故，还是别的什么原因，她都明白自己不能完全信任这个人。

球赛结束后，两人离开赛场。

周文川有车来接，她看得出那些他身边的随从，还有司机，都和周生辰一样是世代跟随的，也彬彬有礼，极有规矩，张口闭口唤的都是"时宜小姐"和"二少爷"。

周文川低声询问佟佳人是否已经回酒店了，身穿黑色西服的中年男人轻颔首，他这才询问时宜："我哥哥是否安排了车来接你？需要我送你回酒店吗？"

时宜摇头，随口说："不用，我约了朋友。"

周文川轻扬眉，似乎识出她的借口，却没有点破。

他从身侧人手里，接过一个普通的信封，递给她，"这个东西，我想，应该是属于你的。周家的婚姻从来都是父辈安排，感情大于利益。从家族角度，我很珍惜我的婚姻，希望时宜小姐和我一样保持沉默，但同时也要解决这件事。"

她接过来，看着他上车离开后，摸了摸密封的信封。

能感觉到整个信封里只有一个非常小的东西，形状应该是戒指。

她没立刻拆开。

回到酒店洗干净手，给自己倒了杯热水，这才拆开了信封，把那枚和周生辰手指上一模一样的戒指拿出来。很素净的戒圈，没有任何多余装饰，甚至是花纹，她看得仔细，很快就在戒指的内侧看到"辛卯年，四月初九"的刻字。

她虽然不常记农历日子，却不会忘记这是今年五月十一日。

这是他丢的那个戒指，不会有错。

时宜把戒指套在自己手指上，她手指纤细，套上他的戒指自然是大的。就如此在手指上轻轻转了一会儿，刚才那稍许的醋意倒是都没了。虽还有些在意佟佳人和他自幼相伴，却肯定他并不知道此事。

没有人这么傻，会把刻有结婚日期的戒指送给别人。

更何况周生辰的智商……

她轻轻呼出口气，门同时被人从外推开，周生辰边走进来，边反手合上房门。

时宜抬头看他，莫名就想到今天早晨两人之间的亲昵，视线很快飘开，"我今天碰到你弟弟了。"周生辰把外衣放到沙发上，"他找你了？"

"嗯，还陪我看了半场球赛。"

他本想坐下来，看到她手指上的戒指，略微怔了怔，片刻间就把来龙去脉猜清楚了，"这是他给你的？"

"嗯。"

"是不是还告诉你，我和佟佳人的关系了？"

"嗯。"

"说得有多清楚？"他坦然坐下，"需要我做什么补充吗？"

时宜看他泰然自若的，倒是奇怪了，"你不怕我生气吗？"

周生辰兀自笑笑："你智商还可以，应该有自己的思考能力。"

她扑哧笑了："多谢夸奖。"

"我和她自幼相识，一直在相同的学校读书，包括现在，偶尔也会有交流合作，"周生辰似乎有些口渴，看时宜放在桌上的杯子，很自然地拿过来喝了口，"后来她妹妹嫁给了我的叔父，我和她取消了婚约。再后来，我也不太清楚是什么原因，她和文川结婚了。"

简短的补充，非常直接地解释了这些问题。

她想，自幼一起长大，又始终有着婚约，却因为这样奇怪的事情而取消婚约，佟佳人的心里应该始终有他。更何况周文川也说，她和周生辰志趣相投，是同类人。

她转着戒指，思绪乱飘地想着。

视线游荡回来的时候，发现他在若有所思地看着自己。

"我明天要回去了，"他说，"是明早的航班。"

她把戒指放到桌上，"我也该回去了。"

周生辰早就说过，这次在不来梅只会留一周，她只是不知道具体离开的日期和航班而已，所以听他这么说也不觉意外，只是有些舍不得。

时宜从没掩饰过对他的依恋。

他也看得出，"这次会议已经结束。但我稍后需要出门处理一些私事，大概晚饭时间会回来。"

"一起去吧？"她征询他，"我不会干扰你做事情的。"

只是想尽可能多地和他一起，哪怕是坐在车里等他。

他略微思考了一会儿，"好，你告诉林叔喜欢看什么书，我让他准备一些在车里。"

她觉得这是个好主意，拿来桌上的便笺纸，用铅笔随手写了几个名字，都是想看而没买到的书。她的字很漂亮，甚至可以说极有风骨。周生辰拿过来，有些意外地仔细看了一会儿，"你写书法，应该不会比陈世伯差。"他说的是上次她作画时，给她题字的那位世伯。

她笑一笑，倒是不否认。

毕竟师从于曾经的他，总有些骄傲在。

他把林叔唤来，递出纸笺，吩咐准备这些书给时宜下午读。等林叔退出房间，周生辰才认真看她，"时宜，很抱歉，我们虽然已经是夫妻关系，却连你的字迹都不了解。等这次事情彻底结束，我会空出很长一段时间，让我们彼此了解。"

这个人，总在匪夷所思的地方认真。

她笑，看了眼桌上多余的那枚戒指。

周生辰顺着她的视线看过去，从外衣的内侧拿出钱夹，将这枚戒指放了进去，"这种事不会再发生。"

两个人稍作休息，很快离开酒店。

车内果然备好了她喜好的书，周生辰抵达目的地，下车前征询她的意见，是留在车内等他，还是一起上去找个休息的地方。她侧靠在那里，想了一会儿说："你会去很久吗？"

"不会，"周生辰把外衣脱下来，放在她手侧，"最多半小时。"

他时间观念极强，说是半小时就一定不会超过。

"我在车里等你好了，"她扬了扬手里的书，"还能看半小时的书，否则和你上去，都是不认识的人……其实我挺不喜欢见陌生人的。"

"发现了，"他笑，凑过来低声说，"你会脸红。"

她睁大眼睛，"真的？"

"真的。"

他笑着下车，把她留给了林叔。

不过从周生辰离开后，林叔也离开了驾驶位，立在车子靠前的位置。

这幢大厦的停车场在三层，视野开阔，她扫了眼，只觉得林叔是考虑到她的身份，才没有和她一同坐在车内。她低头继续翻看手中的书，《野史奇说》，千百年流传下来的故事，写的人文笔不错，凄烈处令人动容，慷慨处也自然让人心潮澎湃。

字字句句延展开，几十年几十年地掠过。

直到，出现他的名字。

简单的白纸铅字，寥寥十几行，她却盯了足足七八分钟，不敢看下去。

心脏撞击着胸口，沉闷而又紧张的声音，就在耳畔。

她不是没有找过关于那些半梦半醒的记忆，可大多数句带过，身为逆臣贼子，无人会为他撰书立说。他一生风华，在数千年的历史里竟毫无存在感。

她靠在那里，过了许久，终于逐字逐句地读完了这段野史。

后人著说，大多下笔过狠。

笔者将他描述为少年掌兵，权倾朝野的佞臣，言之凿凿，仿佛自己所写的才是历史真相。时宜沉默了一会儿，把这页纸撕下来，撕成碎片，放到了长裤的口袋里。

她没了再看书的心思。

把书放到手边，看到他下车前脱下来的外衣。

忍不住伸出手，摸了摸，手指顺着衣衫的袖口，轻轻地滑了个圈。只是如此，就已经脸颊发热，像是碰到了他的手腕。

他曾经的"不负天下"，到最后都被湮没了。

而现在他想要做的事，在数百数千年后，或许连记载都没有。

他的抱负，他的慈悲，他的所作所为，能懂的有几人？

她脑子有些乱，强迫自己闭上眼睛休息，让心静下来。

就在眼眸合上，黑暗降临的一瞬，忽然传来了刺耳的枪声，猛烈连续。时宜猛地睁开眼睛，难以置信地从后车窗看出去，看到有四个人完全没有任何蒙面遮掩，举着手臂在射击，目标虽然不是这里，但枪声击碎车窗、车身的声响都完全真实。

"时宜小姐，"身后林叔已经迅速打开车门，"不要动，就坐在车里。"

她反应不及，已经有四辆车急刹在车前，挡住她的视线。

那些纷纷走下来的人，都静默立着，护住时宜这辆车。那些远处的枪击和跑动尖叫的人，都像是和这里没有关系。

仍旧有枪声，她再看不到画面。

手控制不住地抖着，紧紧攥住身边他的衣服。

完全没有任何思考能力，只能记住林叔的话，不要动。

很快，枪声就平静了。

可是那些护着她的车和人都没动，她不敢眨眼，纵然什么都看不到，也紧紧盯着刚才看到的方向，慢慢地告诉自己，时宜你要冷静，冷静……

忽然，车门被打开。

她猛地抱住他的衣服，惊恐地看着车门。

"时宜。"

周生辰在叫她。

她想答应，张了张嘴巴，却没发出声音。

"时宜，"他再次叫她，声音有些轻，人也跟着坐进车里，"没事了，什么也没有，不要害怕，完全没有任何危险。"这是他第一次说话完全失去条理，只是拣最能让她安心的话，一句句告诉她没有危险。

刻意温柔的声音，不断安慰着她。

周生辰攥住她的手，把自己的衣服拿开，把她的两只手都攥在自己手心里，"和我说句话，时宜，叫我的名字。"

"周生辰……"她听他的话，终于开口说了第一句话。

"继续叫我的名字。"

"周生辰……"

"继续叫。"

"周生辰。"

他的声音，引导她忘记突如其来的枪战。

那些尖锐的、残酷的子弹射击声，都慢慢在他和她的对话中退散。周生辰的手心有些薄汗，温热有力，紧紧攥着她的手，甚至有些太过用力。

可也就是因为他攥得用力，手被挤压的痛感，让时宜渐渐恢复了镇定。

"好些了吗？"他低声问。

"嗯，"她勉强笑笑，"对不起，我真的从没遇到过……"

包括前世，她也从未真正见过冷兵器的厮杀，还有死尸。

"没关系，你的反应很正常，"他用右手，把她的长发捋到耳后，手指碰到她的脸，竟然摸到了一些汗，"没有人是不怕枪战的。"

除了影视剧，这还是她初次遇到这样的场面。

可是他却很镇定。

时宜看得出来，他没有任何恐惧感，更多的是对她的担心。

繁华地段的枪战，很快引来了警察，一辆又一辆车不断开入停车场。周生辰不愿让她再留在这里，在警察封锁停车场时，他们一行很快就获得特许，离开了这个地方。时宜坐在车里，不由自主地用眼睛去搜寻刚才发生枪战的地方。

有车窗破碎，玻璃乱了一地。

有西方容貌的路人，在警察的安排下等待着询问。

他们的车离开得很突兀，自然吸引了一些人的目光，包括那些警察也有投来奇怪目光的。她知道他们不可能透过车窗看到自己，仍旧避开来，余光看到周生辰在看着自己。她回头，笑了笑，轻声说："我好多了，别担心。"

周生辰伸手，摸摸她的头发，"回去好好睡一觉。"

时宜应了。

她忽然很怕，如果自己或是他在刚才被流弹击中，来不及抢救，会不会真就再次分开了？这种情绪，盘旋心头，始终难以消散。

周生辰似乎也是顾忌了，没有和她在外用餐，而是让人把饭菜拿到房间里。

银制的筷子握在手里，稍嫌冰凉，她依旧心神不宁。周生辰也看得出她没什么胃口，倒也不劝她多吃，很快让人撤去饭菜，给她准备了些茶点。

林叔在饭菜撤走后入内，像是有什么话要说。时宜很识相地回避开，到卧室换身随便的衣服，却在脱下外衣时，抖落了一些细小的碎纸。

是下午撕了的那页书。

因为当时没有地方扔这些碎纸，她就随手放入了长裤的口袋里，现在伸手进去，真是一手的纸屑。时宜怕被他看到，把长裤拿到洗手间，彻底翻过口袋，把所有碎纸都抖落在马桶里，冲了个干净。

再走出去时，周生辰已经走进来。

"怎么拿着裤子？"他有些疑惑。

"没什么，怕你进来，就在浴室换的衣服。"

他微微展颜："怕我进来？"

声音隐有揶揄。

时宜听得出，却没有玩笑应对。她把长裤放到沙发上，转过身时，周生辰已经走到很近的距离，"还在想刚才的事情？"

"嗯。"

"是个意外，"他简短解释，"那个大厦是个大的华人市场，里边的商铺长期雇用两家物流公司，这次是两家公司起了纷争。你知道，物流是暴利行业，各个公司相互的纠纷在世界各地都很严重，暴力解决的也很多，我们只是碰巧遇到了。"

她点点头，接受他的解释。

然后两个人都安静了。

他近在咫尺，触手可及，却很容易就失去。

不管是他的身份，还是刚才那场意外让她认识到的生命脆弱，都让她很不安。

周生辰看出她的情绪，还想说什么，她已经轻轻握住他垂在身侧的一只手，另外的手，攥住他衬衫的边沿，很快凑上前，吻住他。

她紧紧闭上眼睛，感觉他搂住自己的腰，回吻着自己。

不管曾有过多少次亲密，在两个人亲近时，她总是心跳急速，呼吸难以为继。

过了许久，她才松开他的手，试着去解他的衬衫。

周生辰感觉到了，轻声问："想做什么？"

"周生辰，"她也轻声说，"我长得很好看，对不对？是不是在你认识的人里，算是很好看的……或者会有比我更美的，但是……"

"没有，没有比你更好看的女人，"他笑，"以前读历史，最不相信的就是美人计。不过遇到你之后，我倒是信了。"

他说得隐晦，形容却很夸张。

她知道自己长得好，却还没有到如此夸张的地步。可纵然是个姿色平庸的女人，有最爱的人这么夸奖，都会觉得很美好。情人眼里出西施，这话之所以如此动人心魄，重点并非是你被比拟为西施，而是认为你最美的人是你的"有情人"。

时宜轻轻呼出一口气："所以，我不会配不上你，对不对？"

"不会，"他低声告诉她，"你可以满足一个男人的所有虚荣心。"

她抿起嘴，隐晦地笑着。

继续去解他的衬衫。

周生辰没有再问她，也没有阻止，只是在她有些紧张的动作里，低下头，去亲吻她。

他记得，在那些过往历史中，美人计是亡国之计，却有人甘愿倾国倾城。

第十章 一如你初妆

　　时宜临时换了晚上的航班，周生辰把她送到飞机场。

　　他让身边人离开，两个人站在安检口，话倒是格外少。

　　"我想起第一次遇见你，"时宜看了眼安检门内，"你拿着电脑和证件，其余什么都没有，可是却被要求重新安检。"

　　"是第一次，"他说，"我第一次被要求重新安检。"

　　第一次吗？她想起他看自己的第一眼。

　　是因为自己太过露骨地盯着他。

　　他抬起手腕，看了眼时间。

　　她知道差不多要走了，用食指勾住他的手，轻轻搭住，"我走了。"

　　她舍不得他，可还是要很懂事地离开。

　　周生辰"嗯"了一声，看了看她，忽然说："口渴吗？"

　　"有一点儿。"她舔了下嘴唇，有些微微发干。

　　刚才来的路途中，只顾得和他说话，忘记了喝水。

　　她想说没关系，过了安检随便买些就可以。可没等开口，周生辰已经示意她稍等，转身去买了瓶水来，拧开递给她。时宜有些意外，喝了两口又觉得浪费，"其实我可以进去买的，这样喝两口又不能带进去，浪费了。"

"没关系，我带在路上喝。"

两个人最后的对话，竟然是不要浪费半瓶矿泉水。

后来时宜登机了，想到刚才这件事，仍旧觉得好笑。

夜航很安静。

她很快就有了困意，渐渐又回想起，那场刚开始就结束的旖旎情事。她记得，他如何替她穿好衣服，问她，为什么忽然这么焦虑。聪明如此的人，轻易就看出她的反常，她想要匆匆落实关系，害怕有任何变故的焦虑和恐慌。

她没有回答他。

如果说"我怕再也见不到你"，会显得太煽情，或是矫情。

或者又会让他觉得匪夷所思。

她想了一会儿，听到身边两个人在轻声说着白日的枪战，内容和周生辰的解释相似。只不过落到两个欧美人口中，又是另外的视角，无外乎那个大楼是华人市场，经常会被临近的人举报有"黑帮"之类的。说得神乎其神，仿佛华人就是这个城市最不稳定的存在……

描述不经求证，却说得逼真。

她在低语的英文中，想起了周生辰和他的朋友梅行。在数百年家族文化熏陶后，那两双漆黑的眼睛，同样是波澜不惊。只不过梅行更像魏晋时的人，追求随心随行。而当时宜想到周生辰，心便很快软化下来。

她无法用一字一句，一个时代的特征来形容他。

她的假期一结束，立刻进入了高压的工作状态。

美霖将大赛总决赛定在了乌镇新建的西栅，也算是和新建的景区合作。这个新建的景区和老旧的那个东栅相比，一切都显得簇新，却也能看出商业化的痕迹。

幸好，景区还没有正式对外开放。

她作为主办方的人员，有提前进入的权利。宏晓誉听说了，也顺水推舟地要来一起闲住。这种江南水乡在夜晚很美，又没有多余的游客，这种机会简直可遇而不可求。

宏晓誉的电话里，隐约提到自己的新男朋友。

时宜没有多想什么，让美霖多留了一间房给他们。

两个人来得迟了，到傍晚时分才到这里。

时宜站在景区入口处等他们。远远看到宏晓誉背着相机，走在一个男人身边，有说有笑的，那个男人长得周正，眉目很英气。

时宜匆匆从他面上扫过。宏晓誉已经看到她，快步跑过来，"你说，我见你一次真不容易，明明都住在上海，可这两个月你总行踪不定的，最后竟然是在上海周边相会。哎，不是我说，时宜大美人，你这个人重色轻友的程度，绝对可以载入史册了。"

"你可以等两三天，我就回上海了，"她懒得理宏晓誉的调侃，低声说，"别以为我不知道，你是为了和他有实质发展，才以我为借口，来这里的。"

宏晓誉瞥了她一眼，为两人做了简短介绍。

那个人的职业和宏晓誉相似，只不过一个是新闻记者，一个是摄影记者。

可时宜总觉得这个人，骨子里掩不住一些凌厉。

她直觉向来很准，不免在三人一路走入景区的闲聊中，仔细打量了这人几次。不过后来听宏晓誉说起他战地记者的身份，也就释然了。

她记住他的名字叫杜风。

公司来了一些人，都是绝美的声音。

宏晓誉平时不太有机会见到这些人，这次因为时宜的关系，终于见了个遍。大家都是很随和的人，时宜介绍时也随便了些。大多都是说，这个就是××纪录片的旁白，这个就是某某热播剧的男一号、女一号……

宏晓誉不停意外地露出恍然大悟的神情。

但是那个杜风，时不时总笑着，大多是笑宏晓誉的大惊小怪。

"这种水乡，大多都有故事在里边，"美霖用手捏着螺壳，笑着看 D Wang，"我记得上次你给我讲西塘的事，就是经常有人住在那里，就会走失几个小时，再回来……"

D Wang 摇头，打断她，"时宜胆子小，不要晚上讲这些。"

他说得自然。

可是这里很多人，都知道他和时宜的事，有的笑得别有深意，有些已经开起玩笑。这种善意玩笑很常见，无伤大雅。

时宜为免他太尴尬，只是笑，倒没有多排斥。

宏晓誉从没见过 D Wang，倒是很好奇，低声问她："他怎么知道你胆子小？"

时宜轻声说："我经常半夜录音，每次都要等人一起，才敢坐电梯下楼，合作久了的人都知道，很正常啊。"

"不对，不正常，"宏晓誉眯起眼睛，"非常不正常。"

时宜轻捏了下她的手背，"不许八卦了。"

"那最后一句，"宏晓誉好奇地问她，"你那个老公知道有人喜欢你，会不会吃醋？"

会不会吃醋？

时宜倒是对这个问题很没底气。

她想，周生辰是喜欢自己的，有多喜欢？她心里没有底。

所以才会焦虑吧，就像在不来梅。

"你不会连这点儿自信都没有吧？"宏晓誉蹙眉，"所以我说，嫁人还是要爱自己多一些的，我眼看你怎么喜欢他，怎么开始，甚至莫名其妙没有任何仪式就结婚。你太上心了，明明自己是传世珍宝，偏就当地摊珍珠卖了……"

时宜忍不住笑："都什么比喻？"

"本来就是……"

"嘘，"时宜拿起手机，轻声说，"我要出去接电话了。"

她起身，走出去。

这里是老式的木质小楼，他们吃饭的地方是临河的二层，排列着七八桌。他们占了两桌，靠东侧，她就走到西侧窗边的地方。

周生辰准时打来电话。

她靠在木窗边，压低声音和他说话。

周生辰已经被她训练得非常娴熟，从晚饭的饭菜开始，事无巨细汇报自己的行程。也亏他记忆力好，连具体时间都能说出来。到最后时宜听得心情极好，想到宏晓誉问的话，装着无意地说："最近好像……有人在追求我。"

周生辰略微沉默："是那个 D Wang？"

"嗯……你怎么知道的？"

"我一直知道。"

……

时宜想到，他掌握着自己所有资料，顿时有种被识破的尴尬。

她一时没说话。

倒是周生辰察觉了："想知道，我会不会介意？"

她不好意思承认，也没有否认。

周生辰笑了笑："你可以这么想，我是因为介意，才会随时掌握你的动向。"

"真的？"

"真的，"他顿了顿，轻声说，"千真万确。"

她笑出了声音。水的远处，能看到有几艘停泊的木船，挂着灯。

景区没有游客，只有这次的主办方、媒体，还有参加总决赛的人，所以这种游船在晚上时不会开放，只停靠着，自成风景。

周生辰继续说了几句话，就断了连线。

众人饭罢，被景区负责人安排了活动。

泛舟或者是去大戏院听评弹。

时宜不喜欢深夜在河边上的感觉，就去听评弹。整个戏院坐了半数，夏日有些闷热的风吹进来，她有些不在意地听着，轻轻转着手腕上的念珠。

这样炎热的夜晚，环境并不算惬意。

却莫名地，让她记起了一些，早已模糊的事情。

那一世，她自幼对一首古曲极有兴趣，因多年战乱，一直难寻完整曲谱。她屡屡打探到何人会有，都会求师兄师姐去寻，次次落空。直到一日听闻曲谱在一位老王爷手里，便去求师父。

她当真想听，周生辰也宠着她，让人请来曲谱和乐师。

可惜那日她犯了错，错过了那场古曲，一切只源于一杯茶。她自幼喜茶，周生辰便为她搜集名茶，那日她想为他泡他最爱的，却因水质缘故，倒了又倒。

名茶价值千金，却被她任意挥霍。

那是他初次斥责她，眉目显出怒气，却隐忍不发。

只是不让她去观歌舞，将她留在书房内，站立持笔，字字句句写着历代名茶。写到后面，她委屈地红了眼眶，听着远远的歌舞乐曲声，却不得不继续握着笔，一字字继续写：蒙顶、紫笋、神泉小团、碧涧明月、方山露芽、邑湖含膏、西山白露、霍山黄芽……

她努力眨眼，想忍住眼泪，却还是落在纸上，晕成一片。

"十一，"他微微俯身，看她写得密密麻麻的纸，终于开口说话，"你倒一杯茶，便是百姓数日，甚至是整月的口粮。你有品茶的喜好，我便为你买茶，但不想你骄纵成性，不知百姓辛苦。"

她攥着笔，微微颔首。

"你是未来的太子妃……"周生辰继续说着。

她却忽然抬头，眼泪汪汪地看着他。

她不想因为自己是太子妃，才要记得这些。她只是他的徒儿，甘愿受他责罚。

含泪的眼睛里，尽是倔强。

周生辰欲言又止，忍不住微微含笑，直起身子，"继续写吧。"

有夜风吹进来。

评弹仍旧继续着，时宜靠在木质的长椅一侧，仍旧难以将思绪拉回来。

她眼前仿佛就有着抄写满满的宣纸。

而余光里，只有他。

晚上住的地方，装修并不算精致。

更如同寻常的人家。

不知道是因为晚饭后听的那段评弹，还是因为这里的氛围，她想起他离开前，两人在镇江的那段日子。短暂而又玄妙，当时只是紧张于和他奇怪的家庭相处，现在想起来，却越发感慨。

他存在于这样的家庭，是否是注定的？

钟鼎之家，隐匿于世。

睡到三点多，那段抄写茶名的片段，反复出现，她辗转起身。想了很久，终于拨了他的电话，在漫长的等待音里，几次想要挂断。

他是在短暂休息？还是仍旧在实验室？还是在开会？

她把手机举到眼前，看着未接通的提示，拇指已经滑到挂断的选项。忽然电话接通了……时宜马上拿起来，贴在了耳边。

"怎么这么晚，还没有睡？"周生辰的声音，有些疑惑。

"我做了一个梦，"她犹自带着睡音，"一个同样的梦，重复很多次。我知道是在做梦，可是醒不过来，就只能看着。"

"梦魇？"

"嗯，梦魇。"

"那些水乡多少都有故事，"周生辰不知道是在哪里，传过来的声音伴着些轻微的回音，"我听说过一些，大多有些中邪的迹象。不过我不太相信，或许你白天没有休息好？"

"嗯……或许吧。"

梦是相同的，都是他和她，时宜并不觉得可怕。所以醒过来，也只是冲动地想听他的声音，好像要求证他真的存在，和自己在一样的年代和空间里。

"梦到什么了？"他问。

"梦到我在抄历代的名茶，"她低声说，"你能背得出？唐代的茶？"

"差不多，都知道一些。"

"比如？"

"比如？"他笑了声，"想让我给你背茶名，哄你睡觉？"

"嗯……"她本来是平躺着，现下侧过身来，换了个更舒服的姿势，"想听。"

"好像我太太，是四大好声音之一？"他揶揄她，"我只是个搞研究的，声音实在没有什么特别，怕你听久了会厌。"

"不会……"她笑，"一辈子都不会厌。"

那边略微沉默，叫了声她的名字。

"嗯？"

时宜以为他想说什么。

未料，他当真开始给她念，那些茶的名字。蒙顶、紫笋、神泉小团、碧涧明月、方山露芽、邑湖含膏、西山白露、霍山黄芽……

有些或许是记载问题，单独的字有些出入，她没有出声纠正。

她坐起来，靠在木质的床头，看窗外稀疏的灯火。这里的建筑设计，都具有年代感，在那一世清河崔氏及长安都在长江以北，江南是什么样子的？她没什么太大的印象。只在李、杜的诗句中，获悉江南"女如雪"。

而数百年后，她坐在这里，听周生辰远在大洋彼岸，给自己念有些无聊的茶名。

他的声音说不上有什么特点。

念得很慢，却很有耐心。她发现，周生辰最大的优点就是有耐心，不知道他是不是对谁都是如此，起码从初相识到现在，他对她始终如此。

"婺州东白、祁门方茶、渠江薄片、蕲门团黄、丫山横纹、天柱茶、小江团、鸠坑茶、骑火茶、茱萸寮……"他略停顿，"差不多了，就这些，你还要听别的朝代的吗？"

"嗯……"时宜犹豫着，想要问他会不会很忙。

忽然，门外传来细微的声响。

像是金属落地的声音，这个声音刚才也听到了，只不过，她太想听他说话，都忽略了。"时宜？"周生辰忽然又叫她，"怎么了？"

"我好像听到奇怪的声音……"她低声说，安慰自己，"不会是你说的……'这里都有些故事'吧……"

他笑了声，略有取笑："你信佛，又不做恶事，为什么会怕神魔鬼怪？"

"不知道，天生的吧？"

她仔细想想，经历过轮回的人，的确不该这么怕黑，或者惧怕神魔鬼怪。

周生辰又说了些话。

时宜很少这么主动给他电话，而他也出乎意料地，主动和她闲聊一些自己实验的事。时宜听得认真，走过去把窗子关紧，走到门边检查门锁的时候，听到了一些脚步声。

她凝神，想要听清楚。

"还怕吗？"周生辰像就在她身边，看得到她的心理变化。

"一点点……"她低声说，"可能有人太喜欢水乡风景了，我听到有脚步声。"

"有时候人越是恐惧什么，就越想要接近什么，"周生辰的声音，有着让人安心的力量，刻意地温柔着安慰她，"不要开门，回床上试着睡觉。如果睡不着，我会一直陪你说话。"

她的确有些怕，很听话地上床，"会不会耽误你的正事……"

他笑道："不会。"

周生辰和她说了很久的话，慢慢声音就都没有了。时宜一觉睡到了九点多，被宏晓誉叫醒，一起吃早饭，她问宏晓誉昨晚有没有听到奇怪的声音，晓誉很惊讶地说没有，又看看身边的杜风，问他有没有听到。

杜风只是用筷子夹着菜，摇摇头。

时宜见两人如此反应，更是有些后怕了，在下午决赛前，低声和美霖说自己要换个地方住。美霖咬着笔帽，乐不可支："给你换，你肯定也还是怕，要不然你接下来两天就和我睡一间房吧？"时宜自然乐意。

　　美霖问她半夜怕鬼，怎么不给自己电话，时宜想到那个陪自己直到天亮的电话，很隐晦地笑了笑。她是略微低着头的，笑得连美霖这个同性都一时移不开目光，轻声嘟囔了句："我打赌，你真有让男人倾国倾城的冲动。"

　　时宜伸手，轻推了她一下，示意比赛开始了。

　　两个人这才端正坐好，看那些决赛选手的表演。

　　中午周生辰准时打电话来，问过她晚上的安排，听到她和美霖住在一间房，才算是放心。到下午三点多结束了今天的比赛，她忽然接到一个电话，非常意外的电话。

　　是周生仁。

　　她记得周生辰这个过继的弟弟，对自己算是非常友善的，甚至比周文川这个同胞兄弟还要亲近些。小男孩儿在电话里说，自己刚好这几天有些空闲，想要来陪陪她这个未来的大嫂，时宜虽然觉得很奇怪，却没有拒绝。

　　对于"未来大嫂"这个称呼，她早就有心理准备。

　　只要周生辰的母亲不承认这门婚事，就连周生辰身边的林叔都要一直称呼她为时宜小姐，或许这就是大家族的规矩。她和周生辰明明生活在现代社会，是合法的夫妻，在这个家族里却不被认可。

　　对于这些，时宜有时候想起来，也觉得委屈。

　　但是这种情绪只是稍纵即逝，对她来说，没什么比周生辰更重要。从他和自己求婚起，她就认定了这一生自己要和他一起。

　　名分和认可，都不重要。

　　周生仁是晚饭时到的，随行而来的除了两个女孩子，就都是男人。不同于在镇江的见面，他私人出行就随便了很多，只穿了条浅蓝色的牛仔裤，白色短袖 T 恤，像是个初中刚毕业的普通男孩子。

　　时宜在离景区入口较近的小石桥边，站在阴凉处等着接他。

　　没想到他就如此堂而皇之进来了，走到时宜面前，扬起嘴角，叫了声"时宜姐姐"。

　　"你直接进来了？"她有些奇怪。

　　毕竟现在景区没有开放，只接纳了他们这次比赛的人和媒体。

周生仁点点头，"母亲怕我出意外，特意安排人做了准备。"

他说得一本正经，颇有些周生辰的影子。

时宜笑了："你这么和我说话，我以为看到了你哥哥，"她手掌轻轻摸了下小男孩儿的额头，"出汗？很热？"

小男孩儿长得快，已经和她差不多高。

或许是家里没有一个姐妹敢这么对他，以至于略微有些愣，很快就笑了，点点头。

她见过小仁几次，知道他不太爱说话，也就没多说。

周家果然做了安排，景区的负责人已经安排好了小仁及随行人员的住处。时宜陪他到阁楼房间时，两个女孩子已经迅速打点好一切，连茶具都换了全套。

小仁似乎没有喝茶的习惯，等两个女孩子出门后，从房间的小冰柜里拿出两瓶可乐，打开来，倒给时宜一杯，"我听梅家的人说，时宜姐姐很会泡茶？"

时宜接过玻璃杯，"还可以吧，就是一个小爱好。"

"姐姐好像……天生就是要嫁进我们家的人。"

"有吗？"时宜笑起来。

"没有吗？"小仁仰躺在竹椅上，认真端详时宜。

她知道小仁说的，是她那些琴棋书画，还有对古文学的热爱，"可能我偏好古文学……"小仁摇头，打断她，"不只这些，我听说你们在德国的事情……姐姐，你怕吗？如果让你看到枪战、流血、死人，还有……很多非常凶残的事，你怕吗？"

男孩子的声音很清澈，却问着如此的问题。

时宜一时未反应，联想到德国的事，仍心有余悸，"会怕。"

周生仁握着玻璃杯，继续端详她。

眼睛里有着十四岁少年不该有的冷静。

过了会儿，他抿起嘴角，反倒安慰时宜，"我刚才说的，是吓唬姐姐的。"

她有一些天生的敏感度，尤其是对人的态度。

稍有微妙，就有察觉。

所以她想，小仁忽然来探望她这位未来的大嫂，一定不只是如他所说的"顺路"。小仁吃住比周生辰要讲究不少，或许因为是周生辰叔父唯一的儿子，虽然过继给了周生辰的母亲，却依旧宠爱得厉害。

举手投足，多少有些恃宠而骄的意思。

不过对时宜倒真像有好感，起码她没有感觉到任何的不友好。

这个小弟弟过来，顺路带来了一箱子衣服，搬到时宜和美霖住的房间。搬箱子的人前脚离开房间，美霖后脚就打开了没有锁的箱子。满满一箱子的衣物，从贴身的到外边穿的，一应俱全。

时宜穿过王家人做的衣服，知道他们喜欢在袖口的内侧缀两粒珍珠。

所以翻了两下，就明白这些衣服都是王家人做的。

美霖还在翻看衣服的时候，就有人又搬来了整箱的水。

"我听哥哥说，昨晚听到奇怪的声音，"小仁对她简单解释，"所以如果有可能，接下来的两天，我们就尽量避免喝这里的水，吃这里的饭。这些，和我同来的人都会解决。"

"这么严谨？"时宜忍俊不禁。

小仁也笑，半真半假地回答她："不管是阴间鬼，还是阳间鬼，周家人都遇到不少，自然也学得小心多了。"

时宜只当作是玩笑，随口逗他："你遇到过吗？"

岂料小男孩儿竟没回答。

看他的表情没觉什么，可时宜总觉得自己说了什么不该说的。

晚上她和周生辰电话时，说到了这件事，周生辰略微沉吟："小仁的母亲是意外死亡，而且原因有些特殊，所以他有时候说话和做事，会有些奇怪。"

周生辰的解释很含糊。

说实话，时宜并没有听懂，她难得追问他："是什么原因？"

他没有回答。

时宜想了想，又说："这些事，我迟早要知道的。"

"周家有些特殊，资产96％都在海外，也会有些阳光以下的生意和朋友，"他说，"小仁母亲的家庭，虽然和我们是世交，但她嫁到周家，主要是因为想要调查周家的一些事情。后来……是意外死亡。"

时宜靠在窗边，继续听他补充说明这段过去。

大概八九年前，周生仁还是个小孩子的时候，他曾和父母一起登上一艘赌船。赌船是周家的，当时为了分配一个归属不明的矿床，周家牵头做了这场交易，而小仁的母亲在这艘船上被发现后，被家族处决的。

当时为了不给小仁带来影响，将这件事做成了"意外身亡"的假象。

但是当小男孩儿慢慢长大，有些真相自然会知道。

所以他才会对"阳间鬼"这个话题，保持了沉默。

她惊讶于周生辰对自己家庭的描述，却没有过多地追问。

将过往那些串联起来，她越发觉得，自己和他生活的环境根本不在一个世界。

"某些方面来说，我并不是周家的人，"周生辰说，"等这件事结束，所有人和事都会回到最初的轨迹。"

"所以……你并不想继承周家？"

"完全没有打算。"

他身边，有人在用她不懂的语言说话，听上去像是谈工作。

时宜没有再说什么，结束了这场对话。

窗外的风有些大，在水面上打着旋儿，吹起渔船里船客的衣裳。随之而来的，自然是嬉笑吵闹的声音。

她想，她理解他的意思。

如果说周生辰两世的信念都是扭转大势，少些不幸的家庭，那么她这两世就简单了很多，她信他，也会一直站在他这一边。

次日晚上，是这次比赛的最后决赛。

小仁表示要去看，时宜一本正经告诉他不能特殊化。比如只能单独入场，坐在媒体席的一个角落，她以为这个骄傲的小男孩儿不会遵守，没想到他真的来了，就一个人，还带着本书。时宜坐在评审席上，大部分时间照顾不到他，等比赛结束时，才得空去看他。

没想到翻了下他手里的书，竟然是外文教材。

她没仔细看内容，扫了眼眼熟的公式，是物理。

"你以后，想学物理？"时宜终于在他身上看到了普通人的影子。

"嗯。"小仁颔首，合上书，平放在大腿上。

"挺好的，"她低声说，"这些学得越深入，学科分界就越不明显，说不定以后你能超过你哥哥。"

"不可能，我不可能超过他，"小仁笑，而且难得略带腼腆，"他是天才，十二岁收到深造邀请，十四岁进大学，十九岁拿到化学工程博士学位。我已经十四岁了，可还没有进大学……"

这段话她听过，从周文川的口里。

但是显然小仁说的时候，是真的很自豪，还有分明的崇拜。

"是这样啊，"时宜故意装作刚知道，配合着，惊讶着，"好厉害。"

"是很厉害，"小仁看她，"要不然，我二嫂也不会现在还喜欢他。"

"二嫂？"

"佟佳人。"

"哦……"她笑，"我听说过，他们以前有过婚约。"

"是，"小仁倒没有隐瞒，"佟佳人也是我生母的姐姐，总之，关系很复杂。当时因为我生母嫁给父……叔父……她自己主动取消了婚约。"

是她主动的？

时宜"哦"了一声。

"不过这也只是我听说的，那时候我还没出生。"

或许因为话题牵涉到周生辰，小仁难得话很多。

时宜陪他说了会儿话，倒是认真翻看了他的那本书，不太能看懂。这个孩子看起来一部分也和周生辰很像。她想，如果小仁能有机会跟着周生辰读书，说不定，这些被家族培养出来的"骄娇二气"，可以彻底磨平。

两个人说了会儿话，时宜就对美霖找了个借口，先单独陪小仁吃了晚饭。

这是决赛的最后一晚，到明天下午，所有人都会离开这里，回到各自所在的城市。所以时宜在所难免的，总要陪众人喝茶闲聊。

小仁坚持陪在她身边，也不多话，只是偶尔在宏晓誉好奇搭讪时，应付两句。

到最后，那些老一辈的配音演员都去休息了，只剩下了年轻人，众人讨论玩些什么，不知怎的就说到了牌九。

"我可没有准备这些，"美霖笑着打击他们的热情，"现在出去买，恐怕来不及了吧？"

"不用那么认真，我们可以找些东西，现做工具。"

众人兴致高昂，时宜不太懂这些玩意儿，就纯粹地旁听。

倒是小仁忽然低声唤来了不远处的一个小姑娘，低声说了两句话，那个跟随他的女孩子很快离开，再出现已经抱着一个长方形的匣子。

"是什么？"时宜好奇地问他。

"牌九，也可以叫骨牌。"

时宜惊讶地看他。

两个人身侧，坐着宏晓誉和杜风，晓誉听到了倒是很有兴趣，"真的有人带来了，正好，打开来大家一起玩。"

小姑娘只看着小仁，小仁点点头后，她才把狭长的匣子放在了桌上。

莹润微黄的象牙骨牌，被四张叠在一起，迅速码放了八排。

小姑娘没有离开的样子，反倒是站在桌前，俨然一副做庄家的模样。众人有些安静，起初都以为时宜的这个弟弟是个娇生惯养的富二代而已，而身边跟着的小姑娘肯定是照顾饮食起居的人。

可看这桌上的骨牌，再看那小姑娘刚才码牌的手势……不知道的，还以为进了旧日社会的赌场，而他们这些则是贵客，被单开了一桌。

"家里长辈喜欢这些，所以为了哄老人家，大家多少都学了一些，"小仁很善意地解释着，"这个姐姐是经常陪父亲玩这些的，所以很熟悉。"

这个解释有些玄妙，但也不难理解。

有了骨牌，刚才那些热衷玩这个的人都很快转移了注意力，上桌下注。因为都是玩玩，美霖又严禁众人加入金钱交易，坐庄的小姑娘就象征性地分了每人一些筹码，当作资本。

那边厢热闹起来，时宜倒是奇怪了，轻声问小仁："你父……叔父很喜欢这个？"

"家里人都很喜欢，"小仁看时宜，"我哥哥没说过？"

她摇头。

"你们家人真有趣，"宏晓誉觉得这个小男孩儿的言谈举止都有意思极了，"你会吗？"

周生仁颔首，"会。"

宏晓誉扑哧一笑，扯了扯杜风的手臂，"你要不要试试？一会儿？"

"既然不带钱的，倒是能玩玩，"杜风也甚是有趣地看小仁，"没想到一个小男孩儿也会牌九，玩得好吗？"

周生仁看他，"不是非常擅长，但陪你们玩还是绰绰有余的。"

"呵，"杜风乐了，"好大的口气，我去澳门时，可是不常输。"

小仁想了想，"你知不知道'倾城牌九'的说法？"他像是想起了什么人，或是事，声音带着些笑意，"在牌九的生死门中，一夜就可以让你输掉一座城池。所以这个东西，不要随便去碰，尤其是在意气用事的时候。"

第十二章 初妆一如你

"'倾城牌九'？"杜风笑得若有所思，"这个说法，不太经常听到。"

周生仁低头，又开始翻自己带来的书，"杜先生似乎对这些，非常感兴趣。"他语气忽然就冷淡疏远了，杜风倒是不以为意。

或许是小仁给人的骄傲感，还是因为别的什么，时宜觉得他对杜风似乎很不友好。

众人玩得兴起，时宜却觉无聊。

她看小仁认真读书的模样，忽然有些自责，他这么爱读书，却要陪着自己在这里和人闲聊。她从包里拿出笔，悄悄在面巾纸上写：我们回去？

然后，用食指点了点他的手背，用面巾纸盖住了他所看的书。

小男孩儿愣了愣，抿起嘴，笑了。

他们很快离开，时宜回到自己房间里拿了些书和纸笔，两个人找了个安静的茶楼，坐在二楼窗口的位置，各自看书。

时宜时不时抬头，看小仁一眼，忽然有种做人家长的错觉。

而这个孩子绝对是那种最喜好读书的，完全不用你操心，从开始一心看书起，就再不管身边的水流蝉鸣，只拿着笔不断在纸上随便写着东西，眼睛不离纸和书。

时宜低下头，继续看自己手里的书。

她也有边看边写的习惯，有时候看到喜欢的词句就随手抄一遍，也就记住了。不知是这里的氛围太好，还是周生仁的安静感染了她，她手里的笔，写着写着，就停下来。

鬼使神差地，起笔写了一句话：

　　夏，六月，己亥，帝崩于长乐宫。帝初崩，赐诸侯王玺书，南辰王……

她再次顿住笔，笔尖悬在纸上，迟迟不肯再写下去。

她能清楚记得是六月初一，是因为她便是这日所生。先帝驾崩，她降世，而同时，先帝驾崩后，十四岁的小南辰王不肯接玺书，质疑玉玺印太小，怀疑宫中有异变，险些酿成内乱祸事……

他十四岁，她始才降生。

她在见到他之前，所听说的事，足可写成一本书。

时宜写的那行字很小，笔迹也淡。她自己怔忡地看了一会儿，或许因为太过入神了，引起了周生仁的注意，小男孩儿放下书，看了眼她写的东西，有些惊讶："你写的是古时候的那个周生辰？"

她也意外，有些犹疑不定地看他，"你也知道？"

"知道，"小仁越发对时宜欣赏起来，"周生家的族谱上有他，虽然史记并不多，但我对他很感兴趣，涉嫌谋反多次，也很……风流。"

"风流？"时宜错愕。

"敢和太子妃在一起，能不风流吗？"小仁说得笑起来，"太子妃是什么人？未来的后宫之主，却为了他什么都不要，跳楼自尽，岂不是风流吗？这可比旁人都要风流多了。"

小仁半是玩笑地说着。

时宜更是错愕。

"听母亲说，我哥哥就是特意取这个人的名，"小仁笑笑，"所以我对这个人更有兴趣了，可惜记载太少。"

记载太少，而且并不甚好。

这也是她所遗憾的事。

两人说了一会儿，小仁继续去看自己手中的书，时宜却再也安不下心。她看着那行字，犹豫了一会儿，继续写了下去：

　　　　南辰王得书不肯哭，曰：玺书封小，京师疑有变……

　　她忽然有个想法，想要把脑海中存留的记忆都写下来。

　　不管还记得多少。

　　这个想法让她一夜没有睡踏实，当你特别想做一件事的时候，潜意识总会反复去想，这是完全无法控制的。她辗转整晚，半梦半醒，都是那些曾听说过的事：水淹绛州，朔州鏖战，六出代州……

　　到最后，美霖都难忍了，在天初亮时，伸手软软推了她一把，"我恨死你了……一晚上翻身，我也跟着没睡着……"

　　时宜也困顿，喃喃说："总是做梦，还都是兵荒马乱的梦。"

　　"所以啊，"美霖睁眼，看她不太好的脸色，"所以说不定前一晚根本没有声音，是你做梦而已……"

　　时宜也不好和她说自己和周生辰讲电话讲到天亮，只摇头笑："不知道。"

　　"时宜。"

　　"嗯？"

　　"你觉得不觉得，你有时候活得不太真，"美霖低声说，"你对什么都不太感兴趣，工作也只是因为需要一份工作，我从认识你，就没发现你对什么有兴趣。除了你那个忽然认识就结婚的老公。"

　　时宜翻了身过来，也觉得，自己活得太平淡了。

　　或许因为上辈子活得太精彩跌宕，出身名门，定下最富贵的亲事，师承最让女子倾慕的男人……还有一段最让世人不齿的心思。

　　有些东西得到过，就不会在意了。

　　她大约从懂事起，就只执着于"与君重逢"的念想，也只因为这个想法，设法让自己融入这个社会，用最正常的身份遇见他。

　　"你说，如果人有轮回，你觉得钱财有用吗？和别人明争暗斗，有意义吗？"她想了想，"我觉得挺没意思的。"

　　"是啊……可是我不信轮回，所以我活得比你现实多了，我喜欢钱，喜欢别人都尊重我，"美霖长出口气，"你呢，好像只重感情。所以你这种人做朋友最好，我永远不会担心你会做什么伤害朋友的事。"

时宜笑，没说话。

美霖想到她心心念念的自家先生，忍不住感叹，还没有机会真实接触过。一个生活在地球，反倒去研究金星的男人，倒真让人感兴趣。

时宜也不知道他何时会回国，只能说，下次有机会一定约到一起吃饭。

这场决赛圆满结束，美霖又成功签了三位新人。

两男一女，很有资质。

美霖坐在船内，和那些专业配音演员喝着小茶，说着小笑话，几个新人坐在当中，略有腼腆。其中一个男孩子，时宜非常欣赏他的音色和天生的戏感，忍不住在离开西栅前，和他多说了两句。

船行得非常缓慢，从一座石桥下穿过时，她恰好结束了对话，随便看了看岸边。

有人在微笑着，看她。

他穿着浅米色长裤和天蓝色的有领短袖，干干净净，也普普通通。他没拿任何行李，简单地站在岸边的阴凉处，手里就拎着自己的框架眼镜。

他是远视，自然取下眼镜会看得清楚些，而且看他的样子，显然已经看了好一会儿。

如果不是现在景区尚未开放，他很容易就会淹没于人流中……时宜急着扭转身子，抓住美霖的胳膊，"快靠岸，靠岸。"美霖小惊了下，看到岸边的人，不太确定地问她："你老公来了？"

这一句话，倒是引来了船上所有人的好奇。

众人对美女的归属，总归会好奇过普通人，更何况自从上次颁奖典礼，大家都已知时宜有个好到令人羡慕的归属，如今人来了，也肯定要仔细看看。

当然，D Wang 一定是看得最认真的一个。

时宜只应声，想着赶紧靠岸。

她很怕这么多人八卦的眼神，让他不自在。

周生辰倒是比她想象的要淡定得多，看众人看他，便很自然地颔首，算是招呼。船在最近的石阶暂时停靠，周生辰也走到那里，在时宜上岸时，伸手扶住她。

"周生先生，你好啊，"美霖站在船头，非常冠冕堂皇地打量，招呼着，"每次都错过见你，这次总算见到本人了。"

周生辰用一只手稳稳扶住时宜，让她跨上台阶，站在自己身边。

"你好，美霖，"他礼貌笑着，"时宜经常说起你，谢谢你这么久以来对她的照顾。"

时宜略微惊讶。自己从来都怕他觉得烦，并不会说工作中的事。

美霖笑着，和他寒暄了几句。

周生辰在船离开时，再次看众人，颔首说了句再见。

他的视线和 D Wang 交错而过，相安无事。

等船再次离岸，时宜终于忍不住拉住他的手，"你什么时候回来的？怎么会忽然回来？你那边的事情呢？这里的入境问题也解决了？"

问题是一个连着一个。

他笑起来，随手戴上眼镜，竟意外地揽住了她的腰。

动作不算大，力道也不算重，但足以将她带入怀中。时宜被吓了一跳，待靠上他的身体，才觉得他手臂有些汗涔涔的，贴着她的手臂。肌肤相亲，并不需要真的在房间里坦诚相见，这一刻已经足够令她脸热。

"今天上午到的上海，主要怕你自己在这里有什么事情。我的事情暂时告一段落了，包括研究和入境问题，"他把她每个问题都回答了，薄笑反问，"还有什么问题吗？"

"嗯，还有一个……"既然他光天化日下这么亲近了，她也很自然地，两只手臂搭上他的肩膀，低声问他："除了怕我有事，有没有一些，是因为……想我了？"

有他在身边真是好，感觉天更晴了。

时宜太明白，自己所有的喜怒哀乐都拴在他一人身上，但她甘之如饴。

她看着他。

他也看着她，笑着看了一会儿，终于颔首。

"是，我很想你。"

时宜看着他，眼睛亮晶晶的，似乎又太亮了一些，有什么要涌出来。

最后，她自己略低了头，"你刚才为什么要刻意去看 D Wang？"

"我？"周生辰揽住她的肩，带着她边走边开玩笑着说，"向失败者致敬。"

时宜一瞬错愕，扑哧笑了。

见到他，她难得话多，掩饰不住的心情好。从抱怨那晚的古怪声音，到这里的美食，不一而足。他似乎对这里的布局很熟悉，甚至在两人走过观赏用的染坊时，立刻就认出是哪里，时宜有些奇怪，"这里刚建，还没有对外开放过，你怎么会这么熟悉？"

"因为你住在这里，我让人给我看过平面图。"

她"哦"了一声，看着烈日下的染坊。

布被挑得很高，一道道狭长的深蓝的布匹，被风微微掀起，复又落下。

这样的小风景，让她想到的却是，曾听说过的那场长达二十日的攻守战。他率骑兵一万人日夜不停，增援青城，当时的敌军，有十三万人。

二十日后，援军至。

当家臣早已不抱任何期望，却忽见城墙上，被数人投挂了数条鸦青色的长布，破败不堪，在烈风中飞扬着。

鸦青色，是小南辰王的王旗。

这数条在城墙上辗转飞扬的布匹，在昭告着城池未破。

她记得，对她讲述的先生，当说到这里时情绪有多激动。先生说，二十万援军，顷刻欢呼震天，声嘶力竭。

她记得，当时的自己听得心怦怦直跳，仿佛身临其境。

两人走过染坊，狭长的街道，到小仁之前住过的房间。这个孩子也很奇怪，来得突然，走得也悄无声息的，只留了一张纸做告别。

短短一行字：两位，我就不打扰了。

周生辰扫了眼，递给她，示意自己要先冲凉，"这里太热，我出了不少汗，你稍等会儿。"他说完，从柜子里拿了一些别人替他备好的衣物，走进了浴室。

时宜拿着遥控器，开了空调，又把窗户都关上。

房间里因为开着窗通风，非常热，过了好一会儿，温度才降下来。她觉得温度舒服了，又调高了一些，怕他一会儿洗完澡出来会感冒。

她举着遥控器，研究温度的时候，周生辰已经从浴室走出来。

"在研究什么？"

"温度，怕你太冷感冒。"

从身后看过去，都能感觉到她的认真。

他忽然身体有些发热，想要她。

这种感觉，在不来梅有过几次，都被压制下去了。可是现在面前人明明穿得规规矩矩，却对他有种吸引力，难以挣开。

或者，没必要挣开。

周生辰走过去时，时宜已经调好温度，随手把遥控器放在书桌上。他走近她，低下头，用嘴唇碰触她的脖颈，时宜绷紧了身子，却在下一秒又软化下来。

她喜欢穿有领子的棉布连衣裙，露的地方不算多。

周生辰用手指勾住，把领口往下扯了一些，露出一些后背的皮肤。他继续吻上去，莫名的触感，让她有些难过，微微动了动。

"不用调得太高，一会儿会出汗。"他低声说。

时宜"嗯"了一声，紧闭上眼睛。

他始终站在她身后，流连于她脖颈和后背，他低声叫她，毫不掩饰自己身体的变化，将她抱在身前，紧紧贴着自己。

时宜感觉他这次，是真的想要。

越发紧张。

她想给他，可是又怕。

临到眼前，竟然开始害怕，怕他会对自己的身体失望，怕自己不够懂这些，会让他觉得索然无趣……她越想就越怕，到最后周生辰都察觉了："不方便？"

她轻声说："没有……"

"还是不喜欢这样？"

"不是……"

"害怕？"

她想说是，可想了想，上次在不来梅，两个人在房间里都坦诚相见了，还是自己主动。现在为什么忽然就害怕了……她也不知道。

周生辰两只手提起她裙子下摆，从下至上，把她的连衣裙脱下来，轻抛到书桌上。

他没有脱掉衣裤，贴着她的皮肤，开始更加深入地亲吻，从锁骨到肩膀。时宜面红耳赤地想要避开身后和他的接触，却被他一只手按住，不让她离开。

不急不躁，渐渐深入，他的手开始解她的内衣，"记得我说过，我喜欢收集吴歌吗？"

时宜"嗯"了一声，微乎其微。

她感觉内衣被解开，落到地上。

"对吴歌熟悉吗？"

"不熟……"那些民间流传的，闺房情趣诗词，她如何能熟读？

周生辰的手掌有些粗糙，起码对她的皮肤来说，存在感非常强。他手抚上她胸口时，她轻喘了口气，眼睛闭得越发紧，甚至连睫毛都微微颤抖。

耳边是他的声音，很轻很低："朝登凉台上，夕宿兰池里，乘月采芙蓉，夜夜得莲子。"

她隐约听得出其中的桃色旖旎。

却已经神思游离，第一次的肌肤相亲，实在太敏感。

无论他的手滑到哪里，都让她想躲。究竟是在亲昵，还是在折磨，她早已分不清了。

"古人用'莲荷'的莲，代替爱怜的'怜'，"他低声说，"莲即是爱。"

他的手臂出了汗，和她的身体摩擦着。

日光透过玻璃，落在身上，没有任何衣物的遮掩。

最后终于把她转过来，低头，边亲吻她的嘴唇，边脱自己的衣裤。

蒙眬间，他一直没停过，低声给她念着那些从未听过的、爱人间才能说的诗词。大部分都过于隐喻，他就解释给她听。言语低沉，却认真，将这些桃色满满的淫词艳曲，讲得如同学堂授课。

两个人身体贴在一起，严丝合缝。

他却迟迟没有再进一步动作，时宜已经觉得意识飘忽，不知道该做什么。她甚至有一瞬觉得这是幻觉，质疑自己真的和周生辰如此肌肤相亲，毫无阻碍地在一起……

他低声说："我开始了，可能会有点儿疼。"

有红晕在她身上蔓延开。

她甚至不敢呼吸，明明自己都懂的事情，经他一说，却是引诱。

认真地，引诱地做爱。

所有的神经都被吊起来，他稍许动作，就让她紧张得轻吸气。

"我小时候，背过《吕氏春秋》，家里长辈都说，'靡曼皓齿，郑卫之音，务以自乐'，"周生辰的声音像是被打磨过，有些轻微缺水的沙哑，"美人和消遣的音乐，都不能太沉迷，听过吗？这句话。"

她咬着嘴唇，"嗯"了一声。

"我不屑一顾，认为这两样，都不值得沉迷。现在，我不这么想了。"

他在尝试，她痛得发抖。

有汗从他身上流下来，落到她身上，周生辰不敢贸然动作。她痛得有些轻了，就鼓起勇气凑上去，迎着他。周生辰有些惊讶，稍停顿，看她略微发白的脸满是汗……"时宜。"他忽然叫她。

时宜睁开眼睛。

这是她印象中，所有的开始。

有很多回忆，不管是前世的，还是今生的，都层层叠叠涌上来。有飞沙走石，有狼烟四起，有他独坐书楼，有他带她策马横穿长安……如果那一日，两个人没有勒马止步……

周生辰很有耐心，不断轻声问她，还好吗？

她起初还应声，后来只是断断续续地轻嗯着，紧紧抓住身子下的床单。手紧了又松，那些脑子里的纷乱都远去了，真实的这个人，和自己在一起的人，是他，也不是他。时宜手心都是汗，伸手去摸他的脸，"周……周生辰。"

他低声应着。

"我爱你。"她哑着声音，告诉他。

他低声"嗯"了一声。

手摸在他脸上，都是汗，两个人的身体压在床单上，潮湿炙热。

最后，他抱她，翻过身来，让她趴在自己身上休息，随手扯过单薄的锦被，盖住两人大半身子。时宜累得睁不开眼睛，脸贴在他胸口，听他的心跳。

漫长的安静，安静到她几乎睡着了。

手指却还是忍不住，去摸摸他腰间的皮肤，"你之前，有没有和别人……"

他闭着眼，笑了笑："没有。"

时宜也笑，倦倦地，低声说："以后也不可以。"

"是，以后也不会。"他手放在她后背上，轻轻滑过。

"如果我先死了，就委屈你一段时间，下辈子我再补偿你。"时宜觉得自己煽情得过分，可是还是忍不住想说，也就是这个时候，她敢和这个大科学家说这些话。

他笑了，淡淡地"嗯"了一声。

时宜满意地抬头，轻轻吻了下他的嘴唇，然后继续温柔地，摸着他腰间的皮肤，呼吸声渐缓下来。真就趴在他身上，安心地睡着了。

她醒来的时候，感觉他在轻轻抚着自己的背脊。

并不含有情色的感觉，像是在抱着一只猫，只是下意识地哄着抚摸着。时宜睁开的眼睛，复又悄悄闭上。

周生辰，我爱你。

她觉得，自己和他不只是上辈子，甚至是上上辈子，生生世世都有着牵扯。

那么应该是什么时候呢？会发生多少事情？

生生相付。

是的，是生生相付。

她慢悠悠地想着，想了会儿就微微扬起嘴角，悄无声息地笑了起来。

他察觉了，低声问她："睡醒了？"

"嗯。"

"我们今晚住在这里，明天回上海，好不好？"

"嗯。"

"之后……很长一段时间，我需要住在镇江。"

"回去住？"

"回去住。"

时宜想了想："我辞职，陪你回去？"

周生辰并没有立刻回答，似乎在权衡。她想周生辰顾虑的应该是他的家人，可是她不想在他回国后，仍旧和他分开两地。

"你还是住在上海，离镇江不远，我可以每隔一天回来。或者，你也可以周末时候，和我在镇江住两天。"他做了建议。

时宜没有再争论："也好，如果隔一天回来一次，住在我的房子好了。你那里太大，你如果不在的话，我自己住不习惯。"

她想，他做的决定一定是对两个人最好的。

"好。"

他们在傍晚的时候，出门吃饭。

周生辰并不像小仁那么讲究，没有刻意安排什么吃食，只说到附近的地方，随便吃些东西。时宜顿时觉得轻松了不少，似乎她所认识的他，除了在镇江和家人一起外，始终维持着自己的生活方式。

普通，而又不随便。

衣着干净妥帖，随身物品精简，不喜欢应酬，更不喜欢用手机这种浪费时间的东西。固定的时间，固定的地点，做有规律的事情。吃饭喝水，是生活必需，余下的……时宜挽着他的手臂，努力想了一会儿，笑了。

周生辰看她。

她解释给他："我在想，你和别的男人相同的地方，可是想不到太多。比如你也看没营养的电视剧，能把《寻秦记》看七十九遍的……也实在……"

他兀自笑着："是真的，消遣的时候看。不想再费精力去找别的电视剧，就重复来看，当你看到上一个场景，能立刻想象出下一个场景和台词，也挺有趣的。"

她笑，像个小孩子一样，紧紧挽着他。

时宜给宏晓誉打电话，约她一起吃晚饭。

周生辰订了一个小饭店，和时宜一起过去坐着说了会儿话，宏晓誉和杜风就到了。这种水乡景区的小饭店，做的都是当地的家常菜，或是特色菜，除了几样外倒没什么出彩。

一道红烧羊肉端上来，周生辰刚要下筷，时宜就开始低声说，羊肉忌夏日吃，会上火云云的。周生辰颔首，转而去吃白水鱼，真就不碰羊肉了。

宏晓誉见此景，唏嘘不已："你说，我点菜的时候你不说，我要吃了，你就劝你老公别吃，说什么怕上火……果然嫁出去的女人泼出去的水，你眼里彻底没我了。"

时宜笑："你到哪里，都喜欢吃特色菜，我知道，我肯定劝不住你，就不多费口舌了。"

两个自幼相识的女人，真正斗起嘴来，有说不尽的话。

谁都赢不了谁，却让旁观的两个男人觉得有趣。

杜风倒了酒，推一杯给周生辰。

他笑着婉拒了："抱歉，我不喝酒。"

杜风不以为意："意思意思，抿一口。"

宏晓誉也不以为然："男人认识，都要多少喝一些的。"

周生辰略微思考了一会儿，拿起酒杯，可马上就被时宜拿过去。

她看了看宏晓誉，"不许逼他喝酒。"

"啊？哪里有逼，"宏晓誉哭笑不得，"我只劝了一句，就一句，我的大小姐。"

时宜拿起酒杯，凑近闻了闻，"酒精含量不低呢。"

她话里的意思非常明显，宏晓誉真是被她这种维护周生辰的态度气死，轻轻用筷子敲了敲她的杯子，"过分了啊——"

杜风笑了："这样吧，我们就放过你老公，不过……"

时宜怕他们再说什么话，让周生辰为难，竟然没等杜风说完，就自己喝了一大口。

谁也没料到，就都没拦住。

待她放下杯子，"好了，我替他喝完了，你们不许再提要求了。"

宏晓誉知道她也滴酒不沾，看她这样是认真了，不敢再造次，忙抚了抚胸口，"这才是真爱啊，我和你比，差远了。"

她笑："初次见面，没关系的。"

她知道自己护周生辰，护得有些不给好朋友面子。

可是她就是看不得他受一点儿委屈，哪怕微微蹙眉、略微犹豫，她都不愿意看。

时宜又去喝茶水，压下让人不舒服的酒精味道。

她搭在椅子边沿的手，有温热覆上来，周生辰握住她的那只手，她偏过头看他。感觉得到，他正在把她的手攥在他的手心里。

他不是个在外人面前，能坦然表现私人感情的人。

所以时宜只是抿嘴笑笑，暗示他不用说，自己知道。他想说的，自己都知道。

他有些责怪她，也有些自责，怪她忽然喝酒，而他又没来得及拦住，眼神略严肃。时宜低头笑了笑，扭过头去不再看他，却又联想到，是不是在实验室里出了什么事，周生辰也是这样的神色？

时宜当真是没有半点儿酒量。

离开饭店的小楼时，她已经有些面颊泛红，笑的表情始终收不回来。所以人有喜事，总喜欢喝几杯，就是这个道理吧？她带他去听评弹，因为这次比赛的工作人员、参赛者和媒体人都在下午离开了，这里只有几个因为各种原因被景区免费招待的散客。

台上评弹声声，台下一排排的长椅，几乎都是空着的。

他们坐在西北的角落里，她起先靠在他肩上，后来借着那几分酒意，慢慢滑下来，躺在了他的腿上。就这么仰头看着他，百看不厌。

周生辰被她看了一会儿，也就手臂搭在前座的靠背上，额头抵着手臂，低头去看她。

或者说是，让她更自由、更尽兴地看自己。

他穿着纯黑色的有领短袖，脸刮得很干净，非常干净。

也许因为常年简单的实验室生活，所接触的、所做的都是和研究有关的，他丝毫没有一个三十岁男人的样子。最多像是二十几岁的研究生。

时宜伸手，摸了摸他的下巴，"今天上午，这里还有些……嗯，新长出来的。"
周生辰兀自一笑："是不是上午扎到你了？"
他问得很清淡，她却浮想联翩，脸更红了，嘟囔了句："不和你说这个了。"
酒精的蛊惑，让心底所有的波澜都被放大。
她的手，摸着他的脸，轻声说："快听。"
周生辰细听，似乎是《锁麟囊》。

是唱评弹的人在休息，自顾自在哼着。
在这水乡，竟也能听到京剧，倒也妙得很。
台上人一直没停。
时宜听了会儿，也跟着轻念："这也是老天爷一番教训，他教我收余恨、免娇嗔、且自新、改性情，休恋逝水、苦海回身、早悟兰因。"
周生辰不禁一笑，这戏里唱的是一个女人在感叹荣华转瞬即逝，要早悟人生无常。
他以为她在患得患失，是酒醉后的小女儿心思。
她看他："你肯定想错了，周生辰，想错了我要说的。"
"是吗？"他笑。
"我想的是，既然人生无常，就不要耽搁了。等到你把要做的事情做完，就放下这里的所有，以后你只需要每天去研究你的金星，余下的都交给我。以后有我，周生辰，我就是你的倚靠，你的亲人。"

她眼睛亮晶晶地、憧憬地看着他，像看着最珍惜的东西。

他是她最珍贵的东西。

周生辰回视她，一时沉默。

片刻后，他用手背碰了碰她的脸，"你脸很红。"

"真的？"时宜马上用两只手捂住自己的脸，感觉自己脸颊的微热温度，"我不能喝酒，一沾就醉——"

"不过，这么红着，也很好看。"

时宜难以置信地看着他。

他笑："真的。"

或许因为酒精的刺激，她很难控制自己的情绪，只觉得自己鼻子酸酸的，很快就要流出眼泪了，忙侧过身子，用双手环住他的腰，脸埋在他一侧大腿上。

"怎么了？"周生辰问他。

"头有点儿晕……"她声音闷闷的。

"如果难受，我们先回房间？"

"不用……让我抱一会儿就好，现在走，反而会更晕。"

她脸贴着他的裤子布料，小声回答着，眼睛湿着，心情却说不出的好。

周生辰也没发现她的异样，用手轻轻拍着她的后背，像是哄她睡觉的样子。

哼唱的人结束休息，又起一曲。

他拍哄她的手始终没停，等新一曲评弹再结束，整个戏院归入安静。

台上的几个演职人员似乎看到观众寥寥无几，在商量着是否提前结束。不过那里的事情，早已经和这里无关了。

第十二章 何曾无挂碍

　　周生辰既然正式回来了，时宜总要带他正式到家里去一次。

　　没有正式的婚宴，时宜就婉转解释，两个人是决定在一起，只是因为他家规矩烦琐，婚宴的事情要延后一些。至于合法夫妻的身份，她是真不敢交代，否则父母肯定会气到不行，都是合法身份了，双方的长辈还没有见过……连她也知道，这真是过分了。

　　父母虽然不太开心，但看时宜这么坚持，也勉强算是接受了两人"在一起"。

　　"女大不中留啊，"母亲趁着时宜洗脸的时候，站在她身后，低声说，"幸好，小周看起来还算是个老实可靠的孩子，否则我真是——"

　　时宜擦干净脸，拿了木质梳子："嗯，我也觉得他老实……可靠。"

　　"可是，两个人光是两情相悦是不够的，还需要合法的保障，"母亲接过梳子，替她梳起一个马尾，简单扎好，"还有，不要太早同居。"

　　时宜意外没吭声。

　　母亲察觉出异样，看她表情有些别扭，马上就明白了。

　　用手拍了拍她的后脑，蹙眉，"算了，你们这些年轻人……和我们那代不同了。"

　　时宜接过梳子，放回原位，低声说："反正我这辈子就和他一起，不会变的。"

"一辈子？一辈子长得很——"

母亲还想再说，她已经错开身子，笑着避开了这个话题。

家里的习惯是父亲做饭，她走出来的时候，发现周生辰也在厨房间，忙走进去。他正在和父亲慢悠悠说着话，她走进时，看到他在递给父亲一把剥好洗干净的小葱，对他抿嘴笑笑："你出去吧，我来帮忙就好。"

他看她，用右手手背，碰了碰她绑起来的马尾辫子："没关系。"

第一次见到她这么梳头发，就自然多看了两眼。

两个人在做饭的老人家身后，对视两眼，时宜被他看得有些脸红，伸手把他衬衫的袖口挽高了一些，然后，悄无声息地踮起脚，在他脸上亲了亲。

在父亲转身的瞬间，退后了两步，"那……我出去了，你好好表现。"

"小周啊，来，把葱给我。"

周生辰还握着那把葱，反应慢了半拍，才递出去。

而她，已经逃离了现场。

一顿平和的家常午饭。

周生辰和时宜并肩坐着，安静吃饭的样子非常合拍，就连颇有微词的母亲也不得不承认，他们实在太合适。到临走前，他被拉住，陪时宜的父母闲聊。

约莫都是父母在问，他一一作答，完全知无不言，言无不尽。

她母亲的姑母，曾是过去旧上海的富贵小姐，母亲见得多了，自然以此来揣测周生辰的母亲。试探着问，是否他从小都是保姆带着，母亲没有太照看过，周生辰倒是没否认。时宜母亲笑笑，也算是释然了，在时宜走前，轻声嘱咐："她母亲家里，估计就是过去有些钱的小姐，这种家庭的人，和孩子都不算亲厚，也有些脾气。"

虽然有些出入，但也有些雷同。

时宜答应着，说自己会好好和他母亲相处。

父母家离她住的地方，车程有半小时左右。

两个人到路口的地方下了车，并肩沿着小马路往小区走。她想起刚才他和父母的谈话，假装很随意地问起来："你小时候，不是在你妈妈身边长大的？"

"算是，也不算是，"周生辰笑起来，"怎么忍到现在才问？"

她被戳穿，抿起嘴，想了想才说："怕直接问你会生气啊……"

"和你父母想的差不多，我母亲不是亲自带孩子，我和我弟弟妹妹，都是外人带大的，而且每个人的乳娘都不同。"

她"哦"了一声："难怪，我觉得你和你弟弟……关系很远的样子。"

他倒没否认："的确不太熟，我离家太早，到他要结婚的时候，才接触得多一些。"

她说着话，有两条很小的泰迪狗，绕着她转，忽然就狂吠起来。

周生辰忙伸手把她搂在怀里护着，直到狗的主人很快冲上来，呵斥住它们，又很快道歉后，他才放松下来。她起初确实被吓了一跳，但也没怎么害怕，倒是周生辰的维护让她有些意外了。

他握了握她的手，两个人手心里都有些汗。

她被狗吓得出汗，他，是因为她而紧张。

"我没有那么怕狗。"时宜被他松开来，轻声念叨了句。

他似乎嗯了声，略停顿后，说："我怕。"

"啊？"时宜看他。

他很冷静地看着她，过了几秒后，却忽地笑了，摸摸她的马尾辫子，"怕它们咬你。"

淡淡的，亲昵感。

就是如此，她就已经心都软了下来，伸手握住他的手。

他在护着自己，怕自己受伤。

两个人回到家，时宜给他把书房收拾出来，放了他搬来的常看的书和电脑。他的生活用品真的不算多，除了男人必备的一些东西、书、两台电脑和衣物外，就再没有多余的东西。电脑似乎一台是实验室专用的，一台是私人工作的。

她平时在书房，只需要用自己的笔记本电脑和一盏台灯，插座是最简易的那种。

现在摆了两台，怕是不够用了。

"你这两台电脑，会同时打开吗？"

周生辰在客厅回答："会。"

"那插座好像不够了，"她思考着，"你先坐一会儿，我下楼去便利店买个大一些的。"

"楼下便利店？"他走到书房门口，问她。

"嗯，要不然就不够插台灯了……"

"好，知道了。"

他说着，已经转身出去。

等他关上大门，时宜才发现，自己刚才仍旧把他当成个客人。

可是他显然已经把自己当成了男主人。

她的手撑在书桌上，看着面前的人，有种不太真实的幸福感。从乌镇回来，有些东西在改变着，细枝末节，却清晰可见。并非是指那些男女之间的肌肤相亲，而是……更多的，她感觉到他对自己的在乎。

像是曾经，他对自己的那种在乎。

虽然他都不记得了。

这个除了对科研和经济有热情，对余下的任何事情都兴趣乏乏的男人，开始护着自己，开始像个普通男人，会自然地由自己指挥，去买日用品……她拿着白色的抹布，擦着书房的每个角落，过了会儿，慢慢地蹲下来，看着书柜最底层那一本本历史书籍。

大多是装帧精美，没有翻过的模样。

也的确，很多买回来只翻了一次。

看到这些，她想起自己包里夹在杂志里的纸，找出来，放在新文件夹里，非常小心地收放在那层书的上面。关于这段记忆，她不知道要写多久，只希望自己不要忘记得太多，能尽量翔实地记录下来。

那些，关于他的，只有她知道的事情。

晚饭随便吃了些凉菜和葱油拌面，他就进了书房。

时宜自己在阳台的小桌子上，拿了几张纸，构架这本书的年代表，很快几个小时就过去了。她的工作时间本身就是从下午到深夜，到十一点多，也不觉得困，看书房里还安静着，就去用瓷盘装了些点心，敲门后，推开来。

周生辰似乎是习惯了一个人，回头看了她几秒，才从工作中回过神来，"困了？"

"没有，"她走进去，把点心和一杯热牛奶放在他面前，"我怕你饿，如果饿就吃一些，不饿就喝杯牛奶。"

他笑，把杯子拿起来，喝了口牛奶。

放下杯子，把身边空着的椅子拖过来，"坐这里，我陪你说会儿话。"

她"嗯"了一声，坐下来。

虽然说法有些怪，但意思总是说要陪陪她，估计是觉得整个晚上有些冷落她了。

两个人说着闲话，他就随手打开了自己的私人邮箱。

整理得非常整齐。

她看到十几个人的名字里，有专门的文件夹叫"时宜"，立刻就想到了曾经那些和他邮件来去的日子。大半年都没有任何别的交流方式，当时她别提多灰心了。可是现在了解他了，再想想，这就是他习惯的交流方式。

很直接，而且回复时间可以自主选择。

处理私人关系尤其有效率……

周生辰忽然问她："看到这行字，你能不能找到类似的？"

时宜看了眼他的电脑，word上只有一行字：

一萼红，二色莲，三步乐，四园竹，五更令，六幺令，七娘子，八拍蛮，九张机，十月桃，百宜娇，千年调。

她了然，笑起来："这是词牌名，不过列出这个的人也挺有趣的。"

"想出什么类似的没有？"

时宜略微想了会儿，中药里倒是有些，"一点红，二叶律，三角草，四季青，五敛子，六和曲……七叶莲，八角枫，九里香，十灰散……嗯，百草霜，千日红。"

"全是中药？"他未料她用中药来应付。

她点点头。

他很快把她的答案写下来，粘贴在邮件回复里。

很快又敲下一行字：这是时宜给的答案。

"发给谁？"她看到他写自己的名字，好奇地问了句。

"梅行，"他笑，"他总喜欢群发这种东西，当作娱乐。"

她想到那个男人，嗯，倒是符合那人的脾性。

周生辰把牛奶喝完，合上电脑，"我凌晨四点离开，你明天有工作，还是在家休息？"

"没有工作……"她拿起空杯子，"我和美霖说……我在蜜月。"

"蜜月，"他略微沉吟，兀自笑笑，"的确算是蜜月。"

如此夜深人静。

他简单做着肯定。而她，看了他一眼，莫名就脸热了。

阴历七月，是鬼月。

因为这个月的特殊，周家夜晚有门禁，周生辰不便在深夜往返镇江和上海，时宜就请了一个月的假，住在镇江的老宅。美霖不无感慨，嘲笑她索性去过少奶奶的生活，不要继续留在上海了，反正这种灯红酒绿、衣香鬓影的大城市也不适合她家那位科学青年。

她笑，没说什么。

虽然前几周的周末和他回去，吃住同行，但总感觉像是空气。

或许他们家真的很看重名分这种东西，包括和她关系很好的小仁，在人前也只礼貌地称呼她时宜小姐。唯一值得庆幸的是，这段时间，他母亲并不在国内。

那个地方移动信号不好，她只是晚上在房间里上上网，用固定电话和家人、朋友联系。

白天的时候，看书写东西累了，周生辰又不在，就坐着看外边发呆。

桌上的书倒都很难得。

几本都是藏书楼里收藏的一些绝版书籍，大多数都是竖版繁体，还有些索性就是手抄版。她对藏书楼有一些抵触，所以都是他陪着她去挑回来，等看完了，再去换一些。

大概过了十天，家里有了年轻人，气氛才有些融洽。

这日午后，周文幸和梅行同时抵达。彼时，周生辰和她正慢悠悠地踩着石阶往山下走，大片的阳光都被厚重绿叶遮住了，有水有风，倒也不觉得热。

走累了，她就停下来。

溪水里有非常小的鱼，不多，恰好就在这转弯处聚了一群。

水上，还有几只蜻蜓，盘旋来去。

她看着它们，思维放空地坐在一个大石头上，权当休息。周生辰就站在她身边，略微静默了会儿，看了看腕表，"文幸和梅行该到了。"

他说该到了，两分钟之内就肯定会出现。

时间观念太好的人，自然会约束身边的人，包括她，现在也养成了守时的习惯。

果然，很快就看到一辆黑色的轿车沿着蜿蜒的山路开上来，很快停在了离两人不远的路边。车门打开，梅行先从车里走下来，随后是文幸。两人从高耸的树下穿过，停在小溪的另一侧，文幸偏过头，笑着叫了声："大嫂。"

时宜笑："他刚说你们该到了，就真的到了。"

"我大哥对时间要求很严的，"文幸佯装叹气，"搞得司机也很紧张，不敢迟到。"

这算是控诉？还是撒娇？

她觉得每次见到周文幸，她都对自己很亲近，算是这家里不多对自己和善的人。她略微对梅行颔首招呼，就笑着和周文幸一唱一和，控诉周生辰严苛的时间观念。

被指控的人，倒是毫不在意。

"这里蜻蜓啊、萤火虫啊什么的，都特别多，"周文幸看时宜在看蜻蜓，半蹲下来，试着伸手去捏蜻蜓的翅膀，"我小时候偶尔回来，经常捉来玩。"

她的手非常瘦，应该是先天心脏病的原因，使整个人看起来都有点儿憔悴。

上次见面不觉得，这次的精神状态却明显差了许多。

"我的小美女啊，鬼月，是不能捉蜻蜓的。"梅行笑着提醒周文幸。

"为什么？"周文幸倒是奇怪了。

梅行隐隐而笑，偏就不继续解释。

周文幸咬了咬嘴唇，气哼哼地喃喃："欺负我在国外长大，不懂你们这些邪说。"

时宜听得笑起来："这只是民间的避讳，通常呢，都认为蜻蜓和螽斯是鬼魂的化身，所以在鬼月……最好不要捉回家，免得有'好朋友'来做客。"

她也是小时候扫墓，被几个阿姨教育过，才记得清楚。

"啊？"周文幸即刻收手，"我通常回这里，不是清明扫墓，就是鬼月啊……还经常捉一堆回来玩……"她略微有些胆寒，忍不住追问，"螽斯是什么？"

时宜来不及回答，梅行已经告诉她："是蝈蝈，我记得你小时候也经常玩。"

周文幸脸更白了。

时宜倒是真怕吓到她，笑了声："别怕，都是说着玩的。"

其实她自己也怕这些民间传说，自然理解小姑娘此时的心情。

她刚想继续安慰，周生辰已经轻摇头，长叹了口气："蜻蜓，又称灯烃、负劳，属蜻蜓目差翅亚目的昆虫。常在水边飞行，交尾后，雌虫产卵于水草中，和魂魄没有任何关系。"

这就是无神论者的解释。

纯科学。

梅行忍不住揶揄他："大科学家，存在即合理，我呢，是信佛信轮回的。"

周生辰也半蹲下身子，很轻巧地捏住蜻蜓的翅膀，轻薄笑着，以理反驳："它现在在产卵，之后是稚虫，再羽化为成虫，然后又是一轮繁殖，很严谨完整的过程。对不对？"

梅行嘲他两句，二人自幼相识，早已习惯了如此你来我往。

如果说周生辰没有信仰，也不尽然。

他信的应该是科学。

时宜听他们说着话，用手指拍了拍水面，冰凉惬意。

不知道千百年前的他，醉饮沙场，可想得到今日，会站在绿荫浓重的山林间，闲聊着物理化学拼凑成的世界。或者说，自己记得的，都不过是颠倒梦想？

葡萄美酒夜光杯，欲饮琵琶马上催。醉卧沙场君莫笑，古来征战几人回？

那些诗词都在，而作词的，和词作中的人，都已是历史。

有周生辰如此的人在，自然就打破了刚才的神鬼氛围，让周文幸的心踏实不少。可是小女孩虽然学医，却终究是少女心性，又生长在这样古朴的家族，仍旧对鬼神忌讳不少。

走之前，周文幸还似模似样的，对着几个蜻蜓拜拜，念叨着什么"对你们前辈不恭，切莫怪罪"之类的话。

在鬼月，周家吃饭时，都会空置着一桌，摆上相同菜色。

周生辰还要象征性地代表这一辈人，将每个酒杯都满上，当作是孝敬逝去长辈的。

时宜起先不觉得，经过下午的事情，倒是觉得他真是个矛盾体。也难怪他会直接对自己表示，最终不会生活在这个家族里。

因为梅行和周文幸的到来，晚上的生活总算有些人气。

梅行坐着陪周文幸和时宜闲聊，周生辰也陪坐着，不过是对着电脑翻看那些她根本看不懂的资料。她靠在他身边，周生辰自然就一只手揽住她的腰，半搂着她，继续看自己的东西。

她也不想打扰他，就这么当听众，听另外两个人说话。

梅行是个很会讲话的人，偏也很会吓人，话题说着说着，就扯到了各种灵异鬼怪的故事，还非常"体贴"地联系着周家这座老宅的建筑。

"那座藏书楼啊——"他讲了几处，终于扯到了藏书楼。

"停，停，"周文幸本是靠在时宜身上，马上坐起身子，"不能说藏书楼。"

梅行倒是奇怪了："为什么不能说？"

"我嫂子最喜欢去的地方啊，"周文幸很认真地阻止他，"你如果说了，她以后不敢去了，怎么办？"

梅行意外地，看了眼时宜。

她想了想，也慎重地说："还是别讲这里了，我怕我真不敢去。"

"那里的书，我倒是也读了不少，"梅行感慨，"好像，很多年没人去看了。"

时宜想了想，也的确，虽然打扫得一尘不染，却没有丝毫人气。

周文幸盘膝坐在沙发上，随手拿起面前的茶杯，抿了口，"你喜欢古文学嘛，应该生在我们家才对。我看你们家兄弟姐妹，其实喜欢这些的不多。"

梅行嗤的一笑，眼眸深沉："是啊，的确不多。"

"上个月月初，你出的那道题目，有人解出来了吗？"

"题目？"

周文幸提醒他："就是你群发给大家的，一串词牌名字的。我后来问你这个有什么用，你悄悄告诉我，是以后用来选太太的初试题。"

时宜听到这里，想到她帮周生辰答的那道题。

她愣了愣，余光去看周生辰。

后者显然没有听到，仍旧在翻看着手里的东西。

梅行轻咳了声："那是开玩笑。"

"没人有答案？"文幸试探问。

"嗯……有，"梅行用手指无意识地敲打着木椅扶手，"你大嫂。"

"时宜？"文幸惊讶。

时宜忙解释:"我只是随便帮周生辰答的。"

文幸轻轻歪了歪头,小声对梅行说:"你和我哥哥比,差得远呢,千万别觊觎我大嫂啊。"

她是开玩笑,梅行却咳嗽了声,眼神示意这个小妹妹不要乱说话。

时宜也有些尴尬,动了动身子。

"怎么了?"周生辰察觉,视线终于离开了电脑。

"我去给你们泡茶。"

"让连穗去泡吧。"他低声建议。

"我去好了。"她把他的手臂挪开来,亲自去给他们泡茶。

到临近九点时,只剩他们两个。

仍旧是习惯的相处模式,只是休息的时候,偶尔有交谈。

时宜仍旧想着白天他对神佛鬼怪的排斥,在躺椅上,有些心神不宁地看书,或许是翻身的次数太多,引起了他的注意。

周生辰走过来,坐在她躺椅的一侧,两手撑在两侧,低声问她:"有心事?"

"没有,"她呼出口气,"只是在胡思乱想。"

"想什么?"

"我很信神佛这种东西,你会不会不高兴?"

他恍然一笑:"这个问题,你问过我,在五月的时候。"

真是好记性。好像真的是初次来,陪他母亲进香的时候。

那时他就站在大殿外,并没有入内的意思,然后告诉她,他是完全彻底的无神论者。

她看着他,想了想,转换了话题:"真是难为你,每天还要给……'长辈'倒酒。"

周生辰笑了一声,用手指碰了碰她的脸,"再有自己的坚持,也逃不开人和人的关系,有时候为身边人让一小步,不算难为。"

她"嗯"了一声,任由他用手摩挲自己的脸。

"何况,只是倒酒而已,"他低了头,凑得近了些,"比实验室里倒试剂,容易多了。"

有些自嘲,有些玩笑。

室内是暖色的壁灯，室外就是灯笼。她本就坐在临窗的位置，能看到和视线齐平的一串灯笼，而此时，眼前人挡住了那一道风景。

中元鬼节前后一日，周家夜不灭灯。

接连三夜，彻夜通明。

这样的地方，像是能阻断时光。

分不清何年何月，分不清姓甚名谁。

"我想送你一些东西，你想要什么？"他声音略低。

光线作祟，还是深夜的时间作祟，他浓郁的书卷气息被掩去不少，大半张脸背着光，竟然让她觉得好熟悉。其实除了清澈眸色，已再无任何相同之处。

"怎么忽然想送我东西？"

"不太清楚。"他微微笑起来。

"不太清楚？"

"我是说，不太清楚原因。"

她忍俊不禁，轻飘着声音，揶揄他："你想送我东西，可你不知道原因？"

"可能是本能。"

"本能？"

他似乎在想措辞，略停顿片刻："一个男人，对喜欢的女人的……本能行为。"

时宜动了动身子，轻声说："你想送什么，就送什么吧。"那些存在的都是外物，生不带来，死不带去，她不在乎他送的是什么。

这一句话就足够了。

她穿的是睡衣，领口有些低，身子稍许挪动，便已是一方春色。他斜坐在卧榻边，贴着她一侧的腰，短暂的安静中，他的视线，从她的脸移到胸前，再到腰间的弧线。时宜被看得有些昏沉，在这让人心浮气躁的寂静里，动了动手指，起先只是想分散这燥热的不适感，最后却是鬼使神差地，伸手去摸他的脸。

不知道他是想要，还是想看。

她看不透他的想法。

"送玉吧，你习惯戴什么？"他终于抬起头，去看她的眼睛。

"为什么是玉？"她想了想，明白过来，"倒也是，你们家比较传统。"

他笑了声，伸手从她睡裙领口进入，直接滑到后背，一只手臂就把睡裙剥落了大半，"看过《说文解字》没有？"

"看过一些，记得不太清楚了……"

内衣被解开，缠绕在手臂上。

他俯身上来，"'玉乃石之美者'，"他低声说，"送你，很合适。"

她的胸口贴上他的衬衫，和布料贴合着，有些摩擦的不适感。两个人的身体在卧榻上，颇显拥挤，她受不住出声时，恰好听到窗外的院子里连穗和连容说话，女孩子交谈的声音戛然而止的瞬间，她的嘴唇也被他堵住了。

楼下的两个女孩子，马上就猜到楼上的事情。

所有声音都退散去。

只有阵阵蝉鸣，节奏催动，耳鬓厮磨。

"时有美人，宜家宜室。"他在她耳边，解读她的名字。

时宜。

时有美人，宜家宜室。

她的名字，他如此以为。

次日清晨，时宜醒来，周生辰已经离开。

她独自在小厅堂里，慢悠悠吃着早餐。连穗和连容，都小心翼翼陪着。前几日早餐时她还会和她们两个闲聊，可是因为昨夜……她有些不好意思，没和她们多说什么话。等她放下调羹，连穗收拾桌上的碗碟，终于打破尴尬，"今日是中元节，会放灯。"

"这里会放灯？"她倒是从未在中元放过水灯，只有在上元灯节见过一两次陆灯。

"会的，"连容笑起来，"每年都有。"

人为阳，鬼为阴，陆为阳，水为阴。

水灯和陆灯，都是风景。可惜在上海那种太过繁华的都市，这些习俗都没有了，她记得每年鬼节时，最多会把当天的录音提前结束，大家各自念叨句"鬼节啊，早点儿回家，不要在外边瞎跑了"，如此而已。

"刚才二少爷和二少奶奶到了，"连穗想到什么，"二少奶奶怀孕了，不会去放灯。"

放灯照冥，是忌讳有身子的女子去，免得影响了胎儿。

时宜忽然想起上次自己来，那个突然殒命的女人，有些不舒服。可是好像所有人都把这种事看得极淡，包括连穗她们提起佟佳人怀孕的事，也只是完全叙述的语气，毫无喜悦。她本来想追问两句，最后只"嗯"了一声。

她记得周生辰的那句话：

这个宅子，大小院落有六十八座，房屋一千一百一十八间，人很多，也很杂。

所以，还是少问少说的好。

晚上他意外没回来，晚饭也是留她在这个小院里吃的。

她知道，他母亲和周文川夫妻一同抵达，应该是怕母亲给自己什么难堪，他才如此安排。幸好还有个周文幸，总能在恰当的时候出现，让她能安下心。她在时宜晚饭后赶到，特意陪她去放灯。

"我妈妈今晚不会去放灯，"周文幸一笑，就露出颗虎牙，"你不用太紧张。"

她"嗯"了一声："她身体不舒服？"

"可能吧，不太清楚，晚饭时候看着还可以，"周文幸想了想，"可能就是不想去。"

两人说着话，手里的灯已经放到水面上。

水面上有风，飘着的荷花灯忽明忽灭，影影叠叠。

岸边都是周家的人，老少都有，三五个凑在一处，随便说着话。

起初时宜并不想坐船，但文幸坚持，她就没再说什么。

文幸坐在船边上，说到高兴了，忍不住低声笑："有一年鬼月我去新加坡，看到有露天的演唱会，明星在上边唱，有座椅却没人坐……我啊，就很开心地跑过去坐了……"她边说边笑，忍不住咳嗽起来，"后来被我同学拉起来，才知道，那是给鬼坐的地方……"

看上去是开心的，却不知道为什么，咳嗽得越来越厉害。

时宜轻拍她后背："风大，要不要回岸边？"

"嗯，好。"文幸的脸都有些白了，吃力地呼吸着，轻轻按着自己的胸口。

她摸了摸文幸的手腕。

心跳得好快，也很弱。

她不懂，只觉得很不好。而且看文幸的脸色，更确认了这种想法。

"麻烦，回岸边吧。"时宜回头，看撑船的人。

那个人很快应声，开始掉转船头，向来时的地方去。

"嫂子，我头晕，坐在这里。"文幸声音发涩。

时宜忙伸手，想要扶她换到里处去坐，船却忽然晃了几下，她站不稳，猛向一侧倒去。重心偏移的刹那，只来得及松开文幸，就骤然跌入了河水里。

没顶的冰凉，还有黑暗。

她不会水，连喝了好几口，早已没顶。

这一瞬间就好像过了几个小时，所有光影都在水面上，无孔不入的水，还有下沉和黑暗。她在无知觉前，只是拼命让自己闭气……

直到，意识渐离渐远。

……

身边再没有水。而她，半跪靠在竹椅旁，真实地碰触到竹椅的扶手。

棱节分明。

身前的人倚靠在书房的竹椅上，有阳光从窗外照进来，斑驳的影子落在他身上，半明半暗中，他眸色清澈如水，抬起头来。

看的是自己。

那双眼睛里，有自己的清晰倒影。

她想要伸出手，去摸他的脸，到中途却又不敢再靠近……

"时宜？"

古旧的画面很快就消散了。

她头疼欲裂，腹部也疼得厉害。

从艳阳高照到黑暗中，很吃力地清醒过来，视线蒙眬中看到了周生辰。

他衬衫前襟是湿的，正跪在她面前，双手撑住地面，叫着她的名字："时宜。"

"嗯……"她用尽力气，想回答他。

"醒了就好，"他的声音有些紧，也有些哑，"不要说话。"

她很听话，重新闭上了眼睛。

很快又开始意识模糊，好像有人在给她输氧。

有人在说话，似乎是"急性缺血缺氧"什么的，她想听清已经很难，只是知道他在自己身边。刚才那片刻的幻觉，太美好，也真实得可怕。在那些幼时对过去的记忆里，她始终都是个旁观者，只有这一次她身临其境……心临其境。

甚至在昏睡前，有些奢望，可不可以再有这样的幻觉。

哪怕一次也好。

再清醒已经是天亮。

她睁开眼，视线蒙眬了一会儿，渐渐恢复清明。看日光，应该快要接近正午。

"醒了？"是周生辰的声音。

她牵扯起嘴角，有些疲累地"嗯"了一声，循声偏过头去，看到他就靠在床边上。身上的浅蓝色衬衫，还是昨晚换上的那件，双眸漆黑，安静地看着她。

他低声说："昨晚，是文幸把你救上来的，她现在还睡着。我离开一会儿，十分钟就回来。"

文幸？

那样的身体，还跳到那么冰的水里救自己？

时宜蹙眉，心忽然跳得有些急，"她怎么样……"

"她水性很好，就是受凉了，"周生辰说，"你可能还要严重些，需要做些后续的治疗。"

"她身体不好……"她没继续说，因为知道周生辰是安慰自己，文幸的身体状态并不乐观，"你去吧，我觉得好多了。"

周生辰很快唤来人，却并不是连穗，而是陌生的女孩子。

大概低声叮嘱两句，很严肃的语气。女孩子安静地点头，表示自己都记住了，他才离开房间。时宜也就趁着这段时间，又闭目养神休息了一会儿。

再听到门响，却是周文幸和周生辰一起进来。

文幸说自己会陪大嫂，让周生辰放心离开。待到房间里只有时宜和她，还有那个陪在一侧的小女孩儿，文幸才在床边坐下来，轻声说："嫂子，你吓死我了。昨晚真的吓死我了……"她难得化了淡妆，却还是显得气色不好。

"对不起，"她去握文幸的手，忘记手背上的针头，刺痛了一下，只得又收回来，"我应该小心一些，害得你跳下去救我。"

"幸好我水性好，"周文幸的眼睛瞬间就红了，"上岸时，你心跳都停了……"

她有些意外，没料到会这么严重。

"我们都被吓坏了，哥哥脸是白的，抢救的时候，什么也不说，就知道在你身边叫你名字……都怪我，非要坐什么船……"

第十三章
解不开的谜

周文幸细碎地说了两句，就真的哭了。

哭得非常伤心。

时宜倒真被吓到，反倒去安慰她："我现在没事，真的，文幸。"

"我后怕死了，"周文幸哽咽着，鼻音浓重，"真的很后怕。如果你真的就这么……哥哥一定会恨我。"

她安慰文幸："不会的，他很爱你，而且只是意外嘛。"

每次周生辰提起这个妹妹，都是温柔的神情。她知道他一定很喜欢文幸，对小仁也是如此，在这个老宅子里，这几个人是难得的温暖存在。

文幸说了会儿话就很累的样子，仍旧连连愧疚地说抱歉。

最后倒是成了她安慰文幸，好说歹说，终于劝她回去休息。周生辰留下的那个女孩子，非常娴熟地给她换了袋营养液，然后对她和善地笑了笑。

"谢谢。"

女孩子还是笑："少奶奶放心，大少爷很快就回来。"

她愣了愣，笑了。

到了午饭时间，他还没有回来。

本来女孩子是要喂给她，她笑着拒绝了，要了个能摆放在床上的小木桌，自己慢慢吃着。倒不觉得饿，就是吃的时候胃有些疼，女孩子安慰她，头晕和胃疼，都是溺水之后的症状，毕竟大脑缺氧了一段时间，又是溺水呛水，这些都是难免的。

现在主要是营养神经和护肝的治疗。

她想起文幸说的心跳停止，也有些后怕，就没有追问。

她低头吃着东西，总觉得众人的反应都出奇地谨慎，就像……这并非是一场意外。

门被推开。

周生辰走进来，视线先投向床上的人。

白色的睡衣裤，显得她很虚弱。他挥手让女孩子离开，时宜也同时察觉了，抬头去看他，"回来了？吃饭了吗？"

"吃完了，"他在她身边坐下来，低声征询，"我喂你吃？"

时宜眨眨眼睛，笑了："好。"

初才醒来，他就离开，她难免会有一种失落感。

可现在想想，他衬衫未换，应该是寸步不离地守了自己一夜，等到自己醒过来，才终于能抽出时间看自己的妹妹。

"昨晚外婆状况不太好，"他从她手里接过调羹，舀起一匙白粥，递到她嘴边，"事情都凑在一起了。"

她讶然："现在呢？好些没有？"

"好多了，刚才我去看她，还和我说过去的笑话。"

她松口气，想到文幸，欲言又止。

"想问什么？"他微笑着看她。

"文幸是不是身体……"

"是，所以才安排她回来休养。"

"那昨晚……"

"昨晚她比你好一些，但不算太乐观。"

"那你还带她过来看我？"

"她坚持，"周生辰一时词穷，"拦不住。"

他又喂了一口，时宜乖乖张开嘴巴，吃到嘴里。

她能感觉到他今天的心情不是很好，就没有多说什么，倒是周生辰放下粥碗和调羹时，从裤兜里摸出一个小盒子，打开，拿出项饰。暗红的绳子打着琵琶绳结，绳结下坠着白润的平安扣。

"平安扣？"她抿起嘴角。

"是，平安扣。"他声音疲惫，略有些柔软。

"帮我戴一下，"时宜指了指自己的脖颈，有些撒娇，"一定要保我平安。"

这也是他选这个的本意。

他把平安扣拿出来，给她松开绳结，从前胸绕过来戴上，"昨晚，你是怎么落水的？"

"昨晚？"她摸着他送给自己的礼物，仔细想了想，"船在掉头，有些晃，当时文幸坐在船边，说头晕，我去扶她，没有站稳就掉水里了。"

"没有站稳？"

"嗯，可能站的位置不好，脚下也不平，就摔下去了。"

那么一瞬的事情，又太突然，她实在不觉得有什么特别。

绳结重新打好。

他从身后抱住她，让时宜靠在自己怀里，"我困了，想睡会儿。"

"那你脱掉外衣躺上来吧。"她把手放在他手背上，觉得好暖。

"就这样靠着吧，"他轻声说，"我睡觉时间不长，这样抱着你，稍微闭眼休息一会儿就可以。"

他说着，已经把眼镜摘下来，放在手边。

重新将她抱得舒服了些，就真的不再说话，慢慢睡着了。

她怕吵到他，不敢动。

时宜坐到最后身子都僵了，还是不敢动，只能咂咂嘴，好笑地暗暗嘀咕：我最爱的科学家，有你这么陪病人的吗……

他怕她热，房间里是开了冷空调的，或许又是怕她觉得闷，窗户也是开着的。温度很舒服，刚才那种想动又不敢动的想法淡去了，反倒是想起了文幸的话。

她记得，她在岸边短暂清醒时，他是跪在自己身旁，看着自己的。

而文幸所说的脸色苍白，不肯说任何话，只是叫她的名字。应该就是用那样的姿势，靠近自己，一遍遍轻声把自己从幻觉中拉回来。

从艳阳高照的书房，到灯火通明的水岸边。从过去，到现在。

她想着想着，就觉得很幸福。

想笑。

过了一会儿，倒是真的笑起来，悄悄把他的手抬起来，低头亲了亲，然后再轻轻放回原位。

女孩子来给她取下针头，周生辰这才醒过来。

时宜征询他，是不是能陪他一起去看看外婆。周生辰似乎在犹豫，时宜马上又说，外婆那么喜欢自己，去的话，老人家肯定能高兴些，更何况有他陪在身边也不会有什么问题。他最终还是同意了，吩咐林叔去准备车。

到的时候，很凑巧遇到了周文川和佟佳人。

两人正在陪老人说话，她进门，略微颔首，算是打了招呼。对于这个弟弟和弟媳，她总找不到好的态度相处，反倒是祈祷少见到的好，不过如此碰到了也没什么办法。

"不知道，还能不能等到看他出生。"老人家用手轻抚着佟佳人的腹部，淡淡笑着，一面说话，另一只手却仍旧不间断地转着念珠。

"怎么见不到，"佟佳人小声笑着，说，"还等着您给起个小名呢。"

"是啊，"外婆心情似乎很好，"你的名字，都是我给起的，一晃啊，就这么大了。"

她们说着话。

外婆对佟佳人和周生辰，格外地疼爱。

听交谈也知道，佟佳人当真是和周生辰一起长大，那时老人家似乎照顾了他们两个很久。青梅竹马，应该就是形容这种感情吧？

她坐在床边的椅子上，身边不远是周文川。

两个暂时被冷落的人，都沉默着。

只不过时宜是看着老人家，等外婆看过来，就笑一笑，让老人家知道自己一直在这里陪着。而周文川，只是看着佟佳人，看起来很在意这个妻子。

"母亲一直想来看您。"佟佳人忽然提起了周生辰的母亲。

老人家淡淡地"嗯"了一声。

没有任何回答，也轻易地转开了这个话题。

"我看你们兄弟两个，也不太经常见面，"外婆转而去看周文川，"怎么难得碰到了，也不说说话？"

周文川笑了声："您外孙媳妇多陪陪您就好，我们都是旁听、陪坐的。"

周生辰也是微笑着，说："今天主要是来看您，我们小辈想要说话，有很多机会。"

看起来，兄弟两个似乎是一唱一和。

不过也只是看起来。

时宜想，自己这样最后进门的都能看出，老人家又何尝看不出。

果然，外婆轻轻叹口气，慢慢地说："君子有三戒：少之时，血气未定，戒之在色；及其壮也，血气方刚，戒之在斗；及其老也，血气既衰，戒之在得。"

她疑惑，看周生辰。

周生辰似乎猜到老人家想说什么，略微笑了笑。

"你们两个，正是壮年时，切忌为了身外物，起什么争斗……"外婆很快点破了那层含义，"手足兄弟，是难得的缘分啊。"

周文川好笑地摇摇头，"您啊，就是想得太多了。"

佟佳人也温柔地摸摸老人家的手，"外婆，不会的，他们就兄弟两个。若真有什么隔膜，也还有我呢。"

老人家似笑非笑，继续去捏自己的一百零八颗念珠。

认真又虔诚。

或许每个敬佛的老人家，都是如此。

诵经念佛着，就随时忘记了身边陪伴说话的人。

四人离开那幢小楼，也接近晚饭的时辰，佟佳人看看两个兄弟，忽然提议说不如一起在外边吃个饭。也算是许久未见，叙叙旧。

"去吧。"时宜在周生辰征询地看自己时，低声表达了自己的意愿。

这里离周家用来招待客人的饭庄不远，索性就去了那里。

四人一桌，临着窗。

窗外是荷塘，水中荷花未衰败，却已没有盛夏时的繁华。

"我听母亲说，上次时宜小姐来的时候，曾作画一幅？"佟佳人亲自拿起茶壶，给她添了茶，"能让陈伯伯赞不绝口，我也真想见一见。"

她笑，谦逊道："我也只会画一些莲荷，画得多了，就熟练了。"

佟佳人笑而不语，放下茶壶。

正巧有人端了两盅汤过来，分别放了佟佳人和时宜手边。

四人都有些奇怪，这还没吩咐做什么，怎么就送来汤了？

"这是夫人吩咐的，"端来的管家，马上就做了解释，"一盅给二少奶奶养胎，一盅给时宜小姐补身子。"

她有些惊喜，太意外了。

佟佳人说知道了，很快打开来，闻了闻，"嗯……估计不太好喝。"

周文川笑着摇头，"喝不喝呢，随你。"

时宜也打开来，浓郁的汤水，有清淡的中药味道。

她拿起汤匙，略微搅拌了下，就舀起一匙。

刚想要喝，却被周生辰的手攥住了，"你在用着西药，不太适合喝有中药的汤。"

他的声音不高，虽然是突然阻止，话也算在理。

可是……时宜想了想，还是轻声表达了自己的意思："我就喝一两口，你妈妈知道会开心的。"周生辰仍旧犹豫着什么，看不出情绪。

她已经低头抿了一小口，蹙起眉。

"怎么？"他也蹙眉，追问她。

"苦——"时宜吐了吐舌头，笑了。

周生辰哑然，继而也笑了："一会儿，让他们给你做些甜的吃。"

"嗯。"

自从落水之后，周生辰对她身边人的安排更加谨慎。

在这个老宅里走动，都是女孩子、林叔和她一起，时宜有时候怕麻烦，反倒更加安于在自己的房间里，想着等鬼月过去了，也就好了。

毕竟在上海，还能有她自己的朋友圈子，这里真的除了文幸，就没有什么能够说话的人了。不过也有了安静的地方，让她好好写书。

有时候一天能写几千字的片段，再摘出认为好的，最后抄写在正式的纸上。

字字句句，都很讲究。

周生辰的母亲的态度，真的在慢慢转变。

甚至有的时候会请她过去喝茶。

她怕周生辰会担心，只在他陪着的时候，才会去。幸好有"身体不好"来做借口，否则估计父母知道了，也会说她不尊重长辈。

她妈妈总会单独给她准备一些补品，让她当面吃了。

这个做法很奇怪，就像周生辰对她一样，吃什么用什么，都要亲眼见了才安心。

"我听文幸说，你读过很多的古书？"他母亲等她放下汤匙，才说话。

"读过一些，"她笑，"觉得古文的字句都很美。"

"比较喜欢哪些？"

"很杂，嗯……大概市面上出版过的，都读过，还有一些藏书。"

她不喜欢太复杂的人际关系，所以这一世的二十多年，大部分的时间都用在了阅读上，读那些之后的朝代更迭，诗词歌赋。

"读书的女孩子，我很喜欢。"他母亲微微笑着，看她。

这是这么久以来，他母亲对自己第一次的肯定。

她笑了笑。

"可是——我还是坚持我的想法，你不适合我们这个家庭，"他母亲看着她，继续说下去，"你家庭很好，并非达官显贵，却也是书香门第。父母和睦，没有兄弟姐妹，成年后的社会圈子也很简单，固定的作息，固定的事情，很规律，也很随意的职业。对不对？"

她想了想，说："是。周末陪父母，工作日上午阅读，下午到午夜十二点左右，都是在录音棚录音，只需要对着稿子和录音师。"

周生辰看了她一眼。

他似乎想阻止自己母亲的发问，但却不知为何，放弃了这个想法。

"除了同学关系，还有配音演员，你的上司，你的邻居朋友，你的社会圈子从来没有扩大过，对不对？"

"是，"她回答得也很认真，"我喜欢把时间放在专业配音和阅读上，余下的大部分时间用来陪父母，所以简单的人际关系，很适合我。"

周生辰的母亲略微笑起来："你把自己的生活安排得很好，也过得很平稳，为什么不重新回去，继续你的生活呢？"

时宜愣了一瞬，想要说话，却被制止。

"时宜小姐，听我说下去，"她眉目间的气度，都绝非一朝一夕可就，"我给你举个例子。十年前，从沿海某个码头驶出一艘游轮，游客都以地下生意为主，辐射各种政治、矿产、土地、珠宝、毒品和军火交易。"

她记得类似的话，周生辰曾说过。

关于小仁生母的死因。

"而这艘游轮的主人，是周家，"他母亲略微挽住自己的披肩，似乎在回忆，"当时，船上死了十九个人，有一个是周家自己人，也就是小仁的生母，其余都是外人。赌场上流通的资金、物产，涉数十亿美金。而我们，在自己的船上，拿到了进驻伊朗车市的代理权，同时也拿到了世界唯一一处碲独立原生矿床。"

他母亲略微停顿下来，唤人换了新茶。

是碧涧明月。

"听着，像不像你配音的电影？"他母亲示意她喝茶。

她略微颔首。

如此具象的例子，轻易就描绘了周家的生活。过往猜测的都得以印证，这是个完全不同的家庭，生活在"地下"，有着自己的版图。

其实，真的更像听故事。

太远离现实生活，听着只像是传奇。

"你的接受能力很好，起码在上次的事情里，反应都很得体，"周生辰的母亲轻轻叹了口气，声音渐温柔，"但是，你并不适应周家的生活。对不对？"

时宜"嗯"了一声。

不适应，也不认同。

他母亲淡然笑着，不再说什么。

点到即止，她已经说完她想说的一切。政局、时局、人情关系这些不谈，倘若让她见到当初小仁生母的遗体，都会让这个女孩子崩溃。

更何谈那些法理情理外的家法和地下交易。

时宜去看手执茶杯的周生辰，黑衣白裤，戴着黑色金属框的眼镜。他喝茶，他说话，他做任何事情都没有什么特别，就像当初她站在西安的研究所外，看他穿着实验室的白大褂，大步向自己走来时的样子。

严谨低调，不论生活还是工作。

她问过他，为什么会投身科研。他的回答是，可以造福更多的人。

这句话她记得很清楚，他和她说的每句话，她都很清楚。

所以她很坚定。

她能陪着他，做他真正想做的事。

时宜和周生辰的母亲的交谈，他全程没有参与。

只是有时累了，手肘撑在椅子扶手上，摘下眼镜，略微揉捏着自己的鼻梁和眉心，或是偶尔去看看时宜。他母亲说完想说的话，话题很快又回到了文学和诗词歌赋。文幸陪佟佳人来时，听到他们的谈话，也饶有兴致地加入。这次不只是佟佳人，甚至文幸都提到了时宜曾作的那幅画，还有那位世伯对她的赞赏。

"陈老是我的老朋友了，"他母亲微微笑着，回忆着说，"孤傲得很，极少夸奖别人。"

"嫂……"文幸及时收口，"时宜小姐，我是真的很想看你那幅画，可惜送给了陈伯伯。"佟佳人笑了声："不如今日再作一幅，收在周家好了。"

"好啊，"文幸笑眯眯去看时宜，"好不好，时宜？"

她倒也不太介意。

刚想要应承，周生辰却忽然出了声音："作画很耗精力，她身体还没有恢复。"

"也对。"文幸有些失落。

"不过，"他不紧不慢地说着，给出了另外的提议，"我可以试着默临一幅。"

声音淡淡的，像是很简单的事情。

众人都有些愕然，毕竟这幅画才刚作完，就已被收起，哪怕他见过，也只是那日一次而已。默临出一幅只见过一次的画，说来容易，真正落笔却很难。

时宜也有些犹疑不定，直到看到他站在书案旁，落笔。

起初是芦草，独枝多叶。

层层下来，略有停顿，像是在回忆着。

到芦草根部，他笔锋再次停顿，清水涤笔，蘸淡墨，再落笔即是她曾画的那株无骨荷花。他很专注，整个背脊都是笔直的，视线透过镜片，只落在面前的宣纸。

一茎荷。

也相似，也不同。

当初她笔下的荷花芦草，笔法更加轻盈，像夏末池塘内独剩的荷花，稍嫌清冷。

而如今这幅，笔法却更风流，仿佛初夏的第一株新荷。

画境，即是心境。

周生辰的母亲笑着感叹，这幅虽意境不同，却已有七八分相像。文幸和佟佳人都看着那幅画有些出神，各自想着什么。周生辰略微侧头，看她，"像吗？"

时宜说不出，轻轻笑着，只知道看着他。

他在乎自己。他始终遵守最初的承诺，认真学着在乎和爱护自己。

匆匆一次观摩，便可落笔成画。

若非用心，实难如此。

周生辰也看她，微笑了笑，换笔，在画旁又落了字：

    看取莲花净，应知不染心。

你看到，这莲花出淤泥而不染，也应警示自己，不要被世俗困扰，守住自己
的心。

简单十字，字字入心。

她的视线从画卷，移到他身上。

文幸很欣喜："倒也配这幅画。"

佟佳人也笑了笑，轻声说："是，很配。"

在这个房间里，只有周生辰的母亲和时宜看得懂，他借这句在说什么。

刚才的谈话，他未曾参与。

却并非是在妥协。

他所做的事，所选择的人，从始至终都不会改变。

看取莲花净，应知不染心。

他心里的时宜，便是如此的时宜。他的时宜。

夏末荷塘，总有些落败感。

可时宜走在水上蜿蜒的石桥上，却不觉得这些都是衰败的景象。入秋后的枯
萎，冬日厚重的冰面，在来年河开后，又会蔓延开大片浓郁的绿。

夏去秋来，年复一年。

她转过身，倒着走，去看自己身后两三步远的周生辰。不管是曾经素手一
挥，便可让数十万将士铿然下跪的他，还是眼前手插裤兜，闲走白色石桥的他，
都无可替代。

时宜在笑，他也微微笑起来。

"我……真的不适合你们家。"

他不甚在意："我也不适合。"

"你从小就是这样吗？"

他笑了一声："和你从小差不多，不太合群。"

她想到他对自己的了如指掌，略微觉得不自在，"你手里的……我的资料，到底有多详细？""有多详细？"周生辰略微回忆，"详细到你喜欢喝咖啡，加奶不加糖。"

还真的很详细。

在两人初相识，甚至还未见第二面时，他就已经知道了这些。

曾经在西安短暂地接触，她已经完全透明地被他熟悉，而他对她来说，始终是个谜。每段时间，甚至每一日都会让她察觉，过去所知道的都是假象。

她慢慢停住脚步，周生辰也自然停下来。

"你过去，也是在这样的环境里生活，习惯吗？"

政治、矿产、土地、珠宝、毒品和军火交易。

她觉得，这些都违背了他的价值观。

"我？"他似乎在考虑如何说，略微沉默了一会儿，"我不习惯，也不喜欢，但无法摆脱，血缘关系是唯一无法摆脱的人际关系。我喜欢……简单的生活。"

她"嗯"了一声，轻声玩笑："喜欢金星，胜过喜欢自己居住的地球。"

他被她逗笑，低了声音，语气认真："但首先，要保护脚下的土地。脚下的土地都守不住，同胞就没有赖以生存的基础，对不对？"

时宜顺着他的话，想到了很多。

过了会儿才颔首说："对，就像……过去犹太人之所以被屠杀，是因为他们没有自己的祖国。"她想，她懂周生辰的意思。

纵然，你移民数代后，仍旧是华人。

不管你生活在世界哪个角落，如果没有强大的祖国，你随时都会朝不保夕。

时宜略微看了他一会儿，伸手，轻轻拍了拍他的心口，"你的心，装了太多的东西，我只要占一小部分就可以了。"

晚膳，她和他在自己的院子吃的。

这也是这一个月来，难得两个人安静地坐在一处吃饭。时宜特意开了简单的方子，自己给他做了药膳，周生辰似乎对中药味道很排斥，吃进去的瞬间表情，竟然像个十几岁的男孩子。她讶然猜测："你小时候，是不是吃太多，心里抵触了？"

他却已低下头，继续去喝那烫手、烫嘴的汤。

似乎不太愿意承认的感觉。

她嘴角微动，像是在笑："怕吃药就承认嘛。"

他再抬头，已经恢复了平淡的表情："嗯，不太喜欢。"

一本正经，不苟言笑。

她掩不住的好心情，又取笑他两句。

林叔见了也忍俊不禁，难得见大少爷被人逼着承认弱点。

周生辰轻轻咳嗽了一声，轻声说："好了，再闹，就执行家法了。"

"家法？"她脱口而出，瞬间恍然。

那暧昧不明，却又情爱分明的话。他难得说，却一说便让她面红耳赤。

她再不敢揶揄他，开始吃自己的那份饭。

或许是他饭间的玩笑，或许是他今日不同的举动。

平日用来看书的时辰，她却再也安心不下，坐在窗边的书桌旁，余光里都是周生辰。他背靠着沙发，坐得略显随意，穿着简单的衬衫长裤。手臂搭在一侧，无意识地玩着沙发靠垫的流苏，静悄悄的，看起来很投入。

她动了动身子，想要投入自己的书里。

"时宜。"

"啊？"她回头。

他看她："有心事？"

"没有啊，"她随口搪塞，"我不是一直在看书吗？"

"你每隔两分钟，就会动一动，"他微微笑着，揭穿她，"不像是看书的样子。"

"我……"她努力想借口，可转而一想，却也笑了，"咦，你也没有认真看书，竟然知道我一直心神不宁。"

他扬眉："让我看看，你今晚看的是什么书。"

她"嗯"了一声，拿着书走过去，把书放到他腿上。

却忽然被他挽住腰，直接压在了沙发上，突如其来的动作，吓了她一跳。惊吓刚刚散去，已经感觉到他身体贴在自己身体上，早已有了明显的变化。

热息慢慢地贴近脖颈和胸口，她很快就闭上眼睛，心猿意马。

他抱她上床。

很快，睡衣的扣子都被他解开来。

她的手不自觉抓住他的衬衫，轻轻地辗转身子。但不知为何，腹部隐隐有些不适的感觉，可又不像腹部，像是胸口辐射开来的隐痛。

她想要开口，告诉他，自己好像忽然不太舒服。

猝不及防地，门外传来一声轻唤："大少爷。"

很突然。

通常不是急事，这个时间不会有人上二楼。

他有一瞬的意外神情，停下来，替她拉拢好睡衣的前襟，略微收整，起身去开门。

门外站着的是那个小女孩子，看到他开门，轻声说着来意。

因为是刻意压低声音，时宜听不到状况，只看到周生辰的背影。很快，他转过身对她说："家里出了些事情，我需要马上离开。"

她颔首，"你去吧。"

他没有任何交代，匆匆离去。

看得出是非常紧急的事情。时宜轻轻呼出口气，腹部疼痛仍是隐隐的，索性就拉过锦被，躺在床上休息，渐渐就陷入了睡梦中。梦魇，一个接着一个。

她难以从梦魇中脱身。

只觉得浑身肌肉骨骼，甚至血脉中都流窜着痛意。

胸口早已被痛感逼得透不过气，她想要从睡梦中脱身，挣扎辗转。

很痛，撕心裂肺。

醒不来，困在梦和疼痛里。

最后滚到地板上，在落地的瞬间，失去了知觉。

在老宅的另一侧，同样也有人承受着痛苦。

在场的家庭医生都很熟悉文幸的身体状况，在低声交流着最有效的治疗方案。其实这次回来前，文幸就已经要接受手术，但她执意回国。

周生辰的母亲说服不了她，只能最快安排所有的治疗。

那天夜里，她救时宜，已经吓坏了所有人，幸好没什么太大的问题。

可是眼前，却是迟来的后果。

刚清醒的她，蒙眬地看着四周人的迷茫神情，略微在众人后的梅行那里，停顿了几秒。直到梅行对她微笑，她才慢慢地，移开视线。

陪伴的人并不多。

周生辰就站在母亲身后，看着她。

她手指动了动，被母亲轻拢住手，却又无力地挣脱开，手指的方向，一直指着自己的大哥哥。周生辰看懂了，靠近了半蹲下身子。

在他握住文幸的手时，文幸食指开始滑动。

很虚弱，很缓慢地写了两个字母：go。

她看着周生辰的眼睛，一眨不眨的，带着期冀，希望周生辰能懂自己的意思。

离开这里，离开镇江这个老宅子。

海阔天空，任你过自己想过的生活。

周生辰也回视她，漆黑的眼睛里没有任何情绪波澜，或者说，自己这个妹妹的想法，他早就很清楚。因为她和时宜一样，问过他，是不是不喜欢这个家的生活，他没否认过。

她很慢地，又画了两道竖线：11。

然后执着地，又写了一次 go。

文幸努力地眨了下眼睛，很吃力地吸着氧。

这简短隐秘的交流，除了周生辰和文幸两个人，没人看到。她很快又陷入了沉睡，周生辰的母亲非常冷静地站起来，和身后的四位医生低声交谈，大意都不过是需要尽快安排手术，情况很不乐观。

周生辰在一旁听着，等到房间里所有人都离开了，只剩他和母亲的时候，母子两个竟然没有交流。"这次你妹妹的事情，"终究还是母亲先开口，"本没有这么严重。"

"这件事，并不是时宜的错。"他说。

母亲看着他，语气平淡，声调却很低沉："我认为，这个女孩子不祥。"

"她很普通。是有不祥的东西，一直缠着她。"周生辰丝毫不留情面。

"你觉得，我们的家庭，如果想要一个女孩子消失，需要用这么温和的手段吗？"

母亲眼神冷淡生疏。

周生辰也不说话。

为了让文幸静养，这里很安静，连蝉鸣都没有。

他就站在窗边，陪了整个晚上。

到天快要亮起来，大概晨膳的时辰，小仁才被告知周文幸这里的事情，匆匆赶来。他推门而入，就察觉到气氛很低沉，空气几乎凝固的感觉。

小仁走到周生辰的母亲身边，忽然说："叔父回来了。"

"你叔父回来了？"周生辰的母亲倒是很意外。

"刚到，"他眼里有很多话，不方便开口，只是看向周生辰，"哥哥要不要去看望下？"

间章 心头血

太子五岁才知道，自己降生那年，宫外诸王怀疑宫中内乱，皇帝死得不明不白，他这太子也得的不明不白。可他也冤枉，皇后没有子嗣，便拣了个年纪最小的，做了太子。

这是他，捡来的便宜。

五岁时，他便懂得这道理。

不争，不抢，不夺，不想。

太后让他行，他便行；让他停，他便停。

太子病弱，自幼吃药比进食还要多。太后训斥，他捧着药碗，站在宫门前一昼夜，不敢动不能动，那时的他也不过七岁。爱鸟，鸟便死，贪恋鱼游水中，便自七岁到十六岁，都未曾再见过鱼。生杀大权，连同他这个小人儿的性命，都在那个自称太后的女人手中。

他渐渐不再贪恋任何有生命的物事。

直到见到她的画像。

清河崔氏之女，时宜。

眉目清秀，也只得清秀而已。身边两个太监，躬身低声说道："殿下，这便是您未来的太子妃。"他看那画中不过十岁的少女，在执笔作画。

她，是他唯一被赏赐的东西。

他欣喜若狂，却不敢表露。

自那日起，便每月都能拿到她的画像，她的起居笔录。她不会言语，只喜读书作画，读的书千奇百怪，也有趣得很。作画，只肯画莲荷，莲荷？莲荷有何好？许是小女子的情趣，他不懂，也无须懂。

不过，那莲荷却真是画得好。

他每每临摹，总不得精髓。

时宜，十一。

她在小南辰王府的徒儿里，不过排行十一。七岁那年，入府被欺负，不能言语，处处忍让。后常常隐身在藏书楼中，整日不见踪迹。可如自己一般，不喜与人交心？无妨，你日后便是这宫中最尊贵的女子，你不喜与人交心，便只有你我。我断然不会欺负你。

过了几年工夫，年岁渐长，她已被一众师兄师姐呵护备至，得南辰王独宠。

收集天下名茶，搜罗前朝遗落曲谱。

小南辰王与命定的太子妃间，不清不楚，不明不白。

太后生辰那日，有人递上小南辰王谋反的奏折。

这奏折，年年有，年年压下来，这一年倒是多了一条与太子妃的传闻。太后朝堂横眉，扔了折子，厉声质问：哪个奏了，哪个站出来，若能将南辰王拉下马来，那数十万家臣便是你的。

无人敢应，皆是噤若寒蝉。

笑话，南辰王少年领兵，从未有败绩。

太子在东宫得知，也未曾开口。

这傀儡，在此位十年，素来是个哑巴太子，谁人不知？

太后何尝不怕，当日诸王叛乱，便是这小南辰王的一句话所致：

"疑宫中有变。"

他若想要这天下，便只得拱手相送，区区一个太子妃又有何妨？太后如此对身边内宦说着，这世人角色都是互相给个薄面。她置那西北江山，不管不顾，只求一生太平，能让小南辰王留了这皇宫皇朝，能让自己这半老之人安享富贵。

然世事无常，太后暴毙内宫。

太子封禁皇城，不得昭告天下，以太后之笔，写的第一道懿旨，便是太子妃入宫完婚。同日，密诏清河崔氏入宫。

那日，清河崔氏行过重重宫门，跪在东宫外，足足两个时辰。雪积有半尺，衣衫尽湿，膝盖早已冻得麻木。跪到半夜，才有宦官引入。

东宫太子，宫外从未有人见过，清河崔氏父子，可当得无上荣宠。

卧榻上面色苍白却眼如点墨的男人，裹着厚重的狐裘看他们，足足看了一个时辰。

不言不语，偶尔喝水润喉。

近天明时，有人捧来药，蒸腾的白雾中，他面容模糊，始才咳嗽起来。

偌大的东宫，悄无声息，唯有他阵阵低咳。

清河崔氏父子，忙不迭叩头，将来时商议的如何以十一为饵，谋害小南辰王的话说出。太子静听着，却有些不快："小南辰王终究是皇后的师父，你等的计策……太过阴毒了。若让皇后得知，要朕如何交代？"

未曾有继位大典，却自称朕。

"陛下……"清河崔氏父子忙叩头，"周生辰乃大患，不除，则难定江山！"

他继续低头喝药，眉目被雾气浸染得不甚分明。

这场谋算，终是困住了那个小南辰王。

他自为太子来，初与这王相见，却是在灯火昏暗的地牢内。他是君，他为臣，他立于他面前，他却不跪他。

彼时太子，此时天子。

能得天下，却得不到他一跪。

也怪不得他，他已死了。

他披着厚重的袍帔，仍旧受不住牢内阴冷湿气，宫中十年，他拜太后所赐，日日饮毒，如今只得日日以药续命。

他所想要的，不过是他唯一被赏赐，所拥有的人。

"当日圣旨，朕要你认她做义女，便是要将这江山换美人，"他冷冷清清地笑着，略有自嘲地对着已死的人说着，"朕最多十年阳寿，十年后，天下谁还敢与你抢？"

"你的身世之谜，这天下只有太后与朕知道，太后已死，朕也不会说。是朕，对不起你。"夜风打散了烛烟。

他离去，命厚葬，仍留谋逆罪名。

都是你们在逼朕。

若非太后想要成全你与她，朕怎会毒害母后？

若非你抗旨不从，朕又怎会谋害你？小南辰王一死，朝堂谁能担此天下？无人可担。生灵涂炭，百姓流离。

朕不想，也不愿，可朕……

后记：

　　东陵帝，自幼被困东宫，终日不得见光，后有清河崔氏辅佐，俘逆臣小南辰王，正朝纲。帝因太子妃秘闻，恨小南辰王入骨，赐剔骨之刑。

　　小南辰王刑罚整整三个时辰，却无一声哀号，拒死不悔。

　　后得厚葬，留谋反罪名。

　　登基三载，帝暴毙。未有子嗣。

江雨霏霏江草齐，六朝如梦鸟空啼。无情最是台城柳，依旧烟笼十里堤。

六朝尽空，仇怨已去，长安仍在。

你可否能，让我真的见一见你。

第十四章 繁华若空候

"好，"周生辰颔首，身体已因整夜站立略微僵硬，"我很快回来。"

小仁目光闪烁，他看得明白。

是什么事情让他想说，又不敢开口？他走下楼，一直在思量小仁奇怪的表现，一楼有两个女孩子在打扫房间，他从裤兜里拿出深蓝格子的手帕，轻轻按住口鼻，避开可能会扬起的烟尘。

避而不谈……在母亲面前避而不谈……

他略微顿住脚步，想到了时宜。

在想到她的瞬间，已经加快脚步，沿着青石路，大步向院外走去。

整个院子因为文幸的病，处在绝对隔离的空间，任何人想要进入，都须周生辰的母亲允许，才能被放进来。他忘了这点，太牵挂文幸而忘了这个问题。

果然走出院子，看到林叔的心腹在不远处非常焦急却无望地看着他。

他走过去，那些守住的人才被迫让开一条路。

"时宜怎么了？"周生辰一把抓住那人手臂，五指紧扣。

"时宜小姐在抢救。"

"抢救？"

男人马上解释："昨晚，半夜时……"

周生辰已经容不得他再说什么，推开他，快步而去。这个宅子，大小院落有六十八座，房屋一千一百一十八间，人很多，也很杂。他永远冷静，永远旁观，这些人与人的关系，都能直接分离，为了利益，没有感情是不能拆分的。

目的性，利益性，人性。

这些他都自信能应付。

只有时宜，只有一个时宜，他看不透，解不开。

无法冷静，无法旁观。

他想要思考，到底是哪里出了问题，棋局已经开始收官，却仍旧不能保她。可他完全没有思考的能力。还有恐惧，从没尝过的恐惧感，紧紧缠绕，捆绑住他的手脚。

他走上楼梯，只不过听到二楼抢救人员的交谈，竟不敢再走上去。

一步都不敢。

他信奉自然科学，不怕死。

可他怕她会死。

巨大的恐惧，残忍地腐蚀着神经、血脉。

周生辰忽然狠狠攥紧拳头，砸向楼梯扶手，过大的力气，让整个楼梯都震动不已。所有在场的人都惊住了，二楼正走下来的小女孩儿，也被吓傻了，怔怔地看着他。

"大少爷……"

慢慢地，她不再做梦。

该睡醒了，差不多，该睡醒了吧？

她再次努力从梦魇中醒来，眼睛肿胀着，硬撑着睁开来，看到一线光。不太刺眼，像是被一层布料遮挡住了，只留了舒服的光亮，这布料的颜色和上海家里的窗帘相似……似乎是完全相同……

在家里？真的在上海？

她一瞬怀疑，自己还没挣扎出来，只是进入了另外的梦魇。

直到真的看清楚了他的脸和眉眼，她勉强扬起嘴角，却没力气说话。

"急性阑尾炎，"他轻声说，"怕家里的医生看不好，就带你回了上海。"

急性阑尾炎？

还真是痛得要死。她不想再回忆那种痛，只佩服那些曾经历这种问题的人。

不过为了急性阑尾炎回上海，是不是太小题大做了？

她闭了眼睛，轻轻抿嘴，嘴唇有些发干，嗯……

不知道为什么，可能是身体太虚弱，她莫名地有些感伤和恐惧。

怕离开他。

时宜啊时宜，你越来越娇气了。

她暗暗鄙夷自己，却仍旧被什么诱惑着，轻声叫他："周生辰？"

"嗯。"他俯身过来，离得近些，让她说话可以省力些。

眉眼真干净。

时宜仔细看他，"我……告诉你个秘密。"

"说吧。"他的声音略低，很平稳。

"我上辈子死后，"她轻声说着，略微停顿了几秒，"没喝孟婆汤。"

也不知道，他能否听懂什么是孟婆汤。

他微微笑起来："在地府？"

她笑，他真好，还知道配合自己，"是啊。"

他"嗯"了一声："那么，那个老婆婆放过你了？"

时宜微微蹙眉，她在回忆，可是记不清了，"是啊，可能因为……我没做过坏事。"

他忍俊不禁："那我一定做过坏事，所以，被迫喝了？"

"不是，"她有那么一瞬认真，很快就放松下来，怕他觉得奇怪，"你很好。"

"我很好？"

"嗯。"

很好很好，再没有比你更好的人了。

他低声问："你知道我？"

"是啊，"她轻轻笑着，"上辈子，我认识你。"

她看着他。

我认识你，也会遗憾你不再记得我。

但没关系，我一直记得你。

周生辰仍旧俯身看着她，直到她闭上眼睛，在她额头上轻轻吻了吻。

他渐渐进入了不带任何感情的、客观的思考模式。

他记忆力很好，仍旧记得自己怎么听着医生说她脱离危险，而自己又是如何走下二楼。林叔以最简洁的方式，告诉他时宜的突发情况。

毒性不大，古旧成分。长久侵蚀才是最致命的伤害。

是什么诱发？一盏茶，或者是一炷香，或者是精致茶点，皆有可能。

"你觉得，我们的家庭，如果想要一个女孩子消失，需要用这么温和的手段吗？"

这也是他怀疑的原因所在。

既然目的明确，如果是母亲，又何须如此点滴渗透？

或者是自己太容易信任别人了。能自由接近时宜的人，很少，除了心腹，也有梅行……最怕的事情终究会发生。身边的每个人都是多年跟随，每个人都牵扯了太多背后的关系。人的行为，最终都是为了某种目的，是什么，需要一而再再而三地要她的命？

他在清算着，所有人背后的关系，以及各种目的的可能性。

时宜再入睡，显得踏实了很多。

很快就呼吸均匀。

周生辰不经意地抬起手，轻轻弯曲起食指，碰了碰她的脸。

静养的日子里，周生辰都在家里陪着她，到最后时宜都开始抗议了，让他去做自己需要做的事情。有些话，她没好意思说，像他这样二十四小时在自己身边，她也基本做不了任何事情，总是分神去留意他。

倒是周生辰，该看书看书，该工作工作。

她怕他长久住在这里不习惯，提出要去他为新婚准备的独幢小楼。他拒绝了，只是稍许对这里的格局和摆设做了些变动，让环境更适合她休养。

处处舒适，细节用心。

这场病，她真是元气大伤。

父母来时，真是被她的憔悴模样吓到了。

时宜怕父母怪周生辰没有好好照顾自己，连连说是自己最近半年很少去健身房，身体太差了，以至于阑尾炎就搞成了这个样子。

对于治疗，周生辰说当时他选择了保守治疗，没有手术，她也觉得如果能药物消炎，最好不要进手术室。"我怕疼，"她用手指轻轻地，在他手背和胳膊上敲打着，"这么想，我其实很娇气……不仅怕疼，还怕黑，"她开玩笑，看他，"你会觉得我娇气吗？"

在乌镇时，因为一些若有似无的声音，会让他陪自己说话到天亮。

周生辰一丝不苟地，用湿热的毛巾擦干净她的每根手指，"不会。"

"认真的？"

"很认真。"

"我除了会读书，会画画，会做饭，会收拾房间，会配音……"

他笑了一声："很全才了。"

其实最让人骄傲的那些，都是他曾经教给她的。

他给她擦干净手后，随手替她把羊绒毯拉上去一些，又拿来了糕点。她看他刚洗完澡，还微湿的头发，随手摸了摸，"都秋天了，总这样，你会感冒的。"

"不怕，有你的秘方。"他笑笑，声音略微柔软。

她知道他说的是，曾经给他泡的紫苏叶。

两个人眼睛，隔着薄薄的镜片，对视着。

某种感觉，悄然滋生。

他轻咳了一声，从沙发上站起来，去翻影碟柜里的碟片，"看个电影？"

时宜觉得好笑，想了想："看《寻秦记》吧，可以看好几天，打发时间。"

"好。"他倒是无所谓，弯下腰去插影碟机开关。

从她这里，能看到未开启的电视屏幕上，有他的影子。

很清晰的轮廓。

他看影碟机，她看他。

浅蓝色的绒料长裤，白衬衫，和上次住在自己家里的穿着相同。干净简单，时宜看得意乱情迷，顺着沙发侧躺下来，脸埋在毯子里，看得都快痴了。

周生辰终于弄好碟片，从电视旁拿起黑色遥控器，回头想和她说什么。

但一看她这种姿态，立刻识破了她的小心思，"你有时候看我的感觉，真让我觉得，我是什么明星。"

"我有那么肤浅吗？"时宜用毯子蒙着半张脸，闷着声音说，"周生辰，我爱你。"

他应了声，绷不住就笑了。

九月下旬。

王家婆婆突然而至，跟着的是曾有一面之缘的王家长孙和几个衣着精致的中年女人。距离上次相见，已是数月，年迈的婆婆待她依旧客气，甚至还多了几分亲厚。婆婆在沙发上坐下时，轻轻拽着时宜的手，也坐下来，像是很清楚她身体不好。

"这位大少爷呢，性子急了些，婚期太近，不给婆婆多留些时间，"婆婆微笑着，轻握住时宜的手，"只有六套，你看看，有没有喜欢的？"

时宜恍然，去看周生辰。

不自觉地抿起嘴角。

他把沙发让给了她们，坐着木椅，手肘撑在扶手上，也对她笑。

"这只是初样，"婆婆将他们两个的反应看在眼中，忍俊不禁，"估摸着，还要过来三四次，你先看看这些。"

"下次我过去好了，"时宜实在不好意思，让这么大年纪的婆婆到处跑，"婆婆下次做好了，提前告诉我们，我可以过去的。"

"无妨的，"婆婆笑，"你大病初愈，文幸又在上海的医院，我来一次，能看两个人。否则啊……还不知道文幸什么时候能痊愈，来小镇看我。"

文幸住院的事，周生辰告诉过她。

不过因为她身体的原因，始终没有同意她去医院探望。

婆婆如此一说，她倒也有了机会，顺水推舟说，自己恰好一同前去探病。周生辰这次倒是没有拦她。

有人拆开匣子，不多会儿，就有了悬挂衣物的暗红色架子。

六套中式、西式的结婚礼服，都被一一挂出来。

她穿过多套衣服，都出自王家的手。

不过大多是小辈缝制。

这次是婚宴的礼服，王家婆婆亲自打样，到底是不同。说不出的华贵，却又内敛，无论从选料、样子，还是缝制的手工，都无懈可击。

时宜试衣服时，是在书房，只有王家婆婆和周生辰在。

不经意就问了句，为何王曼这次没有来？她知道王家因为她是女眷，所以大多时候，出于避讳，会让王曼陪时宜试装，就算有王家婆婆来，估计也会是相同的做法。

时宜如此问，本是关心。

却不料，坐在身边的婆婆有些沉默，她察觉时，婆婆已经略微叹气，说："她也在上海，不过是在养胎。"

养胎？

时宜记得王曼还是未婚。

怎么会……

她不敢再追问。

倒是周生辰很轻地咳嗽了声，说："王婆婆，很抱歉……"

"都是那丫头自己选的，"王婆婆摇头，"大少爷无须抱歉，那丫头明知道二少爷已成婚，还要……如今她已经搬离王家。周家的规矩她是懂的，正室之外，都不得入祖宅。"

时宜恍然。

她试好衣服，王婆婆先出了书房，时宜这才轻声问："王曼是什么时候怀孕的？"

"和佟佳人时间差不多，"周生辰轻轻拍了拍她的手臂，"去换衣服。"

"嗯……可惜了。"

照着王家婆婆的"正室之外，都不得入祖宅"，王曼应该已经"嫁"给周文川了。古旧的周家，能准许多房的存在，并不奇怪。

究竟可惜的是什么？

她也说不清。

曾求而不得，于是委曲求全。

只是真得到了，可算是偿了心愿？

两人在试衣间换衣服。她为他穿上衬衫，轻轻地，从下至上，逐一系好每粒纽扣。他手撑在壁柜上，微微含胸，配合她的动作。待她扣好，手指在他领口滑了一圈，确认细节妥帖，周生辰这才低声解释："周家有些事，你如果看不习惯，只当作不知道。"

她"嗯"了一声。

文幸的检查指标一直不合格，手术日期推了又推。

她自己读的医科，自己注意休养，情况似乎开始好转。

王家婆婆年岁大了，和文幸说了三两句，便离开了医院。时宜和周生辰陪着她，到草坪的长椅上晒太阳。文幸坐下来，时宜便伸手问周生辰要来薄毯，压在她腿上。

初秋的午后，日光落在人身上，暖暖的，却不燥热。

她挨着文幸坐，周生辰就在一旁，站着陪着。

"农历已经……九月了？"文幸笑，眼睛弯弯地看着时宜。

时宜点头："九月初七。"

"农历九月……是菊月，对吧？"

"对。"

文幸蹙眉，有些抱怨："也就九月和十二月好记，一个菊花开的季节，叫菊月，一个是冰天雪地的，叫冰月。其余的，我小时候被逼着记，说是记下来了吧，现在又全都忘了。"

时宜被她逗笑："这些都用不到，不记也罢。"

"可是，"文幸轻声说，"梅行喜欢……名门闺秀一样的女孩子。"

她愣了愣，约莫猜到文幸的意思。

这个小姑娘，她心里放着的人，是那个"残柳枯荷，梅如故"。

或许先前有些感觉，但并未落实。算起来，文幸比梅行要小了十二三岁，梅行那个人看起来深藏不露，三十五六岁的未婚男人，没有故事是不可能的吧？就像周生辰不太热衷男女情事的人，也曾为应付家人，订过两次婚。

她不了解梅行，但却知道文幸在吐露隐藏的心事。

而她，恰恰也最不会开解人。

幸好，文幸换了个话题。她说话的时候，眼睛时而弯弯，时而又睁大，非常地入戏，像是好久都没有说话了，难得碰上投契的人。就如此坐了四十多分钟，被周生辰和时宜送回房间，脸颊还红扑扑的，兴奋不已。

到最后，他们离开时，文幸忽然对她嘱咐："王曼身份特殊，大嫂……尽量不要去探望她。"

说完，还去看周生辰，"记得哦。"

周生辰笑着，轻摇头，"好好养病，不要想这些事情。"

"我挂念你们，"文幸抿嘴笑，"还有，你们的婚宴呢，我是一定要去的，一定。"

"那就先养好身体，指标合格了，做手术。"

她轻轻地"啊"了一声，握住周生辰的右手，"手术推后吧……换了其他人的心，万一，我不是最爱你这个哥哥了怎么办？"

她的语气，有些撒娇。

周生辰的眼底都是温暖，低声叮咛，都不过是些寻常的医嘱。

夜深人静时,她再去想文幸的话,总觉有种遗憾在里面。她躺在床上,随口问他,是否知道文幸喜欢梅行?周生辰倒不意外:"看得出。"

"看得出?"

他不置可否:"很容易看出来,就像你第一次见我,就有种……让人意外的感情。"

她"哦"了一声:"继续说。"

虽然佯装不在意,话音却已经轻飘飘的。

周生辰倒是真的解析起来,"最难掩饰的东西,就是感情。一个女孩子,喜欢谁,非常容易识破。看眼神,看动作,还有说话的语调,差不多就是这些,足够判断了。"

他说的是大范围的女人心理。

可她联想的,却是曾经那些细微的小心思,都被他以旁观的姿态观赏着。

她咳嗽了一声:"那么,过去有人……嗯,喜欢你,你都旁观着。"

"是,旁观,"他想了想,"或者,避免独处,以免给人错误的心理暗示。"

"那……如果是需要你回应的人呢?"

她避开了"未婚妻"三个字。

他低笑了一声,也不点破她说的是谁:"除非是我太太,才需要回应。"

最佳答案。

时宜不再去追问,显然已经满意。

可却牵挂着文幸的事情,她并没有那么热衷做红娘,不过既然周生辰了解,倒很想私下问得清楚些。她轻轻扯了扯他的衣袖,"那么,梅行对文幸……"

"不知道。"

"不知道?"

他略微沉吟:"我和他,不交流这些。"

"可文幸是你妹妹,略微关心也好。"

"这世间最难的,就是你情我愿。"

时宜不敢相信,这是周生辰说的话。

果然,他很快就告诉她:"这是梅行说的。"

时宜想了想,忽然问他:"农历二月,别名是什么?"

"绀香。"

"四月呢？"

"槐序，"他笑一笑，"怎么忽然问这个？"

"我在想，一个人偏执地要求另一半喜好古文学，是不是很神奇？"

他"嗯"了一声。

她侧躺在他身边，还沉浸在文幸对梅行求而不得的故事里，察觉壁灯被调亮了些。他俯下身子，低声问："会说苏州话吗？"

"会，"她有些奇怪，"家里有亲戚在苏州，和沪语相通，小时候就会了。"

两个人，都喝了一些莲子心芽泡的水。

说话间，有微乎其微的清香，呼吸可闻。

"用苏州话，念些我教过你的诗词，好不好？"他微微偏过头。

她轻轻说了个"好"。

哪里有教过，分明就是他……时的吴歌。

那些暧昧的，或者明显调情的词句。

"我会慢一些，你如果难受，就告诉我？"

她"嗯"了一声，觉得身子都烧起来了。

明明是体贴的话，偏就让他说的，调情意味浓重。却不知是有心，还是无意。

她凭着记忆，轻声念给他听，偶尔不好意思了，就停顿下来。初秋的晚上，已经有些凉意，两个人辗转在薄被里，虽有汗，他却不敢贸然掀开，怕她受凉。

她渐渐念不出，诗词断断续续，思维不再连贯。

……

熟睡前，她终于想起心头疑惑："周生辰？"

"嗯。"

"为什么要我用苏州话……"

黑暗中，他似乎在笑："有没有听过一句词，'醉里吴音相媚好，白发谁家翁媪'？吴音吴语念吴歌，挺有趣的。"

她恍然，这词是夸赞吴音的名句。

吴语里又以苏白最软糯。吴侬软语，好不温柔。

可词中意境分明是微醺时，用温言软语来说话，到他这里，却又掺了些粉色……

周生辰忽然又说："要求自己的另一半爱好古文学，没什么奇怪的，本身就可以是一种情趣。"比如背茶诗，背茶名，再比如，他念给她听的吴歌，为她提的诗句。

时宜想想，倒也不错。

可也因为这句话，终于察觉出了什么，她用脸贴近他的心口，听着节奏分明的心跳，低声笑："周生辰，你吃醋了。"

过了两天，她和周生辰去看文幸。

她看起来状态很好，指标却始终不合格，就这半个月，已经错过了一个合适的供体。这些都是周生辰简述给她的。她不懂器官移植，却懂得，先天性的，一定比后天危险系数高很多，由此更不免心疼文幸。医人者，始终难以自医。

这次去，她遇到了梅行。

文幸的病房有自己的客厅和沙发，时宜在周生辰去和医生谈话时，先进了文幸的病房。文幸披着浅蓝色的运动服外衣，低声笑着，梅行也摇头笑，摘下眼镜，从口袋里拿出手帕擦拭。

"嫂子？"

"嗯。"

"嫂子，我这里有好茶，泡了两杯，"文幸把自己那盏，轻轻推到时宜面前，"我不能喝，你喝。"时宜觉得好笑："你的确不能喝茶，怎么还要给自己泡一杯？"

"看到梅行来，一高兴就忘记了，"文幸轻飘飘地看梅行，"梅祸水。"

梅行犹自笑着，却是笑而不语。

有护士进来为文幸例行检查，她在单人沙发上坐下来，想要去拿那杯茶，手刚碰到茶杯底座边沿，梅行却同时按住了底座的另外一侧。

梅行眼若点墨，眸光更是深不可测，看了她一眼。

时宜疑惑着回看他，却听到文幸在叫自己，就暂时没去深想。

后来周生辰来了，和梅行在小客厅说了会儿话，梅行离开前，若无其事地嘱人倒了那两杯茶。她看着他离开的背影，想起刚才对视的一瞬，竟被梅行的气场感染，认为那杯茶有什么问题。

他和文幸相比，远近亲疏应该很明显……

她不该怀疑的。

时宜身体好些了，就补自己离开两个月落下的工作，准备下周进棚录音。美霖听说她要开工，边细数工作，边抱怨自己要被各个制片人逼死了，当天下午就快递来最新的文档，足有一本书那么厚。为了配合她的声线，又以古装角色偏多。

她随手翻看着，熟悉角色。

倒是自己那本书，反而被搁置了。

书到收尾阶段，写得很慢，因为她记不清他的结局。

记不清他是为何而死，又是如何死的。记不清，就只能返回去修改前面的，却又因为太看重，纠结在词句上，改了又改。

周生辰最近很忙，她绝大部分时间，都自己吃饭，也很习惯他晚归。上午去看完文幸，他把她送回家就离开了。

她看了会儿剧本，就开始分心修改自己的手稿，一改就改到了七点多。

她脑子里斟酌着字句，两只手握着那一沓纸，不由自主地轻敲打桌面。过了会儿就偏过头，将脸贴在了书桌上。眉头蹙起来，放松，渐渐地又蹙起来，入神到了一定境地，竟没察觉到周生辰回来。

他挂起还有些细小水滴的外衣，透过敞开的门，看到她在书房。

他走进书房，"遇到什么难题了？"

时宜下意识合上文件夹，想要起身，却被他按住肩。

他半蹲下身子，示意她如此说就好。

她想了想，不得不承认："心结。"

"心结？"

"我在写一个东西，总想写到最好，遣词用句太计较，"她轻呼出口气，"是心结。"

"嗯，"他表示懂了，"让我想想，怎么开解你。"

她扑哧笑了："这就不劳烦你这个大科学家了。"

"嘘……让我想想，好像想到了。"

她觉得好笑，点头。

"记得我曾经回答你，二月被称作什么？"

"绀香。"

他颔首，"这只是我习惯性的说法，认真说起来，二月有很多别称，出处各有不同，硬要说哪个略胜一筹，是不是很难？"

她承认，他说的是事实。

"就像在实验室，我从不要求学生完全复制我，每个人都有自己适合的方法，"他略微思考，又说，"我不太写文章，但我知道过去的文人墨客，也都有各自偏好的，习惯使用的词句。做科研和写文章，核心都是这里，"他用食指轻点了点自己的太阳穴，"用你习惯的方式，写你想要的东西。"

"嗯。"

"没吃饭？"他拍了拍她的小腹，"饿不饿？"

她老实回答："饿了。"

"走吧，"他起身，"我们出去吃。"

"现在？"她听到雨声，能想象出外面的天气。

"我看过天气预报，一个小时后雨会停，我们慢慢开车，到车程远一些的地方吃。"

"天气预报？"时宜对天气预报的印象素来不好，"万一不准怎么办呢？"

时宜跟着他的脚步，亦步亦趋，和他说话。

周生辰忽然停下来，转身，"也有雨停的概率，对不对？"

她仍在犹豫："我是怕麻烦林叔，下雨天还要接送我们吃饭。"

"这次我开车。"

"你开车？"

他忍不住笑了一声："我会开车。"

她不是不相信他，而是真没见过他开车。直到在地下车库，坐上副驾驶位，仍旧忍不住看他手握方向盘的模样，总觉得有些微妙的违和感。不过车开上高架后，她倒是渐渐习惯了，他做任何事情都很专注，包括开车，也是安静平稳。

雨刷不停摆动着，雨看起来有越来越小的趋势。

到车开出上海时，雨真停了。

上海周边有很多小镇，如同王家的宅院，她只去过那么一次，也是深夜，至今也搞不清是什么地名。今晚他开来的地方，她也不认得。

他把车停在小镇入口的停车场。

雨刚停，石板路还有积水。

幸好她没穿高跟鞋，在他手扶下，跳过过大的水洼。

临河岸，靠着几艘船，岸上便是小巧的饭店。船都不大，最多能容纳两桌，周生辰定了其中一艘，两个人坐上船，船家便递来了菜单。

"今晚就这艘还空着，两位真是好运气。"

时宜笑，低头翻看简单的只有两页的菜单。

由不得挑拣，来这种地方，吃的只能是风景了。

她怕他吃不饱，点了几个硬菜。

"二位稍等，菜好了，就离岸。"

船家跳上岸，就剩了他们两个在船上。两侧只有齐胸高的围栏，有烛台，没有灯，最舒适的竟然是座椅，相对着，都是暗红色的沙发式样，身子小些完全可以躺着。如此端坐，也是深陷进去，舒服得让人想睡。

"你来过？"她好奇地看他。

周生辰笑着摇头，"第一次来，临时问的别人。"

她估计也是，这位大少爷，绝对不是享受这种生活的人。

船微微晃动，船家折返，有些不太好意思地问："岸上有两个年轻人，也想上船，我说这船被包了，他们……想要我和两位商量商量，能不能将空着的桌子让给他们？"

船家手指岸上。

两人同时望了一眼，看上去最多二十出头的模样，小情侣。

男孩子很紧张地望着他们，看到他们转头，忙悄悄双手合十，拜托他们一定要同意。时宜笑了声，听到周生辰说："我没问题，我太太也应该没问题。"

"嗯，让他们上船吧。"

船家越发对这一对眉目良善的男女有好感，招呼那两个小青年上了船。两桌之间本就有竹帘，放下来也便隔开了。菜上了，船也开了。

才离开河岸没多久，竟又下起了雨。

她听到珠帘后年轻男女的小声说话，大概在算着这一日的花费，核对得十分仔细，从头到尾女孩子都在哀怨，这里多用了，那处该省下，"你看你，钱这么少了，还要在这船上吃饭……"

声音很小，她听清了。

她想起，刚毕业时进棚录音，有个实习的录音师和他的小女友。两个人每天精打细算，从周一到周五每顿饭是什么菜都安排好，就是为了周末能吃顿好的，或者每月末到周边去走走。这是绝对属于年轻人的浪漫。

她忍不住对他打眼色，小声笑。

"怎么了？"

周生辰靠在沙发上，右手臂搭在一侧，不解地看她。时宜换到他身边，悄悄在他耳边，重复那个女孩子的话。她说完，想要简述自己的心情，周生辰却懂了的神情，"羡慕？"

她笑："嗯。"

他兀自笑起来。

外边雨没有立刻停的迹象，船家把船暂停在一侧古树形成的"帷幕"下，对他们说，要避会儿雨，免得水溅到船里，湿了衣裳。

临着岸边，又有风，看得到水浪拍打石壁。

烛台在竹帘上，摇曳出一道影子。

"你看没看过手影戏？"

"手影戏？"

"嗯……估计你没看过。"

她记得小时候看电视里，有手影戏的节目，连着好几期。电视里两个人各自挽指，做成动物和人形，编纂出短小的故事，或是调侃事实。那时候她看到这些节目，隐约记得自己无聊时，也曾在藏书楼里借灯烛做过手影。

因为是自学，会的样子不多。

倒是看到电视节目时，跟着学会了不少。

时宜做了个兔子，想要说什么，忽就顿住，"今天是九月初九？"

难怪，桌上菜中有花糕。

他"嗯"了一声："你在做兔子的影子？"

"看出来了？"时宜笑着动了动手指，竹帘上的兔子耳朵也微晃了晃，即兴给它配了音："唉……这广寒宫真是清冷，转眼就过了中秋，到重阳节了，倒不如去人间走走。"

因为怕隔壁那对年轻人看到，她声音很轻，却戏感十足。

他偏过身子，端详她的表演。

时宜轻轻吹了下烛台。

烛影晃了晃，兔子消失了，她转而跪坐在沙发上，自己的影子落在竹帘上，清晰而又单薄，"这位公子，我们……可曾在何处见过……"

淡淡的，温柔的。

这是她最擅长的古风腔。

他兀自扬起嘴角，配合着她，低声反问："哦？是吗？"

"公子贵姓……"她双眼莹莹，声音越发轻。

他略微沉吟，去看她的眼："周生，单名一个辰。"

第十五章　独留半面妆

周生，单名一个辰。

周生，辰。

周生辰。

悠悠生死别经年，魂魄不曾来入梦。

船外细雨绵绵，没有风。

船内，那竹帘上的光影被无限拉长，微微晃动着，隔壁的年轻人也怕打扰他们，并没有大声说话。所以她只听得到他，他也只能听到她。

她轻轻呼出口气，低声说："公子的名讳……小女曾听过。"

他眸光清澈："于何处听到？"

她仿佛认真："公子盛名在外，自然是从百姓口中听到的。"

"哦？"他笑，"都说了些什么？"

时宜轻着声音，望着他的眼睛，"醉卧白骨滩，放意且狂歌。一匹马，一壶酒，世上如王有几人？"

周生辰略微沉默，仔细品味她的话。

他想，他猜到了她所指何人："你很喜欢那个小南辰王？"

"你知道？"

"知道，"他告诉她，"他在周生族谱上，我的名字就取自他。"

"对……"她恍然，"小仁和我说过。你家族谱上，记载得可比民间的多些？"

"只有寥寥几句。"

"那个太子妃呢？"

"崔氏女？"

女子名讳，本就难有记载。如"崔氏女"这种，已是因为她身份尊贵，有所厚待。

"嗯，有吗？"她轻声追问。

周生辰略微回忆，摇头说："没有。"

悠悠生死别经年。除了她，真的不会有人再记得。

她有一瞬失神。

船微微晃动，船家说雨似乎要下整晚了，还是尽快靠岸，让客人都来得及回去。船从古树围就的帷幕下驶出，沿来时的路回去。离开屏障，有不少雨水溅入，两侧有雨水，躲自然是没处躲的，周生辰随手把外衣脱下来，盖在她腿上。

他自己的裤子，没一会儿就淋湿了。

今晚之前，仍旧还有些夏日余温，可这雨，却真是落了秋意。

她只是湿了裤脚和鞋，就觉得冰冷难耐。

他去车里拿雨伞接她，一来一回，连衬衫都湿透了。两人上车后，他从后备箱的小箱子里拿出两条运动裤和衬衫，折身回来，放下座椅，把其中一条长裤给她，"有些大，先换上。"幸好此时时间晚了，停车场已经没有人。

"嗯。"她接过来，在狭小的空间里，慢慢脱下长裤和鞋袜。

再套上他的，何止是有些大，还很长……

她光着脚，踩在裤脚上，完全不用穿鞋。

她长出口气："今天才发现，你比我腿长这么多。"

周生辰觉得有趣，多看了两眼。

他拿着一件干净的衬衫，叠好放在她脚下，手碰到她的脚，冰冷得吓人，"很冷？"

"有一点儿。"她已经有了些淡淡的鼻音。

他就势握住她的两只脚，放到自己膝盖上，轻轻给她揉搓着。

时宜有些意外，顺从地任由他这么做。

他从来不擅长说表达感情的话，却会在两人相处时，偶尔做些事情，让她能踏实感觉到他的感情。不炙热灼人，却慢慢深入。

有空调热风吹着，还有他的动作，让她的脚慢慢暖和起来。

时宜动了动脚。

他抬眸看她，"暖和了？"

"嗯，"她催促他，"你快换衣服吧。"

她收回腿，踩在他垫好的干净衬衫上，把放在后座的衣服递给他。

周生辰迅速换着衬衫和长裤，等他穿好长裤，她接过湿衣服，扔到后座，忽然感觉他靠近自己。清晰温热的气息，模糊她的意识，她也侧过头，碰到了他的嘴唇。

两个人无声地在车里亲吻。

从身体冰凉，到有些燥热难耐，她手指绞着他的衬衫，碰到他的胸口。

忽然察觉这里是停车场。

她推推他，低声说："回家了。"

他吻了吻她的脸，说了个"好"字，这才把衬衫纽扣都系好。

车开出停车场，他忽然想起什么："等到婚礼日期确认，安排我母亲和你父母吃饭，好不好？"时宜愣了一瞬，意外地看他，眼睛里都是惊喜，"真的？"

他莞尔："真的。"

两人的婚期并没有最后确定，这是时宜的意思。

她想在文幸的手术后，再举办婚礼。毕竟在这之前，周生辰的半数心思都在文幸身上，而她也和他一样。不过，她倒是很肯定地告诉父母，已经开始准备婚礼了，她相信周生辰，既然已经安排王家婆婆定做礼服，就说明他在家族的事情上已稳操胜券。

这天她在录音棚录音，而这个录音棚刚好在电视台的大楼内。

顺便和宏晓誉约了吃午饭，准备聊一会儿，就正式开工。

两个人没太讲究，就在附近的小饭店吃的。

菜上来没多会儿，宏晓誉就说起了她那个男朋友："时宜，我和你说，我觉得我真心实意了，我想结婚了。"

她笑："先让我吃饭。"

"不行不行，你要陪我说话……"

231

"好，你说，我听着。"

"嗯……也没什么好说的。我就觉得，他人品很好，那种从骨子里的好，能感觉得到，"宏晓誉想了想说，"和你那个科学家不同。你的科学家感觉有点儿不食人间烟火……让人很有距离感。"

"有吗？"时宜倒是觉得挺正常的。

"不食人间烟火形容男的，好像有点儿怪，总之就是好像绝大部分事情，他都不太在意。你们一起……和谐吗？"

时宜被问得真是……看了她一眼，没吭声。

"很好？很不好？"

"好了好了，"她推给宏晓誉一杯茶，"换个话题。"

平时她工作时间，都是从中午十二点到晚上十一二点。

因为才大病初愈，她开工前半个月，都会录到九点结束。今天因为录音师有事，到八点多，就已经收工了。

她给周生辰打了个电话，"我提前结束了。"

"好，我大概三十分钟后到。"

"不急，"她坐在沙发上，从身边架子上抽出本业内杂志，"我在这里有地方休息，你做完事情再过来好了。"

"好。"

周生辰挂断电话，看坐在身侧的佟佳人。

他刚进停车场，就看到她站在自己的车旁，有了四五个月的身子，身边却没有跟着任何人。他不知道她来的目的，只是请她先上车再说。

他们在车上谈话，林叔便下了车。

"是时宜？"

周生辰笑了笑，没说话。

佟佳人没有立刻说什么，只是轻轻拉了拉自己的手套，用余光看他。

身边坐着的周生辰，仍旧是喜欢素色的长裤，淡色的格纹衬衫，套上西服便能会客，换上白色长褂就能进实验室。这才是她放在心里的男人，和各种肤色的人一起，毫无国界地交流，做着对人类有益的事。

她想起，她第一次见到实验室外的他，不同于往常的周生辰。

他正在和一个黑人争论着什么，专注而激烈，她听不懂。

他十四岁进大学，就已经和她隔开了两个世界，她拼命地追，也只有资格在某些形式大于实质的会议上，可以和他一同被邀请，如此而已。

他的精神世界，是她一生的目标。

佟佳人一瞬，想到的是曾经的过往，她甚至开始怀疑，自己是为了什么来见他。是为了能安静地和他相处几分钟，还是为了……

"我不会把事情做到最坏。"

最后，却是周生辰先开口。在她未说话前，先告诉了她要的答案。

他坦言："我们始终是一家人。"

他的宽容，让她再无话可说。

自从叔父回来，周文川做出的种种动作，都让她为之不齿。

她从未见过如此动荡的周家，老辈都充耳不闻，小辈都蠢蠢欲动忙于选择，是依附在名正言顺的大少爷这里，还是选择根基稳固的叔父和周文川。就在几日前，始终沉默的周生辰的母亲，终于开始承认时宜的地位，也就等于站在了自己大儿子这里。

叔父再如何，也并非是名正言顺的继承人。而周生辰的母亲的选择，为所有人指明了方向，包括周生辰父亲过去的至交好友，都渐渐表露了态度。

"对不起。"她说。

他看她。

"我说的是，她在乌镇时的事。"

"我知道。"周生辰的语气，很淡。

"我……是因为嫉妒。"

他笑了笑，没说话。

佟佳人想，对着他这么聪明的人，好像说什么都只是在重复他已经知道的事。她是因为嫉妒，所以在知道周文川让人掳走时宜时，没有阻拦，或者连示警都没有。她记得，周文川每次提到这件事，都会嘲笑自己："我的好太太，我当时是真信你，因为你一定会嫉妒她。"

"抱歉，佳人，"他看了看腕表，"我要离开了。"

这里到时宜那里，有十五分钟车程，而刚才的谈话已经用去十分钟。

她勉强笑笑："是我该说抱歉。"

她知道他的守时，没敢再说什么，开门下了车。

林叔也同样在看表，在看到佟佳人下车后，颔首问："二少奶奶需要安排车来接吗？"

"不用，很快有车来接我。"

林叔再次颔首，上车后，很快就开离了车库。

她站在路边，完全看不到车窗内的人，却能轻易在脑海里勾勒出一个坐着的身影。

背脊的弧线，手臂的位置，还有对林叔说话的神情。

她几岁就和他坐过一辆轿车，到十几岁，到大学毕业，到婚礼之前，她是唯一和他共坐过一辆车的女孩子。以至于到现在，她仍旧不太习惯周文川坐在自己身边的感觉，太浮躁，无论如何掩饰，周文川的心都因为欲望而浮躁。

不像他，也不可能像他。

晚上到家，已经快九点。

两个人都还没有吃饭，时宜随手把头发绑起来，从冰箱里拿出小牛排，准备给他煎牛排，再炸些土豆什么的。她洗干净手，开始切土豆条的时候，门铃忽然响起来。

有人在轻轻拍着门，听起来是急切的，却拍得并不重。

一听就是小孩子。

果然，马上就有小女孩儿的声音喊她的名字。

"帮我开下门，是隔壁的邻居。"

周生辰依言，去开门。

有个看上去十三四岁的女孩子，抱着古琴，站在门外。

她看到周生辰傻了，周生辰看到她也有些无言。

"时宜姐姐……搬家了吗？"

"没有，"他微弯腰，说，"她在做饭。"

时宜很快切完土豆，擦干净手出来，从周生辰身后绕过来，伸手拧了拧女孩子的脸，"换新弦了？来……"话音未落，忽然从女孩子身后蹿出一个白影。

时宜眼前一花，没来得及反应，就被周生辰打横抱起来。

只差一步，狗就扑到身上了。

狗拼命汪汪着，不停地蹿上来，真就想去咬她。

她傻了。

女孩儿也傻了，很快就低斥了声："卡卡，回家去。"

狗在连番呵斥下，终于心不甘情不愿地，摇着尾巴回了自己家。女孩子很不好意思跑回去，关卜自家门，又过来说："卡卡特别傻，认生。"

周生辰心有余悸，小心把她放下来。

这个小插曲，她倒是没放在心上。从小猫狗都喜欢凶她，时宜早就习以为常了。

她把古琴放在桌上，试了试声音。

这个小姑娘很喜欢时宜，每次给自己的古琴换了新弦，都一定要拿来让她试音。时宜也乐得陪她玩，断断续续，弹了首自己熟悉的曲子。

她不常弹琴，未留指甲，声音有些瑕疵。

但瑕不掩瑜。

她弹得如何，小女孩儿辨别不出，周生辰却听得明白。

       十二门前融冷光，二十三丝动紫皇。

他想到这句诗。

虽然诗中说的是箜篌，而她面前的是古琴。

时宜玩得开心，浑然忘了他。

"这次换的弦，有些软了，"她最后告诉小女孩儿，"还是上次的好。"

"我也觉得是，"女孩子虽然小，对琴的态度却非常认真，"明天再换。"

她扑哧笑了："小败家，习惯用什么，记住牌子就不要换了。"

这么折腾了二十几分钟，她倒是真饿了。

送走了小邻居，马上就钻进厨房。

牛排的香味，很快就溢满了房间，她用余光看到他站在厨房门口，随口问："你喜欢吃几成熟，快说哦，现在已经差不多五成了。"

"就五成熟好了。"

时宜关上火。

他递给她盘子，她将牛肉夹出来，浇汁。

"你刚才弹琴，让我想起了一句诗。"

"啊？"她看他。

"十二门前融冷光，二十三丝动紫皇。"

她扑哧笑了："我的大少爷，那句是用来说箜篌的。"

他笑，低声说："是意境。我借来夸你，李贺……应该不会说什么。"

"是啊，他早就轮回千百次了，怎么还记得自己作过这么一首诗。"

他笑："你的琴，是师从何人？"

她微微怔住，很快笑了笑："自学成才。"

周生辰越发觉得不可思议，虽然他不记得，她真的系统学过古琴。

"嗯……"她握着装土豆条的盘子，两只手臂虚架在他肩上，"是啊，看影音教材。"

"很……"

"好听？"

他笑了一声："非常。"

"非常好听？"

"是。"

她笑："过两天我去买好些的琴，多练几次，再让你听，"看着油热了，催他离开，"把牛排端出去，等我炸土豆，很快就好。"

他把牛排端出去。

她却回味起他说的话。

十二门前融冷光，二十三丝动紫皇。

一曲箜篌。

消融了长安十二道门前的冷光，也惊动了天上凡间的帝王。

这是何等的厉害，才能让人如此感叹。她回想起，他曾经教过自己的那些曲子，声动十二门，只有他……才能做到。

"土豆真不能再炸了。"周生辰屈指敲了敲她的额头，顺便替她关了火。

时宜惊呼骤起，可怜这一锅了……

炸得太过，全炸焦了。

这顿晚饭真是多灾多难，幸好牛排是完好的。时宜觉得自己实在对他不住，又要去拿一堆水果，想要给他补一份沙拉。周生辰马上阻止，"不用这么麻烦。"

她想说什么，就听到家里电话响起来。

这么晚？

肯定不是她父母。

周生辰很快走过去，非常简短地听完，几乎不发一言。挂了电话后，刚才那些放松的神情一扫而空，时宜觉得肯定出了什么大事。果然，他告诉她，文幸在急救。

时宜吓了一跳，周生辰和她说过，自己生病那晚，文幸已经被抢救过一次。

可是前几日看她情况还好，为什么这么突然……

她没敢多问，和他迅速换好衣服，直接去了医院。不知道为什么，她能感觉到他的状态变得非常不好，甚至，稍稍能感觉到隐忍的怒意。

两个人从电梯出来，整个走廊有十几个人。

周文川和王曼站在病房外，透过玻璃在看文幸，余下的人都分散在走廊的各个角落。周生辰跨出电梯时，那些分散的人都端正了站姿，微微向周生辰躬身。

"大哥。"周文川走过来，对时宜额首示意。

他意外地保持着沉默，只是取下自己的眼镜，折叠好镜架，放到自己的裤兜里。时宜觉得有些奇怪，侧头看他……

在一刹那，亲眼看见他拎起周文川的衣领，右手成拳，狠狠挥到了周文川的脸上。

用了十分的力气，甚至能听到撞击骨头的声响。

下一秒，他已经松开周文川的衣领，紧接着又是一拳。

冷静的动作，不冷静的目光。

时宜惊呆了，看着近在咫尺的周文川脱离重心，砰然撞到雪白的墙壁上，瞬间就有猩红的血从周文川鼻子里流出来。他想要再上前时，王曼已经惊呼一声，扑到周文川身上，紧紧把他护在身后，惊恐地看着周生辰。

"大少爷……"

不只是王曼在惊恐，时宜以及其他所有人，都不敢动。

不知道发生了什么事情，不知道周生辰为什么会这样。

他背脊挺直，沉默地看着周文川，时宜看不到他的神情，只能看到他的背影，还有灯光拉出的影子投在周文川和王曼身上。

"你最好祈祷文幸这次没事。"周生辰的声音冰冷，之后转身命令下人，"带二少爷去看医生。"

有人上来，搀走周文川和王曼，很快唤来医生检查包扎。

那些医生也没想到刚才这人还好好地来探病，怎么转眼就成这模样了。而且真是被打得不轻，可这一层楼本就是这家人的 VIP 病房，也不能多问什么，迅速联系楼下检查的人，低声说要为周文川做脑部检查。

周生辰示意时宜到自己身边来。

她走过去，轻挽住他的手臂。

整个走廊渐渐清静下来，有医生过来，递给他一些报告。周生辰接过来，略微蹙眉，从口袋里重新拿出眼镜戴上，边听他们说，边一张张翻看。

文幸本来身体休养得不错，只是指标不合格。可是不知道为什么，今天和周文川见面后，两个人关在病房里大吵了一架，她就彻底受不住了。短短两三个小时，已经向着最坏的情况发展……

他时而隔着玻璃，看一眼文幸。

时宜陪着他，看着病房里陷入昏迷的文幸，偶尔也用余光看看他。

就如此，一动不动看了一个多小时。

一个小时后，周生辰的母亲也到了医院，很快有人说了这里的状况，她惊疑未定，却在同时有医生走来，非常礼貌地低声询问："周夫人，有官方的人想要见见二少爷。"

"官方？"周生辰的母亲更是惊讶。

"让他自己去应付。"周生辰忽然开口。

声音清晰，甚至冷淡。

"周生辰……"周生辰的母亲不可思议地看着他。

"让他自己去应付。"他重复。

母亲蹙眉，"他是你弟弟。"

"我只有一个妹妹，现在生死未卜。"

母亲看了眼时宜，欲言又止："你和我到房间里来。"

显然，她不想让时宜听到他们母子的争执。

周生辰没有拒绝。

两个人在走廊尽头的房间，谈了足足半个小时。

她坐在文幸病房外的长椅上，回想着刚才的一幕，将手握成拳。

文幸，你一定要没事。

周生辰走出房间，他母亲也走出来，时宜略微对他母亲点头，紧跟着周生辰离去。两个人走出电梯，果然就看到一楼大厅里，周文川已经站在那里，半边脸肿着，被两个穿着黑色西装的男人询问着什么。她目光匆匆扫过，却意外地看到了杜风。

杜风站在大门口，在低声讲手机。

他看到周生辰和时宜，略微停顿，目光落在了周生辰身上。周生辰清淡地看了他一眼，揽住时宜的肩，带她上车离去。

车从街角拐出去，平稳地开上灯火如昼的主路。

时宜看见他关上了隔音玻璃，他把两人之间的扶手收起，"让我抱抱你。"话音未落，已经把她抱到怀里。时宜顺从地让他抱着，也环抱住他。

"到底发生什么事了？"她声音很轻。

他回答的声音也很低，"这么久，文幸手术检查都不达标，是文川做了手脚。"

心跳忽然减缓。

她轻轻呼出口气，尽量让自己的声音平稳，"为什么……"

"为了争取时间，"他说，"我和你婚礼后，我会正式接手周家的所有事情。他需要婚礼时间延后，最好是……无限延后。"

周生辰解释得不多，慢慢松开她，独自靠在那里。

时宜没有做太多追问。

比如，周生辰和周文川之间的事。

她想，这些一定涉及了太多的周家隐秘，如果连文幸的身体都能漠视，那么也一定有更多的惊心动魄和无法容忍。生命本就脆弱，抵挡不住天灾疾病，而在周家，却还要去挡那些有心的人祸……

还有杜风，那个宏晓誉心心念念想要嫁的人。

她想起最初遇到杜风，就有种奇怪的直觉。而后来，或许是因为周生辰陪她一起，和这个人吃过饭，谈笑如常。渐渐地，这种感觉就被她漠视了。

好像在他身边，每个人都是如此，转身就变成了另外的人。

他们到家时，已经是凌晨。

从电梯间出来，她低头从包里拿钥匙，周生辰却略微顿住脚步。她疑惑地抬头，看到走廊的窗户边站着人，是身着便装的梅行。

深夜到访，不用说，一定是为了文幸。

梅行并非是周家人，这件事发生后，周生辰的母亲自然要避免所有人靠近文幸。他得了消息，却不能看到人，最后只能来找周生辰。

两个人在客厅里谈话，时宜给他们泡了茶。

关上门，自己在书房里看书。

本来挺安静的，忽然就听到一声碎响。

时宜吓了一跳，拉开门。梅行顺着门，看了她一眼，非常抱歉地笑笑。然后又转过去看周生辰，强行把情绪压了下来，声音也低沉了很多："抱歉，我刚才太激动了。"

周生辰摇头，"没关系，我在医院时，比你激动得多。"

两人同时弯腰去捡碎片。

"不要用手捡。"时宜连忙阻止，从厨房拿了干净的毛巾。周生辰自然接过来，将所有碎片一一捡起，用毛巾仔细包住，再递给她。

"还需要给你泡新茶吗？"她问梅行。

"不用，很晚了。"梅行笑了笑，从沙发上起身，就势告辞。

送走客人后，她收拾了他的茶杯，拿到厨房清洗。

客厅里始终安静着，她觉得有些异样，匆匆收拾好，走出去，看到他仍旧沉默地坐在沙发上，竟然拿着一张纸，在不停对折着。

纸不断被折小，直到已经小到无法再对折。

他听到她的脚步声，抬眸看她，忽然笑了："一张纸，最初所有人都认为，它只能对折八次，后来又有理论证明，用机器对折，可以达到九次。"

"然后呢？"她猜，肯定还有人推翻过。

"后来，又有人算出来了十二次。"

"算出来？"

他"嗯"了一声："这是一道数学题。"

"真的？"时宜在他面前半蹲下来，拿过他手里的纸，"学数学的人，真奇怪，折纸也要拿来算吗？"

"奇怪吗？"他兀自带笑，"你小学没学过？"

"小学？"时宜更惊讶了。

她努力回忆，自己应该……没学过吧？

学过吗？这种问题要怎么算？

她想得认真，凝神看着那张被折成一沓的纸。

"假的。"

"啊？"她茫然看他。

"我说的是假的，"他笑了一声，"你小学不可能学过。"

时宜这才意识到，他在和自己开玩笑。周生辰已经站起身，走到浴室去放水洗澡，他难得会有闲心用浴缸，她给他拿了干净衣物，抱到浴室时，看到他正在脱长裤。

或许因为周生辰的母亲很高。

他们家兄弟姐妹三个，都不矮。

他站在浴缸旁，双腿修长笔直，因为从小注意培养的关系，站姿坐姿，包括现在这种半弯腰试水温，腰身的弧度……都很好。

时宜把衣服放在竹筐里。

在他躺在浴缸里后，走过去，低声说："我帮你洗吧。"

"好。"

淡淡的水雾里，她在掌心里倒了些洗发液，替他揉着头发，"别睁眼。"周生辰也很听话，任由她摆弄指挥，最后用温热的毛巾，叠好垫在他脖颈下，然后拿着淋浴喷头，仔细给他冲洗干净头发。

被水冲洗后，发质变得很柔软。

略微擦干后，他坐直了身子，额头有些短发滑下来，凌乱地挡了眼睛。

"舒服吧。"她自得其乐，伸手替他拨开挡住眼睛的头发。

那双眼睛，波澜不惊。

她低头，在他眉骨上亲了亲，"我知道你难过，不知道怎么劝你。"

他轻捏住她的下巴，让她头压得更低了些，"你以前，难过的时候会做什么？"

时宜回忆了一会儿，笑："看《说文解字》，因为不用动脑子。"

他也笑："上次我问你看没看过《说文解字》，你说看过一些，我就觉得挺有趣的。为什么喜欢看……嗯……"他想了想，"古代的'字典'？"

她笑："我有那么多时间，能翻的就都翻翻了。"

那么大的藏书楼，她看了十年，也不过看了两层的藏书。

余下的，只是记得一些名字。

他额前的头发又滑了下来。

眼睛里，除了灯光，就只有她。

她的手顺着他的头发，滑过脸侧，到肩膀，再滑下去。最后捧起一捧热水，淋到他身上，轻轻替他揉捏起肩膀。她的手烫，他的身体也热，揉捏了一会儿，他就捉住她的手腕，"时宜。"

"嗯？"她看着他，眼睛里也只有他。

周生辰伸出手，把她整个人都抱进了浴缸里，放在自己身上。

时宜的睡衣被水全浸湿了。他的手轻易就穿过所有的屏障，很温柔地进入她的身体，始终很有耐心地撩拨着她。

足足一个小时，两个人都耗在水里。

到最后竟让她筋疲力尽，他却始终没有要她。最后周生辰把她直接抱出了浴缸，两个人都擦干躺到床上，他才轻声说："对不起，今天……不是很有心情。"

时宜没吭声，疲累地和他的腿缠在一起，侧躺着搂住他的腰。

她很快就要睡着了，却又挣扎着从梦里迷糊地醒来，叫他的名字："周生辰。"

他摸了摸她的手，应了声。

"我爱你。"

他"嗯"了一声："我知道，睡吧。"

她踏实下来，沉沉睡去。

迷糊中，她感觉手腕冰凉着，好像是被他套上了什么。

次日很早就醒来，时宜发现他竟拿出自己一直仔细收藏好的十八子念珠，在昨晚给自己戴上了。她身上本就戴着他送给自己的平安扣，现在又是十八子念珠，虽然周生辰不说，但是她能感觉到，他怕自己真的出什么事情。

这一波几折，她都开始怕。

怕稍有一步走错，就会发生什么可怕的事情。

她和周生辰到医院时，昨晚楼下的那些人已经不见了。但是仍旧在各个出入口留着人，负责监视周文川的一切动向。周生辰亲自带着梅行一同入内，不再有人敢阻拦，毕竟周家的人都知道这位梅少爷和周家的关系。

他们坐在楼层单独隔开的餐厅。

落地窗，将外边看得清晰。

他们坐在南侧，而周文川和王曼就坐在餐厅的另外一侧。

非常诡异的场面。

但是除了时宜，似乎所有人都觉得如此很正常。她想，或许这种家族内斗，最终争出你死我活后，还是要为对方筹办不失体面的丧事。

坐了一会儿，周生辰就暂时离开，去看今天出来的报告。

这里只剩了她和梅行。

时宜随便看了眼楼下，却又看到了杜风。

这个人……究竟是什么存在？她始终没有问周生辰，一定程度上来说，她有些愧疚自己给周家引来了这个"麻烦"。她的视线停顿的时间过久，梅行也发现了，顺着她的视线看了眼，随口道："这不是你朋友身边的国际刑警吗？"

"国际刑警？"

"他们这些人，负责调查恐怖活动、毒品、军火走私……"梅行略微沉吟，似乎在思考，"从不来梅那次的枪战开始，他就开始调查周家了。"

一瞬间获取了太多信息。

时宜脑子里飞速地将从德国回来后，所有的事情都串联起来。

所以不来梅那场枪战根本就不是意外，那么……很有可能是周文川做的。后来她回国，这个杜风就出现了，周生辰知道不知道？他一定知道，就连梅行都这么清楚，他怎么会不知道这个刑警的身份？

她看着一楼杜风的背影，有些出神，"他现在……在调查周文川？"

梅行不置可否，冷淡地笑了笑："周家的二少爷，也的确值得他们好好调查一番，我觉得……差不多快有结果了。"

周生辰始终在和医生说话，她心里发慌，没有接话。

比起周文川如何，她更担心的是文幸的生死……

"昨晚……"梅行眸光很深，看着她。

"啊？"时宜不太明白，回看她。

"很抱歉，打坏了你的茶杯。"

她恍然，笑一笑："没关系的。"

都不是什么值钱的茶杯，不知道为什么能让他再提起。

他也笑了："让我请你喝杯茶吧？"

他没等时宜回答，已经起身去问餐厅的人要了两杯热的港式奶茶。

他亲自把茶端来，放在时宜面前。

"谢谢，"时宜笑，"我以为你会请我喝中式茶。"

"中式茶……应该都比不过你泡的。"

他说的时候，声音有些低沉，有些玩笑的感觉，可是又像是发自肺腑。

时宜有些尴尬，她想要找个话题带过去，"文幸她……"

梅行低声打断她的话："文幸如果能渡过这关，我会带她离开中国，去国外定居，"他说，"我会照顾她一辈子。"

"一定会的，"时宜笑着说，"她知道你这么说，肯定会好的。"

"不过要先帮周生辰，做完他想要做的事，"梅行摇头苦笑，"我不知道上辈子欠了他什么，就这么义无反顾地陪着他，做这种吃力不讨好的事情。"

语气转换得很快，这次真是玩笑了。

时宜扑哧笑了："上辈子啊？欠他的人太多了。"

梅行忍俊不禁："真的？你知道？"

"真的，我知道。"时宜笑着，用玩笑的语气告诉他。

如此的笑容……

梅行有些出神，时宜不解地看他。

他忽然轻声说："时宜，不要对着我笑。我真怕，我会和他抢。"

她愣住。

梅行这一瞬看她的眼神，让她想起在周家老宅时，文幸说起的那个用来选妻子的对子……很快，她就认真告诉梅行："好，我记得了。"

梅行坦然笑了，有种说出心意的怅然感，举杯去喝自己那杯奶茶。

曾经她机缘巧合替他泡过茶，他记在心里，也还给了她。

情不知所起，爱而不能得。

却只有一杯茶的缘分而已。

第十六章 世人的角色

不停有医生进出，周生辰也走进了病房。

她更慌了。

不停去看艳阳高照，看树影斑驳，看楼下寥寥无几的国际刑警和周家人。过了一会儿，又有些心神不宁地去拿奶茶，十八子念珠的绳带晃荡着，绳带下的粉色碧玺撞击着玻璃，发出轻微的声响。

不知道为什么，总觉得有人在看自己。

她找寻让自己不舒服的目光，是周文川。

可是当她发现他时，后者已经避开了视线，轻轻伸手去摸王曼的小腹。

王曼低头看他，轻轻按在他的手上，两个人的手都放在孩子在的位置。王家并不像是周家那么家大业大，但也从来都过得平稳。她为周文川一退再退，却不懂为什么事情会越来越复杂……楼下的那些官方的人，渐渐把调查的圈子缩小到他一个人身上。

偌大的周家，何止他一个人沾手不干净的生意？却只有他一个人泥足深陷……

病房门忽然被打开。

有个中年医生跑出来，指挥护士打电话给另外几个医生，表情非常严肃。所有在病房外的人都紧张地站起来，看着进出奔走的人。

从今天早晨到现在，已经有三次病危，这是第四次……

十几分钟后，周生辰忽然从病房里走出来，向梅行和时宜这里看了一眼。

时宜和梅行走过去，她轻轻握住周生辰的手，周生辰也反手握住她的手，说："文幸想最后看你们一眼。"

她喉咙一涩，眼泪险些夺眶而出。

本来应该是无菌病房，但显然，后来进去的人已经不再要求套上消毒隔离服。他们穿过两道自动门，走进去。周生辰的母亲已经站不住，坐在病房的一侧，不断用手帕擦着眼泪。文幸躺在病床上，睁着眼睛，看着时宜和梅行。

他们两个走过去。

文幸先握住了时宜的手，在她手心里很艰难地写了几个字：手机，录音，听。

时宜颔首，回头对周生辰说："给我文幸的手机。"

周生辰立刻走出去，不一会儿就拿进来一个袋子，从里边拿出手机，递给时宜。文幸看到时宜接过手机，就慢慢移开视线，去看梅行。

她已经没能力再说什么话，氧气罩里不停有淡淡的白雾喷出来。

很淡，连呼吸都很费力。

她就是看着梅行，眼睛一眨不眨地看着。

梅行蹲下身子，配合她的视线，让她看得舒服一些。

时宜不忍心再看下去，低头打开手机，戴上耳机。

录音存储文件里，有个文件就叫11。

她知道一定是这个，点开来，是文幸的声音：

"嫂子，抱歉。

我是个自私的人。如果我要死了，一定会把死前的时间都留给梅行。我要记住他，下辈子才能找到他。所以这段录音很早就准备好了，要送给你。

这段录音……我不知道从何说起。

我从小长在国外，和家里人并不算太熟，唯一对我好的只有两个哥哥。当然，对我最好的一定是大哥。但是，小时候我就有感觉，妈妈并不喜欢大哥。

后来慢慢长大了，我知道了一个秘密。"

录音里有文幸的笑声，略微停顿后，她继续说下去：

　　"但是这个秘密，我不能告诉你，我觉得每个知道这件事的人，都不会有好运，比如我，比如二哥。"

时宜听得很困惑。
但她感觉，文幸要说的重点在后边。

　　"我好像又说了很多没用的话，开始浪费时间了。
　　时宜，其实……我想对你说，非常非常的对不起。
　　你在乌镇住的那几天，我的二哥想要对你做不好的事情……我想，这件事大哥一定没有对你说过，如果不是他事先有准备，可能你就会受到伤害。这件事发生后，有很多人都在第一时间知道了消息，但大家选择保持沉默。
　　这其中也包括我自己。我承认，我们家的人都很自私，都护内。
　　后来只有小仁在大哥回国前，去了乌镇……你知道，小仁在周家很特殊，他在那里陪着你，就不会有人再去靠近你们……我承认，我比不上小仁。

　　后来，你来我们家住。
　　我回来看病……后来……你落水，你中毒昏迷，这些都不是意外。
　　我不知道你能猜到多少，能靠近你的人，安排这一切都是为了什么？时宜，我多希望你能猜到，这样我的内疚就会少一些……
　　能让大哥无条件信任的人，只有我和梅行，对不对？
　　好像也不对。大哥他甚至怀疑过梅行……
　　时宜，你那么聪明，我说到现在，你应该猜到是谁了，对吗？"

时宜抬头看文幸。
她的录音就在耳边，可是她现在眼睛里，只有梅行。
或者只有这个时候，她才能肆无忌惮地，用这种方式让梅行陪着她。

"我……没有伤害你的本意，可我真的伤害了你很多次。

害你落水，我去救你。

害你中毒，我也让自己进行抢救。

我想用这样的方式，让大哥最在乎的两个人都受到伤害的方式，让他害怕失去你，害怕牵连我，让他放弃……这个家，离开这里。时宜，我是个很自私的人，最关键的时候我只能顾及自己的家人，我不想看到他们真的分出你死我活。

所以，我现在的一切结果，都是我自己造成的。

你信佛对不对，因果轮回，现世报应。

时宜，对不起。如果有下辈子，我一定会补偿你。"

录音就此结束。

时宜攥着手机，说不出心里是什么感觉。

很多她不知道的事情，都浮出水面，而这之后又有着很多的因缘纠葛。或许是当时落水窒息和腹部绞痛的痛苦已经过去了，也许是因为她知道死后，一定还有下一段的生命旅程，所以她并没有那么大的怨。

她脑子里有些空，不知道自己要想什么，只是很难过。

在压抑的安静里，眼泪毫无预兆地流下来，再也止不住。

文幸的眼睛轻轻地眨了一下。

看得太久，她累了。

眼睛很酸，很想闭上休息一会儿……

她似乎想要对梅行笑笑，只是不知道经过十几个小时的抢救，自己是不是已经变得不能看了，是狼狈憔悴，还是面容可憎……

她轻轻动了动手。

梅行似乎明白她想要什么，将脸贴上她的脸。

他记得，她小时候坐在自己腿上，就喜欢这样贴着自己的脸，然后眨着眼睛笑。如果想要放她下去，她立刻就会捂着胸口说："不要放不要放，我会不高兴。我一不高兴就会心疼，哎哟，心疼了……"

孰真孰假，少女的情怀，变成如此深刻的感情。

文幸看他看到累极，毫无征兆地，闭上了眼睛……在令人窒息的安静里，梅行慢慢低下额头，压在了文幸的手心上。

时宜哭得难以自抑，抬起手，拼命咬住自己的手背，让自己不要发出哭声……

病房里监测生命迹象的仪器，静默宣告她离开了。

她真的说到做到，自私地，把最后所有的力气都留给了梅行。

始终未被允许进入病房的周文川站在病房外，看到所有人的反应，明白事情已经到了最坏的情况……他紧紧攥住拳头，瞬间红了眼眶，推开那些拦着自己的人。

进入第一道自动门。

可是第二道门始终紧闭着，他使劲拍玻璃，病房里的人都仿佛没有听到。最后他又狠狠砸了一下，周生辰终于回头看了他一眼。

很冷的目光，从未有过的。

周文川在一瞬间竟然觉得恐惧，就在他愣住的时候，周生辰已经让人打开门，走出来揪起他的衣领，把他拎到病房里，对着他的腿狠狠踹了一脚。

周文川扑通跪到地上，几秒后，黝黑的枪口已经顶住了他的后脑。

拿枪的就是周生辰。

他一语不发，垂下眼眸，没有任何感情地看着周文川。

眼睛因为痛苦的情绪，已经红得吓人。

"周生辰……"周生辰的母亲惊呆了，扶着椅子站起来，"周生辰……你放下枪，我问过医生……那些药没有多大伤害，你弟弟也不想……"

王曼也扑身跪到周生辰脚下，抽泣得几乎要昏厥过去，不停磕头叫大少爷。

周生辰没有任何反应，手指扣在扳机上。

王曼忽然哭得没了声音，紧紧揪着周生辰的长裤，渐渐缩成一团，有大片的血从长裙浸透过来，"大少爷……求你……"她痛得脸完全扭曲了，骤然的小产，是所有人都始料未及的。

周文川忽然就转身，紧紧抱住她，打横抱起来。

就这么顶着周生辰的枪口，站起来。

兄弟两个就这样相互对望着，眼睛同样的赤红。

"小辰……"周生辰的母亲紧紧揪着自己的胸口，眼泪唰地就流了下来，"妈妈求你这一次，你不能让妈妈刚没了女儿，又要没有一个儿子……"

周生辰看了一眼病床，视线又移到时宜的身上。

她也看着他，心口怦怦直跳。她知道，周生辰现在的心情，包括之前周文川对自己做的那些事……包括文幸对自己做的事，他一定也都加诸在了周文川的身上。

时宜费力地呼吸着，眼睛一眨不眨地看着他。

"小辰……"周生辰的母亲脸色苍白地看着他，有些站不住，"妈妈求你，放下枪好不好……小辰……"

没有人敢说话。

周生辰整个人立在那里，和枪像是一体的，轻易就将室内的气压降到了最低点。他的眼睛，隔着薄薄的眼镜片，看不出任何感情波动。

周文川抱着王曼，自己的裤子也被血染了一片，"周生辰，你现在拿枪指着我，是为了文幸，还是为了你老婆？文幸走了，你终于能找我算账了？啊？"

周文川笑了两声，眼泪就下来了。

王曼紧紧咬着嘴唇，在他臂弯里痛得五官扭曲。

他紧紧抱着怀里的人，终于紧咬住牙关，一字一句地对他求饶："你放我去救王曼，我回来还你一条命，"他说着说着，忽然就跪下来，明明恨得想杀人，却还是跪在了周生辰面前，"大哥，我求你放我走……"

"小辰……"周生辰的母亲泣不成声，却不敢上前一步，唯恐周生辰做出什么事，"小辰……你弟弟给文幸吃的药，真的不是致死原因。还有时宜，时宜的事也和你弟弟没有关系……你听妈妈说，除了乌镇那一次，所有事情，都是妈妈安排的，完全和你弟弟没有任何关系……"

哽咽的恳求，还有王曼的痛苦呻吟。

时宜脑海中，反复都是文幸的那段录音。

所有一切的真相，都会被人知道，但不应该是这么爱着文幸的周生辰……

生死一瞬，只有弥漫不散的寂静。

周生辰在漫长的僵持后，终于缓慢地放下了手中的枪。

周文川没有任何停留，抱着王曼大步而出。

他和王曼都属于被监控的人，就在刑警的注视下，将王曼抱到推车上，立刻有医生上来，将车推进电梯，离开这个楼层。

电梯门关上后，周文川手臂都有些发软，俯身搂住王曼，有眼泪流下来，落到她的身上，"曼曼，谢谢你。过了这关，我们就还有机会……"

他边说着，脸已经埋在王曼的手臂上。

王曼痛得脸色青白，却还是紧紧抱住他。流产的药，是他亲自交给她的，她要在生死一线拿自己和孩子来赌，赌周生辰的于心不忍，哪怕自己微不足道，也可以押上最轻的那个砝码……如今佟佳人已经提出解除婚姻关系，周文川身边唯一能支持他的，只剩下了她一个。

王曼紧紧攥住他的手臂，让自己稍微减轻痛楚，渐渐陷入了昏迷。

……

周生辰的母亲颓然坐下来，轻声对床上的文幸说着话。

病房里太过让人窒息，大悲过后的大惊，让她有些承受不住。时宜删掉文幸的录音，把手机放在了窗边。走过去，安静地靠在了周生辰的身边。

林叔在病房外，有条不紊地安排着文幸的后事。

时间一点一滴过去，很快，也很慢。

当所有事都安排妥当后，文幸被带离医院，准备在镇江安葬。众人都离开医院时，已经是凌晨四点半。

黎明前最黑暗的时间。

周生辰的母亲留在医院里，陪着周文川和王曼，当他们走出医院大楼时，守在底下的刑警开始上前例行公事，询问登记每个人离开的去处。梅行始终一言不发，却在此时和他们发生了冲突，杜风拨开自己的人，上前说："抱歉，周生先生、梅先生，我们只需要了解各位的去向。例行公事而已。"

周生辰看了杜风一眼，林叔立刻上前，低声交涉。

他们的人，和周生辰几个人，只隔着一个林叔，却始终没有任何语言的交流。就在这种压抑的安静里，杜风身后忽然变得混乱起来。

时宜听到非常熟悉的声音，宏晓誉？

她听到的同时，杜风也听到了，立刻就转身拨开众人，边示意拉扯宏晓誉的人松开她，边对身边人低声嘱咐："每个离开的周家人，都要有一组人跟着——"

啪的一声重响，彻底打碎了杜风的话。

宏晓誉一把推开身边杜风的同事，狠狠扇了杜风一巴掌。

所有人都愣住了。

"宏晓誉，你不要在这里胡闹——"杜风压抑着情绪，深深吸了一口气。

下一秒，宏晓誉竟然把手里的相机砸向他，"我去你妈的，杜风！"

离得太近，杜风来不及躲过，被相机狠狠砸中额头，瞬间就有血流下来。

宏晓誉也惊呆了。

眼泪夺眶而出，怔怔地看了他三秒，就冲向了时宜。

那些训练有素的刑警竟然被这种胡闹场面唬住，忘了拦住她。还没等时宜反应，她已经把时宜整个人都抱住。虽然带着哭腔，却还是抖着声音不停告诉她："时宜对不起，我不知道，我根本不知道，我来采访，我知道周家出事，知道有警察……时宜，时宜，我不知道他是警察，我不知道这个王八蛋要害你。时宜，你别怕，我从小就保护你。我不会让他对你怎么样的……"

时宜抱住她，不停地说："好了好了，没事没事。"

杜风的同事听到这一串话，终于明白了七八。可是也对这个突然闯出来的女人很无奈，明明是公事公办，却被这个女人把白的说成黑的。

害周家人？

他们自从调查周家开始，真算得上是举步维艰。好不容易有点儿进展，还碰上周家自己人出现问题，正是越搅越乱时，又冒出个完全不知道状况的女人……看起来还是头儿的女人……

有人让杜风去包扎，杜风只是匆忙摸出手帕，按住自己的伤口，"你们拉开那个女人！还有，登记完，让他们走，一组人负责监控。"

宏晓誉立刻就被两个人拽走。

杜风狠狠闭了下眼睛，擦去挡住视线的血，"周生先生，我们只是例行公事。"

周生辰终于开口："没关系，我会尽量配合你们。"

毕竟杜风重点监视的是周文川，所以很快就对他们放行了。时宜看着那些拉住宏晓誉的人，直觉杜风不会真的为难她，就先跟着周生辰离开了医院。

她怕牵连宏晓誉，匆匆给她发了个短信：

　　　我没事，不要关心任何周家的事。忘记这件事，我会照顾好自己。

很快就关上了手机。

对于文幸的那段录音，周生辰只在文幸下葬的那天，问过她。

她没有告诉他真正的内容。

本来她以为，这一辈子她都不会有任何事情瞒着周生辰，一定对他知无不言。但是这件事，时宜还是决定瞒到底。不管周生辰对他母亲的话相信多少，他一定不会去怀疑已经离世的文幸，这就足够了。

她不想，反复去推敲一个已过世人的行为。

更不想，让周生辰尝到另外的一种难过。

下葬的那天，意外的秋高气爽，是个艳阳高照的好天气。

周家的墓地，就在曾经上香的那座寺庙的后山，很多先祖都埋葬在这里，时宜站在林立而不拥挤的坟墓间，远近都是周家的人，只有梅行一个外人。

没人阻拦梅行，每个经历过文幸最后时刻的人，都知道这是她最想见的人……

周生辰穿着黑色西装和衬衫，从头到尾没有其他颜色。时宜也是一身黑色的大衣和长裤，站在他身边。

深秋的后山，总会有风，卷起一层又一层的落叶，无休无止。

所有人都看着墓碑，默默出神。

文幸。

我告诉你一个秘密。

地府有地藏菩萨，生前是女儿身，对待死后的女人一直很宽容。

如有女子样貌丑陋，体弱多病，生前向善，在菩萨面前志心瞻礼，下一世就会相貌圆满，身体康健；如有女子生前不嫌弃自己是女儿身，心中有善，在菩萨面前志心瞻礼，下一世，她必然会成为门楣显赫的女子，或为王女王妃。

只要心中有善，女人会更容易得到宽恕和善待。

世间事，生死为大。

我不会记恨一个已经死去的人。死了，就和这辈子再没有关系了。

我不会再提起那些事情，让你做过的事情困扰你的哥哥。他很爱你，真的很爱你，我猜不到他如果知道了，会有多痛苦……如果真的想偿还我，就和我一起护佑他吧。

两个人从墓地回老宅，并没有坐车。

从山下一路向着山上走，约莫一个小时后，看到了熟悉的高耸石雕牌坊。

这里的树木更是高耸，落叶铺满了整条路。

没有浓密的树叶，阳光轻易就穿过那些高耸的树枝，落到地上，叠出影子。

"你妈妈说……过几天是你外婆的九十大寿，要在这里办。"

周生辰清淡地"嗯"了一声："外婆身体和精神都不太好，我们都没有把文幸的事情告诉她。"时宜颔首，表示自己明白他的意思。

"佟佳人也会来，"他想到什么，告诉她，"外婆很喜欢她。"

时宜再次点点头。

在来镇江之前，周生辰就已经告诉她，佟佳人已经在和周文川办离婚。

两人并没有太多的纠缠，离婚也是你情我愿，而且周文川对于自己和佟佳人的孩子并不执着，不知道是因为调查缠身，还是因为王曼的缘故，他很爽快地同意孩子生下来后让母亲抚养，并没有强行要来放在周家。

"你当初和她……"她欲言又止，也不知道自己想问什么。

佟佳人和周家的关系，错综复杂。

她和每个人似乎都有着那么一层关系。和周生辰两小无猜的婚约，和周文川的夫妻关系，和周生仁的血缘关系……

"我和她，就像我和你说过的那么简单。"

时宜笑："我知道。"

她相信周生辰的为人，如果真有过一段情，他也一定会告诉自己。

对于佟佳人主动放弃婚约，时宜多少也能猜到。

毕竟周生辰从十四岁进大学后，就始终对科研表现出热情。如果一家里有两个姐妹，一个喜欢掌管整个周家的叔父，一个喜欢有名无实的周生辰，那么这个家庭一定会选择拉拢那个已经掌握实权的叔父。

周生辰把外衣脱下来，搭在自己手臂上，感觉到她在看自己，"时宜。"

"嗯？"

"我一直对你很内疚，"周生辰忽然词穷，"或者说不只是内疚，我想和你说些真话。"

"嗯，你说。"

"你遇到我之后，曾有过很多危险，甚至都威胁到生命，"他轻轻嘘出一口气，"我的亲人，都多少做过伤害你的事情。比如，你遇到的那几次意外。"

时宜猜到，他要说的就是这些。

她保持着沉默。

周生辰或许真的是内疚，没有再继续深入说下去，反问她："怕过吗？"

她略微颔首。

最怕的是那场在异国的枪战，硝烟弥漫，是她从来没有面对过的场面。剩下的那些，她都被隔离在了真相之外。乌镇对她来说，是和周生辰拥有最美好回忆的地方，而第一次落水，谁都不会怀疑那是场阴谋……

只有最后一次，让周生辰带着她离开周家那次，她是真的害怕。

他不在她身边，她却觉得自己痛得能死过去。

……

"如果全部告诉你，你会发现，从你到周家的第一天起，这里就是全世界最可怕的地方。这里的人，每个都心怀鬼胎，每个人都有秘密……"

周生辰略微沉默，停下了脚步，转身面对她。

他比她高了很多，从这个角度去看自然是逆光的，他的眉眼，他的轮廓，都让她觉得很安心。即使是背对着阳光，却不会给人任何的阴霾感。

时宜在等他说下去。

周生辰却忽然想起，自己和她第一次名副其实的约会。

那天她不可思议地看着自己的样子，笑着绕了一圈，才非常赞叹地告诉他："你今天的样子，感觉上非常配你的名字。"

周生辰。

这个名字在她心里似乎非常完美。

他想起十年前在那艘赌船上，小仁在母亲死后，在他怀里哭了睡，睡了哭，始终都在说要报仇。后来小仁长大了，知道了事情的真相，知道自己的母亲只不过是因为内鬼身份，被家族查出后，怕面对残酷家法，而被迫选择了非常残忍的自杀方式……他不再提任何报仇的事情，除了有些内向之外，似乎早就忘记了自己母亲的事情。

因为小仁懂得了一个道理：

周家的人，很难被外人要了性命。真正能威胁到他们的，只有自己的亲人。

周生辰。

这个名字并没有什么美感，只代表了各种危险。

"周家的事，我一直不想说得太明白，是因为……"

山路的尽头，忽然有落叶扬起来。

他停住话。

两人的视线里出现二十几个人，非常有序地分成两路，由山顶往下边走边清扫着落叶，都是周家的人。

他们看到周生辰和时宜，很快就停下来，唤了句大少爷、时宜小姐。

周生辰示意他们继续扫落叶，很快就有辆车从转弯的地方开下来，车停在身边，探头出来的是先他们一步上山的小仁。

"我到了一个多小时，你们竟还在这里，"他莫名地从上至下看了看时宜，悠悠叹口气，"姐姐穿着高跟鞋，从山下走上来很累吧？"

小男孩儿自嘴角扬起一个弧度，说自己下山有事情，很快就离开了。

车从视线里消失，周生辰这才低头看她，"累吗？"

"有一点儿。"时宜老实交代。

他略弯腰，勾住她的腿和身子，横抱起她。

她看了看身边，低声说："快到了，我自己走吧？"

四周扫落叶的人，完全把两个人当了空气，没有任何人敢侧目看一眼。只有哗哗清扫的声音，这种安静，更让她觉得有些不好意思……

他倒是不以为意，已经开始往山上走。

"周生辰？"她靠在他身上，抬头看他。

"嗯？"

"你刚才的话……还没说完，"她倒还记得，"为什么，你一直不肯对我说实话？"

"你猜不到？"

"猜不到。"

"如果告诉你，某间旅店经常会有鬼出没，你会入住吗？"

"不会……我怕鬼。"

"我也怕，"他略停顿，告诉她，"我怕如果你知道这里到处是鬼，会选择离开。"

他说，他会害怕。

而且怕的是，她会离开。

这是他第一次说自己会害怕什么。

除了文幸的事，他会让自己置身其中，余下的那些人和事，他都更像是个旁观者，始终保持着应有的理智、态度和价值观。

甚至对文幸的死，他最后还是保留了自己的价值观。

她相信，那天让他放下枪的，不是别人的劝解，而是发自他自己的内心。他终究和周家人不同，不会任由自己宣判罪名，定夺任何人的生死。

山路蜿蜒，稍许转弯后，那些清扫落叶的人，就已经看不到了。

她的手勾住他的脖颈，抬起头来。

他停住脚步，低头看她，"怎么了？"

"如果现在吻你，你抱得动我吗？"她轻声问。

他有些意外，旋即声音轻下来："没问题。"

周生辰稍微调整手臂力度，把她的身子抱高了一些。

他感觉到她想要主动，便任由她凑上来。时宜闭着眼睛，像猫一样慢慢地舔着他的嘴角，嘴唇，然后深入，和他吻在一起。

情至深处，最怕失去。

怕无端情淡，怕生离，更怕死别。

她记得，她曾经也很怕，甚至在两个人有夫妻名分后，都会怕他忽然离开自己。然，君子一诺，重若千金，他从那个求婚的电话起，就始终谨守承诺。

接受她，熟悉她，了解她，爱护她。

而她对他，就如棋局：无论生死，落子无悔。

两个人到老宅时，正是下午三点，一天中日光最好的时候。

他们到自己住的院子里，非常意外地看到厅里坐着叔父和周生辰的母亲，还有家里的几位长辈，自从时宜和周生辰订婚以来，这还是初次直面周生辰的叔父。

这位周家现任掌舵人，两鬓头发雪白，却精神矍铄。

周生辰的母亲仍旧是精致装扮，也是刚从墓地回到周家，仍旧穿着黑旗袍，眼神暗淡。

"时宜小姐，"周生辰叔父对时宜微微颔首，"你好。"

时宜应声，礼貌地颔首说："你好。"

简单的招呼，如同一个表态，他接受时宜的身份，同样也会和平交出自己的权柄。

所有在座的长辈都笑起来，纷纷对时宜嘘寒问暖，像是寻常长辈般慈爱地看着她。毕竟所有人都知道，很快，周生辰就将是周家做主的人，而这位看起来善良无害的女孩子，也将接手周生辰母亲手中所有的生意。

对于如此一个家族来说，没有什么比和平过渡更让人欣慰的了。

毕竟这数月来，周生这个姓氏太过动荡，如今的结果，是众人期望很久的。

周生辰似乎并不喜欢她应酬周家人，示意她可以先上楼。

时宜独自上楼后，坐在来时最喜欢坐的书房，翻看上次来时从藏书楼里拿的书，书签的位置都没有变，甚至连书摆放的位置也没变。

她手翻着书，就有两个女孩子分别端着茶和香炉上了楼。

香炉里已有香粉，用香印压成了梅花形，放在香几上，这才点燃了。

楼下隐约有谈话的声音，但是很快就消失了，看来并没有什么正经事。时宜听到周生辰的母亲和他说了一句话："小辰，我只有一个要求，善待你弟弟。"

时宜没有听到周生辰的答案。

很快他就从楼梯走上来。她斜靠在沙发上，听着他不紧不慢的脚步声，直到他慢慢地出现在视线里，才低声问他："都走了？"

"走了，"他问，"要不要先睡一会儿？"

"现在？"她想了想，"我不太累。"

主要是他选的是伽蓝香，本就有醒神的功效。

"我好像从没见你喜欢这个，"她有些出神，问他，"怎么今天忽然有兴致了？"

"是梅行的建议。"

"梅行？"这个答案很意外。

他思考着，如何给她解释这个问题："狗是非常敏感的动物，在国外曾经有几个病例，都是有人得了癌症，自己并未发现，却忽然被家中狗发疯咬伤后，就医检查出了自己的癌症，"他笑，"我只是几次见你遇到狗吠，联想到这些，所以翻了翻你最近体检的记录，但发现你身体很健康。"

时宜听得忍俊不禁："我的大科学家，你还真是小心。所以呢？和沉香有什么关系？"

"然后，偶然和梅行提到这件事，他用他的异教邪说，成功影响了我。"

"异教邪说？"

周生辰笑，"他说，或许还有另外一种情况，狗能看到一些普通人看不到的东西，比如特殊的魂魄，而沉香蕴含灵气，能感应鬼神、拂污秽，或许会对你比较好。"

时宜有些不可思议地看着她。

他笑："怎么？"

伽蓝香。

千年才得，是沉香里的上品，过去皇室常用。

她隐约记得，那时小南辰王府里的伽蓝香，周生辰都会送到她那里，却又唯恐香气太浓郁，只准许用在她住的院子里，而非房内。

他曾对她的宠爱，都在点滴。

"就为了狗对我叫，你们两个男人真的就从现代科学理论，讨论到了古代神鬼魂魄，"时宜双手搭在周生辰的肩膀上，"而且，你竟然会相信这些……"

"是，"他看着她的眼睛说，"我相信了。"

第十七章
月光照故里

点点滴滴，他所做的一切都在慢慢浸透她的生活。

不管前世今生，周生辰始终都没有变过，不谈情不言爱，却能让她知道，他在乎她。

接下来的几日，周生辰一如既往地忙碌。到外婆九十大寿的前一日，他略微清闲，回到他们住的院子。还未来得及换衣服，时宜就像是想起什么似的忽然问："你累吗？"

"不是很累。"

"我们去藏书楼好不好？"

"藏书楼？"

"嗯，"时宜从沙发上站起身，"还有……能不能让人准备一些笔墨，不要研磨的那种，就大桶的墨汁好了。"

周生辰觉得有趣，很快吩咐人去准备。

两个人换了衣服，来到藏书楼。这里平日并没有人来，现在也只有他们两个，时宜要的东西已经准备好，放在了书架旁。她走上来，手搭在楼梯尽头的木雕扶手上，透过三米高的书架缝隙，去看那面挂着字画的墙壁，似乎在思考什么。

周生辰倒也不急着打扰她，走过去，随手从最近的书架上，拿了一册书。

他翻看着书，和整个空间融为了一体。

时宜的视线，从墙和三米高的书架移到他的身上，天蓝色长裤和白衬衫，戴着一副银色金属框架的眼镜，西装上衣被他随手搭在了书架旁的木梯上。

已近黄昏，这书楼里的灯都早早被点燃了。

窗外夕阳余晖，明亮的灯火，还有他，在她眼中就如同一幅水墨图。背景浅淡，而至人影，笔锋由淡转浓……时宜走过去，从身后抱住他的腰，脸贴在他身上。

他一只手覆在她的手上，"想好要怎么写了？"

"嗯。"

"这书楼都过百年了，"他笑，"你还是第一个想要在墙上留墨宝的人。"

"你怎么知道我想在墙上写字？"

他不置可否。

好吧，她意图很明显。

这里果然是一尘不染，即便从墙上取了字画，仍旧没有明显的久挂印记。时宜从备好的笔架上挑了笔，站在三层木质扶梯上，一字一句，写下烂熟于心的《上林赋》。盛墨的小桶被挂在扶梯一角，随着她不时调整的姿势，微微晃动着。

她写得专心，周生辰也安静陪着。

洋洋洒洒写下来，堪堪停在了那句话。

"忘记了？"周生辰神色有趣，温声问她。

她抿起嘴唇，转过头来，看他。

他笑了笑："后半句是：色授魂与，心愉于侧。"

她神情有一瞬的恍惚，有什么叠加了，重合了，让她再难静心写下去。她从扶梯上跳下来，把笔放在架子上。

"怎么不写了？"周生辰靠在窗边，看着窗外的夜色。

不知不觉天已全黑，这里能望见大半个老宅，灯火通明，已经开始有老人家九十大寿的氛围。周家极看重这些，自然早就筹备好，今晚就开了彻夜赌场和老戏。

三天三夜，明天就是寿宴。

藏书楼虽然位置偏僻，但也隐约能听到一些声音。

他在思考，要不要先让人送饭来，时宜已经悄无声息灭了所有的灯，走过来。她的手，从他的腰滑到胸口，然后手指停在了他衬衫的第二粒纽扣上。

手心有些热，她的身体也有些烫，贴上他。

嘴唇也贴到他的皮肤上。

她想要他。

"时宜？"

"嗯。"她轻轻咬住他的锁骨，并不重的力度，如同猫狗轻舔掌心的痒。

周生辰随手把窗关上，他环住她，让她靠在上边，"这里有些冷。"

"嗯。"她抽出他衬衫下摆，手滑到他衣服里。

真是冷，冷的是她的手，热的是他的身体。

他的手也有些冷，怕冰到时宜，只是隔着她的上衣，覆在她胸口。很快就摸到她的下巴，抬起她的头，低头，去吻她。

四周静悄悄，黑漆漆的。

关了窗，就只能看到他的眼睛和脸的轮廓。

她轻轻呼吸着，感觉他的手，隔着衣衫，在她身上流连。

起初是她主动，到后来却开始不受她的控制。周生辰一边解她的衣裳，一边分神听整个楼内的动静，她衣衫半褪，他把自己的上衣垫在她身下，两个人的身体就已经贴合在一起。时宜咬着下唇，闭着眼睛，后背贴在窗上，紧紧搂着他。

他的鼻尖擦过她的下巴、锁骨。

手臂环住她，让她的衬衫不致全掉落。

她和他亲吻，又分开。

遥远的喧闹声，都被一扇窗隔开。

"浮生若梦，为欢几何？"他的声音，压在她耳边，"独有时宜，为我所求……"

她身子酸软，靠在他身上，温柔地和他亲吻着。

前朝旧梦，她一笔笔封在了纸笔下。

此生此地，此时此刻，她辗转承欢，尽心爱着的是他，是眼前的这个人。

……

两个人收整好衣衫，下了楼。周生辰将褶皱的上衣搭在自己手臂上，并没有任何多余的表现，正经得像是一直在楼上看书而已……但灯灭了那么久，楼下人又岂会不知他们在做什么，却也和他一样，镇定自若。

唯有时宜，眼睛湿润润的，目光有些闪烁。

他带她去昼夜不息的私人赌场。入口的回廊上，都是龙飞凤舞的诗词，时宜能认出不少是他喜好的那种"淫诗艳曲"，忍不住笑。

周生辰自然知道她笑的是什么，略微屈指，弹了弹她的额头。

两个人往深入走。

整个空间都被一道道垂下的珠帘分隔开，围出一个又一个的赌桌。有吆喝声，有下注声，还有无数骰子在青花瓷碟里上下翻滚的声响。

珠帘里，影影绰绰的都是人。

珠帘外，只有几十个招待的女孩子，端着酒水和薰香，到处穿走。

都是前来祝寿的内外姓的亲朋好友，大家也早在前些日子就有所耳闻，这位大少爷很快就会接手周家，所以往来寒暄，都很是尊敬。他穿行而过，时宜也跟在他身边，看这从未见过的场面。

也难怪周文川虎视眈眈这个位子，身为周家二少爷，他所缺的绝不是钱财，而是……如此风景，如此身份。

周生辰只闲走了一个过场，便和她回到自己的院子。

她真是累了，趴在窗边的卧榻上，懒懒地看着他换衣服。他侧身对着她，隐约能看到腰上刚刚被她抓出的两道痕迹，时宜瞬间就红了脸，去看窗外。

脸贴着软绵的狐皮，很快上下眼皮就有些贴合。

困意上涌。

腰上有温热，他手环过来，俯了身子看她，"困了？"

"嗯。"

耳鬓厮磨，她却想起来，墙壁上的字还没有抄写完，恰好就停在了那一句，莫名就有些心神不宁。周生辰察觉了，她这才告诉他原委，他倒是不以为意，"等明天晚上，我再陪你去一次。"

"好……"

"时宜？"他仔细思考，"你想不想要孩子？"

"想。"要个他的孩子，估计她天天抱着都不舍得放下来。

他沉吟片刻："要几个？"

"啊？"这个……时宜微窘。

"想要男孩儿还是女孩儿？"他继续问。

"这个还能选的吗……"

"可以，如果有特别的要求，"周生辰笑了声，"比如喜欢双胞胎，三胞胎？里边性别分配？这些都是可以达成的。"

"真的？"

他笑了声，不置可否。

"科学真伟大……"她已经睁不开眼了。

他替她脱下长裙，盖上毯子。

时宜仍旧趴在那里，迷迷糊糊地，感觉他的手在毯子下，从她的腰滑到大腿、小腿，然后是脚踝、脚。她觉得痒，却躲不开，最后他松开，侧躺在她身边。

手在她身上，慢悠悠地抚摸着。

她在困意中，又被他撩拨得有些浮躁，微微动着身子，"困……"

"睡吧。"

"……你这样，我睡不着。"

他低声说："等你睡熟了，我再……"

声音诱人……

她磨不过他，只能由着他继续。

到半夜，开始下雨。

雨不小，敲打着窗户。

她被吵醒，发觉两个人身上只有一层毯子，有些凉。她反手摸摸他的后背，竟然被他随便扯了衣服，半遮住了。估计是睡着前怕她着凉，把大部分的毯子都用来裹着她，自己乏了，也懒得去床上，就摸了衣服遮住了事。

大多数时候，他真的不是个太讲究的人，很随意。

身上这么凉了，难道都不觉得冷？

时宜用手轻轻暖着他的腰，轻声叫他。

迷糊着，他应了声，然后似乎让自己清醒了会儿，才喑哑着声音问："冻醒了？"

"嗯。"

"刚才看你睡着，就没叫醒你。"他光着身子把她连人带毯子抱到床上，扯过锦被盖住两人后，又把她抱在怀里，很快就沉沉睡去。

她把温热的手心，覆在他冰凉的后腰上，轻轻摩挲着。

慢慢地，也就睡着了。

寿宴当晚，外婆被接到老宅。

老人家喜欢听戏，老宅里长久未用过的戏楼都开了。

灯光摇曳。

他们到时，戏院已坐满。一楼大堂是三位一桌，分散了三四十桌，仰头看上去，能看见二楼和三楼的珠帘，其后影影绰绰，却不分明。

如此景象，竟如旧时。

在座无论老少，男人无一例外都穿了中式的服装，女人皆是旗袍加身。一楼大多是比周生辰辈分小的人，都纷纷起身，周生辰只是微笑颔首，并未顿步。

时宜竟然意外地，看到大厅角落坐着杜风和两个男人。

周生辰察觉到她的异样，也看了一眼，"他们需要寸步不离地监控周文川。"

她犹豫着，问他："杜风的真实身份，你是不是早就知道？"

他颔首，"从他出现在你朋友身边，我就已经知道。"

"周文川……"她想问，他想如何做。

他了然，简单告诉她："在正式指控前，我会给他安排好去处，只是不能再离开那里，否则谁也保不住他。这样，对他，对所有人都是最好的结果。"

两人沿着楼梯，已经走到二楼。

这层倒是老辈居多，他和她这才略顿了脚步，停下轻声地交流，和长辈们一一招呼。这些长辈在她初次来老宅时，也曾匆匆见过，只不过此时彼时已全然不同。

底下当真是热闹，倒显得三楼安静。

敞开的空间里，除了端茶送水的女孩子，也不过寥寥数人，都是周生辰的同辈人。

甚至如此大事，周生辰的叔父都没有露面。

周家，在悄无声息地交接着所有的家业，前任隐退的速度，出乎意料地快。

时宜不知道周生辰是如何在盘根错节的关系中，从掌权多年的叔父手中接过周家……但她想，他既然能以周生的姓氏降生，到三十岁都没有遭遇任何"意外身亡"，足以说明，他是个合格的继承人。

外婆早早坐在珠帘后等着看戏。

老人家身边陪着的是周生辰的母亲和佟佳人，两个人陪着老人家低声笑着，说着一些闲话。如此其乐融融的氛围，完全看不出佟佳人和周文川已无关系。

单看此景，佟佳人更像是最贤惠懂事的外孙媳妇，深得老太太的喜爱。

他们到时，几个往来奉茶的女孩子，都唤了声大少爷。

老人家听到了，自然就回头来，自珠帘后向时宜招手，"时宜啊，来。"

周生辰微笑，示意她过去。

时宜忙穿过那道帘子，在老人家面前蹲下来。

"你坐这里好了，"佟佳人托着自己隆起的腹部，低声说，"这里空气不太好，我想去楼外走走。"她边说，边笑着站起身子。

她虽没说什么，但大家都明白今日一别，佟佳人和周家再无关系。

时宜在珠帘后，只看到佟佳人最后让个小姑娘扶着，和周文川擦肩而过，两个人甚至连目光都没有交汇过……

珠帘后的那些人，一举一动，一颦一笑，都像是一场场事先编排好的戏。和睦、温情，如同从未有过钩心斗角、你死我活；如同文幸当真只是出国疗养，赶不及来贺寿；如同佟佳人仍旧和周文川夫妻和睦……

唯一特殊的是，周文川身边跟着两个人，看起来，似乎只是二少爷的随从，但明显是要限制他行动的自由。为了让外婆不察觉什么，周文川应当出现，或许，这也是他最后一次因为需要而出现。

时宜略微出神，看周生辰在小仁面前落座。

他闲闲地捻起一枚白子，夹在两指间，小仁低声喊了声大哥，他笑了笑。

"坐啊，时宜。"

外婆轻握住她的手，把她的注意力拉了回来。

她摇头，"不用，外婆，这样就好。"她如此半蹲着，刚好适合和老人家说话，老人家微微笑："你和文幸似的，和我这老人家说话，总喜欢蹲在我面前，"她说着，还轻轻拍了拍自己的膝盖，"她小时候，还喜欢趴在这里……"

时宜也微笑，"嗯"了一声。

楼下渐渐安静下来，戏开了场。

时宜不太听得懂，倒觉得新鲜，只觉得这戏剧的伴奏清新悦耳，唱腔婉转。外婆倒是好兴致，听到妙处，少不了夸赞一句，清曲功底如何的好。

她应着声，不时去看一眼珠帘后的周生辰。

他时不时会微笑，提点小仁。

这感觉，有些熟悉。

就像他曾经对文幸的宠溺。

一场戏结束，外婆称赞连连。

她轻轻呼出口气，发觉腿有些麻了。

"看你啊，总是看外边，"外婆笑着，低声说，"陪我这老太太看整场戏，真是难为你了，出去透透气吧。"老人家轻轻拍着她的手，视线落在那串十八子念珠上，略微地出神后，轻叹口气："周家正统，你才是名副其实的长房长媳，幸好啊……幸好……"

外婆似乎沉浸在自己的世界。

说着的，是她听不太懂的话。

她听得模糊，欲要深想，周生辰的母亲已经按住她的手，"时宜，外婆要休息了。"

声音淡淡的，甚至有些冷。

她颔首，"好。"

她站起身，因为腿有些麻，便停在珠帘后，略微顿了几秒。

"母亲，"周文川走到珠帘外，低声说，"我想和外婆说几句话。"

周生辰的母亲似乎不觉得什么，淡淡地应了声。

这里空间并不大，看戏所用。

只容得下四张木椅，二少爷掀开珠帘进来，跟着的两个人自然无处可去，就在珠帘外候着，当真是寸步不离……

她想要回避开周文川，起身去掀珠帘。

这一瞬间，就被握住了手腕。

周生辰猛地站起身，却堪堪停住。

他看见，一把明晃晃的刀抵在了时宜的后心。

周文川早被卸了枪，这刀，是如何拿到的？他已无暇去想。

周文川低声笑，如同耳语："大嫂。"

时宜僵住身子。

两个人挨得近。

她能听到自己骤然急促的心跳，还有周文川略微紊乱的呼吸声……

背对着他们的周母，很快就察觉异样，回过头来，看到刀，"小川……"

周文川却抢先一步，无声地用口型对母亲说：我现在，是您唯一的儿子。

他微笑，周母却慢慢地蹙起眉，"你不可以……"

"我可以。"周文川不置可否。

"小仁，外婆累了，"周生辰开了口，却是对着身边早就眼眸冰冷，紧紧盯着周文川的小仁，"你陪着外婆一起下楼。"

他明白，周文川既然如此，就是做了最后一搏。

他说完，轻轻在小仁的肩膀上，拍了拍。

小仁终究忍住，沉默走到珠帘后，弯腰说："外婆，我们回去休息吧？"

"啊……小仁啊，"外婆笑呵呵地说，"好啊好啊……休息……"

老人家似乎也真是累了，慢慢从椅子上站起来，颤颤巍巍地任由周母和小仁搀扶起来，慢悠悠地走到楼梯口。那里早就有人等着，小心翼翼背起老人家，下楼。

这一层里，安静得吓人。

只有楼下有人在丝竹声中，闲聊着。

老人家的一举一动，都像是慢放的电影。

直到离去，她都没察觉，自己身后的人早已悄无声息地举枪，上膛，瞄准了周文川。

周文川倒是不以为意。

刀从时宜后心滑上来，抵住她的脖颈，"麻烦大哥，把你的枪给我。"

周文川笑吟吟看着周生辰。

在所有无关的人离开后，周生辰一言不发，把身上的枪拿出来，扔到珠帘后。啪的一声，枪落在了周文川的脚下，他轻易用脚一勾，枪被踢上来，落到他空着的右手里。

周文川没有耽搁，拿到枪，很快上膛，直接瞄准了周生辰。

"还想要什么？"周生辰双眸深沉，看着他。

周文川笑了声："想要你死。"

"然后，你接手周家？"

周生辰慢慢说着。

挥手示意，所有人都不要有任何动作。

甚至为了让周文川不为难时宜，他所有要害都完全暴露，对着周文川的枪口。

"这周家，只有你和她是外人，"周文川的声音，近在咫尺，有着让人不寒而栗的嘲讽，"我是小仁的亲哥哥，是母亲唯一的儿子。你死，就是我活。"

惊人而疯狂的言论。

所有秘密都不再是隐秘。

周生辰是父亲唯一的骨肉。周母作为他的"生母"，在他真正的母亲死后，抚养了他近三十年，作为回报。他在知道这对弟妹不可告人的身世后，保持了沉默。

可惜，人情冷暖。

他在周家，能感受到的，永远是冷甚于暖。

"放了她。"

"周生辰，"周文川打断他，"不要躲，如果你躲，她就死。向着我走过来。"

周文川知道，自己可以现在就开枪。

但是他不相信，他怕自己射偏，更怕周生辰真的会在生死瞬间，躲开他的子弹。

他需要周生辰走近。

近到躲都没得躲，才是万无一失。

"管好你的刀，"周生辰说，"她死，你也一定会死，我死，你或许还有活着的机会。"他毫不犹豫，走向微微晃动的珠帘。

"无论发生什么，不许开枪。"他告诉所有人。

越来越近。

只有十步之遥，避无可避的距离，一枪就可以正中要害。

楼下忽然爆出喝彩声，台上的戏渐入高潮。

没人注意到三层的这场大戏。

所有人能看到的，只是低矮的围栏前，二少爷的一个背影。

时宜听着周生辰的声音，拼命想要出声。

大滴的眼泪涌出来，却被刀柄狠狠压住咽喉，丧失了语言能力。

"时宜，不要说话。"

周生辰低声说道，有着安抚的力量。

却蒙着水雾，听不分明……她已经濒临窒息。大片的白光从眼前划过，刀柄的按压，让她完全哑住，只有眼泪止不住地流着。她不知道他是否已走近，是否已经避不开周文川的枪……绝望的情绪，自内心最深处蔓延开来。

忽然，一声扣动扳机的轻响。

她一瞬的恐惧，猛地握住周文川的手臂，把他整个人撞向围栏。

她要他活。

哪怕自己死。

紧接着，又有两声枪响。

措手不及的力度，周文川失去重心，和时宜一起摔下围栏。

谁也不知道当时三楼到底发生了什么，只听到枪响，看到二少爷和大少奶奶坠下高楼，砸碎了整张桌椅。不论是台上台下，还有二楼，都瞬息静下来。

幸好有林叔在楼下守着，马上就上前，看时宜和周文川。

"林叔，"周生仁从一楼的东南角走出来，十几岁的男孩子，脸上却比别人都要镇静得多，"你去楼上，楼下的事交给我。"

他没有说楼上发生了什么。

大哥的枪是有消音器的，他不知道周文川是否开了枪。

而他真实地，听到了两声枪响，除了自己的……他的视线落在杜风身上，他的枪仍旧握在手里。没想到关键时刻，竟然是外人出了手。

整个周家乱了套。

不管是同时进行抢救治疗的周生辰、时宜，还是已经确认死亡的周文川。所有变故都太突然，整个老宅的彻夜通明，再不是为了寿宴，而是这一连串的意外。

所有人，包括周母、叔父周生行，甚至是周生仁，都不被允许靠近抢救的人。

叔父终于在后半夜出现，匆匆让人料理了周文川的后事，让身边的心腹将周母带回了山下的大宅子。周母的眼神已经完全涣散，不停流着眼泪。

周文川身中两枪，不论周生仁的那枪是否中了要害，他都开了枪。

车子里，周生仁就坐在前座。

周生行关上隔音玻璃，重重叹了口气："婉娘，我不知该如何劝你。"

周母双眼尽红，缓缓扭过头看他，"我的孩子，我的两个孩子……如果你肯帮文川，他就不会这么拼命一搏……"

"周生辰会在十年后把周家交给小仁，这就是最好的结局。"

"文川也是你儿子，"周母哽咽得说不下去，"他也是你儿子……"

周生行微微闭合双眼，不再去看周母，"就算所有人都知道了文幸、文川的身世，我也不能承认。你在周家这么多年，还不懂吗？就像大哥他多么不甘心，也要娶你进周家，就是为了给他第一个儿子，最爱的那个儿子一个名正言顺的母亲，因为只有你配得上。"

那年，婉娘带着"未婚先孕"的传闻嫁入周家，只为给周生辰这个早产又丧母的大少爷一个名分。他和婉娘年少相识，却不得不为周家放弃。可朝夕相对，终究情难自已，有了这对不该有的孪生兄妹……

因果循环。

没有当日因，何来今日果？

若不是他为周家清理内鬼，亲自命人在十年前的游轮上追杀小仁的母亲，她又怎会因为爬上高温锅炉，服毒自尽？

若能在十年后将周家交给小仁，也算是补偿。

这一生谁无过错，又如何偿还得清，所有的人情亏欠？

周生辰在深夜醒来。

他中枪的位置并非要害，而是手臂，或者说原本是要害，子弹却因时宜的阻挡而偏了。身边有人给他做着检查。

周生辰要起身，所有医生都慌了，却又不敢劝说他。

林叔忙走上前，周生辰用完好的那只手臂，撑起自己的身体，"时宜在哪里？"

林叔略微沉默。

"时宜在哪里？！"他一把抓住林叔的手臂。

伤口瞬间爆裂，有血慢慢从纱布里渗出来。

"时宜小姐……一直没有醒。"

他手指紧扣住林叔，紧紧闭了闭眼睛，掀开身上的白色棉被，下床。有医生要上前阻止，被林叔挥手挡下来。他推开门，带着周生辰走向时宜的房间，为了防止再有意外，所有医护人员都被安排在这里，她的房间已成了病房。

他走到门口，竟然就止步了。

手臂的疼痛，远不及蚀心入骨的恐惧和痛苦。

一而再，再而三。

他护不住她。

他撑在门上的手，渐渐握成拳，有温热的眼泪夺眶而出。

林叔和走廊上的人都不敢出声，就看着他慢慢将头压在自己的手臂上。长久的，就这样隔着一道门，紧紧靠着门，却不敢入内。

忽然，房间里有人说了话：

"她手指是不是动了……"

周生辰猛推开门，里边的医生都停住，回头看向他。

而他，只是看着床上躺着的人。

心电诊断装置的跳跃……非常平稳，慢慢地消融着他血脉中蔓延的恐惧感。

他记得她说过的每句话，是那些话慢慢地渗入他的心，如今说话的人，在睡着，却像是随时都会醒过来，和他说话。

她对他，像是永远都小心翼翼，唯恐失去……

……

"等等我，我需要和你说句话……"

"我一直很好奇，研究所是什么样子，方便带我看看吗……"

"你相信前世吗？我或许能看到你的前世……"

"你今天的样子，感觉上非常配你的名字。周生辰，给人的感觉，应该就是这个样子。"

"有好感……就订婚吗？"

"你妈妈……喜欢女孩子穿什么？"

"到我家坐坐？我想……给你泡杯驱寒的药。"

"我不知道……你习不习惯吃这个，挺好吃的。"

"为什么你会做科研，真的是因为不知道做什么，才随便选择的吗？"

"柳公权的字，太过严谨，会不会不适宜订婚的请柬……"

"那戴完戒指……需要吻未婚妻吗？"

"只要你让我和你在一起，我会无条件相信你……"

"我累了……你拉着我走，好不好？"

"周生辰……你和太太睡在一张床上，很为难吗？"

"对不起……我真的从没遇到过枪战……"

"所以……我不会配不上你，对不对？"

"除了怕我有事，有没有一些原因，是因为……想我了？"

"如果我先死了，就委屈你一段时间，下辈子……我再补偿你。"

……

"你肯定想错了，周生辰，想错了我的意思。

我想的是，既然人生无常，就不要耽搁了。等到你把要做的事情做完，就放下这里的所有，以后你只需要每天去研究你的金星，余下的都交给我。以后有我，周生辰，我就是你的倚靠，你的亲人。"

有阳光，隔着白色窗帘，照进来。

在时宜身上留下斑驳的光影。

她看上去并没有任何痛苦，只是闭着眼睛，像是每次他凌晨四五点醒来，她躺在他身边的样子。从不为俗世烦恼，连睡着，都是这么安然。

她安静地，就这么躺着。

谁也不知道，她在一场怎样的梦里，能睡得如此宁静。

连周生辰也不知道。

***

"十一，一会儿走上高台的，就是你以后的师父哦。"三哥哥抱着她，她被裹得严严实实的，只有一双眼睛露在外边，微微动了动身子，有些激动。

那双亮晶晶的眼睛，只是望着城外。

从这里，只能看到天边有晨光，慢慢渗入黑暗中，融成了青白色。

城下的高台上，空无一人，却有数面大旗在狂风下，翻卷在一起，已不见字。

她觉得手冷，却只能继续扣住城墙，否则三哥哥也抱不住她……若不是这个师父的传闻太多，她怎么都不会随着三哥哥只带了四名随从偷跑出来，只为看看这个三日后就能见到的小南辰王。

周生辰。

听起来儒雅清贵，仿佛饱读诗书。

他应该是书房中，长身而立、眉目清润的王爷。

而非……

这城门外的数十万大军，都风尘加身，静默地立着，远看上去仿佛一片死寂。自远处有数匹马前来，看不清为首男人的面貌，只看得出那身白色，着实晃人眼。

"来了来了，十一，"三哥哥哎哟了声，"小丫头别乱动。"

马上人行至高台前，骤然勒马。

几声嘶鸣下，为首的男人跳下马，一步步走上了那空无一人的高台。

长夜破晓，三军齐出。狼烟为景，黄沙袭天。

他立于高台，素手一挥，七十万将士铿然跪于身前，齐声喊王。那冲天的声响穿破黄沙，透过所有的雾霭，传入她的耳膜……有人用手捂住她的耳朵。

这就是真正的周生辰，家臣上千，手握七十万大军的小南辰王。

是色授魂与，还是情迷心窍？

六七岁的她，并不懂得这些，只是被眼前所见震慑。双手紧紧扣住城墙青砖，心跳若擂。

很快，天就彻底大亮。

清河崔氏的小公子，自然知道此处不能常留，看时辰差不多了，拉着十一的小手，从城墙的另一侧走下去。十一人小，步子也小，又因着不愿离开，自然走得更慢。

"哎哟，我的小祖宗，"三哥哥都带了哭腔，一把抱起她，"你哥哥我才十二岁啊，你都快七岁了，竟然还要我抱着到处走……"

她搂住哥哥脖子，用脸蹭了蹭，微微地笑了。

"……"三哥最疼这个妹妹，看她如此模样，心都酥了。

也不再抱怨，抱着她三步并着两步地，往外走。清河崔氏算来算去，就十一这么个女孩儿，又早早定了太子妃的身份，当真是金贵得很，比他这个妾生的可要紧多了。

这要是被爹发现他们偷溜出来，保不准又是一顿家法。

三哥走得急，十一怕他被风吹冷了，还不住拿手去拉扯他的袍袛。

两人在四个护卫的围拢下，顺利下了城墙，还没走出两步，就被人喝止了……

十一吓了一跳，眨着眼睛看三哥。

"不怕，有三哥。"三哥拍拍她后背。

有十几匹马近前，仍旧在轻轻喷着鼻息，历经沙场的战马，也当真自带着煞气。

她紧抓着三哥的衣襟，仰头去看马上的人。在两人身后的那个人，手握缰绳，背对着日光，略微仔细地看他们两个半大的孩子。

那一双漆黑清润的眸子，越过四个护卫，悄无声息地望进了她的眼睛里。

十一小心翼翼地回望着他，四周好静……静得只有她自己的心跳。

醉卧白骨滩，放意且狂歌，一匹马，一壶酒，世上如王有几人？

若非我，你本该是那个高高在上的王。

浮生若梦，为欢几何？

倘知因果，你可曾后悔收我为徒……

尾声

浮生若梦，为欢几何

雨水淅淅沥沥的，把西安弄得如同烟雨江南。

明明是三秦大地，却已不见长安古城。

米家泡馍，非常小的店面，人挨人，环境嘈杂，生意却格外好。

有个男人坐在角落里，眉宇间书卷气极浓，面容普通，说不上难看，却是过目即忘。他穿着实验室内专用的白大褂，却没有系上纽扣，只是这么敞开着，露出里边的素色格子衬衫和长裤。

非常整洁，没有任何的不妥，就是和周围的环境极不搭调。

他身边不时有人穿行，甚至还有人端着碗，等着位子。

这里的生意一直都很好，好得不像话。

店主把泡馍端来，男人接过，拿了副一次性筷子，掰开，相互摩擦着两根筷子，去掉上边的碎木毛刺。他低下头，开始安静地吃着午饭。

他吃饭的习惯很好，从开始落筷就不再说话。

当然，这一桌只有他自己，旁边的位子是空着的，也不会有人和他闲聊。

他的身边，有几个年轻人在讨论着长江三角洲地区的经济。这么漫长的低迷期之后，竟然有大区华侨注资，而且不只一批，看上去将是一个长期的项目。

年轻人们讨论的话题，慢慢都转移到那些企业的背景，还有诱惑人心的工作机会上。

他随便听着，这些都是梅行最擅长的，交给他运作，完全不需要他费心。

"周生老师。"

有人从门口跑进来，收了伞就往这里走，是何善，"我每天负责给您手机充电，好不好？只求您为我二十四小时开机，"他估计是一路走得急，牛仔裤脚都湿透了，"我都跑了好几个地方了，要不是看见研究所的车，还不知道要找多久。"

何善话没说完，周生辰口袋里的手机就响起来。

何善忙停住话，他知道这是周生辰的私人手机，只有师娘有事情的时候，才会响。

周生辰听着电话那边说的话，忽然就站起来。

他向外大步走，竟然无视了站在自己桌旁的何善。

直到他上了研究所的车，何善才转过身子，看着扬长而去的车，哑口无言。

窗外，有风雨。

他坐在她的床边。一如两个月以来的模样，她始终这样睡着，活在自己的梦境里。倘若不是午后的电话，他甚至不敢相信她曾经醒来过几秒。或许是因为没有看到他，她又睡着了，他不急，他等着她醒过来。

周生辰眸色清澈如水。

静静地看着她。

过了很久，时宜的睫毛微微动了动，像是感觉他在，手指也略微动了动。

"时宜？"他握住她的手，俯下身子。

她听到他的声音，努力想要睁眼，可是眼皮太重，竟然一时难以睁开。

"不急，慢慢来。"

她在漫长的黑暗中，终于看到了一线光。

他怕她醒来不适，将整个房间的光线调得很弱，弱到她起初只能看清他的轮廓，渐渐地适应了，才看清他的眉眼。她想告诉他，自己从梦境中醒来，是因为想见他，这次的梦像是前世的轮回，很美好，可是她……想见他。

她怕他等，等到不耐。

时宜想说话，但太久的昏迷，让她一时难以开口，只是轻轻动了动嘴唇。

"这里是西安，"他声音略低，平稳温柔，"我们以后就住在这里。"

西安？长安……

她眼睛里，有难掩的情绪波动。

他微微笑起来："想在城里骑马很难，不过，我还是可以带你走遍这里。"

她愣了愣，视线瞬间就模糊了。

他握住她的手，引着她的手，去摸自己的脸。

她的手指从他的眉眼、鼻梁滑下来。

每一寸，都很慢。

这样的细微曲折，鼻梁和眉骨，没有丝毫改变。

……

"《上林赋》，我写完了，一字不落。"他轻声说。

她笑，眼泪流下来。

"美人骨，世间罕见。有骨者，而未有皮，有皮者，而未有骨。然，世人大多眼孔浅显，只见皮相，未见骨相，"他的声音，清澈如水，重复着她写在书扉页上的话，"时宜，叫我的名字。"

她眼睛模糊着，看不清他。

却被他的声音蛊惑着，开口叫他："周生辰……"

他应了一声，低声说："我想，我应该是用一身美人骨，换了你的倾国倾城，换了你能记得我，换了你能开口，叫我的名字。"

她笑，如此煽情，太不像他。

他也笑："似乎，不算太亏。"

"那……"她佯装蹙眉，"下辈子呢……"

他忍俊不禁："你继续倾国倾城，这个……我不太需要。"

时宜轻轻笑着，看着他。

她听到他说：

"我不记得，但我都相信。时宜，你所有写下来的，我都相信。"

浮生若梦，为欢几何？

千载荒凉，白骨成沙，独有时宜，为我所求。

若有来生

都说，先帝在的时候，这宫中皇子命都难长，十中有七，都逃不过夭折的命数。

幸好，她是个公主。

幸好，她最喜欢的哥哥，是太子。

她母妃只有她一个女儿，因在众多妃嫔中最得皇后信任，所以太子尚是皇子时，和她一起住在母妃宫里。那时，这个哥哥身子弱，吃药比进食还多，母妃每每劝药，她都趴在哥哥床边，去玩他的衣袖。

绕来绕去，就将他的衣袖缠在了手指上。

只轻轻一扯，哥哥便端不住药碗，总有褐色的药汁落在锦被上，引得母妃笑骂。唯有此时，哥哥那双美如点墨的眼睛里，才有些笑意。

先帝驾崩，皇子成了太子，她便再没见过哥哥。

只有次听母妃说起，太子如何捧着药碗，立在宫门前一昼夜，不能动也不敢动。她怕极了，悄悄溜到宫门前，看着那一抹端着价值千金药碗的白色身影。

那晚，没有月。

太子哥哥七岁，她六岁。

多年后想起那夜，仍旧清晰如昨日。她，幸华公主从那时起，懂事了。

她每日最关心的，都不过是这个太子哥哥。太子可否有被太后斥责，可否得太傅夸赞，可否进食无碍，可否睡得安稳……这些，都是她用首饰买通太后身边人，才得的消息，唯有太后身边人，才清楚太子的饮食起居，甚至一言一语。

　　后来，她知道太子有了太子妃。

　　有人拿来画卷，是个普通女子，除了眉目间那难掩的温柔笑意，稍许纯真，稍许倔强。那是她不曾有的，自六岁起在宫门见到哥哥的独立身影后，就渐渐消失退散的东西。

　　自此，她再不是哥哥唯一认得的女子，再不是他曾依赖的妹妹。

　　或者，太子已经忘记了，还有她这么个妹妹。

　　自他为太子起，她唯一一次靠近他，竟然是母妃离世的当夜。她哭得昏沉，似乎听见有人唤了句："太子殿下。"

　　她回头，看见那面色苍白、眼若点墨的男人，披着厚重的狐裘站在宫门外。他没有说话，只是默默注视着这个宫殿，这个年少时他曾和她嬉笑的宫殿。她看着太子，想起幼时的很多事，天气好时她陪哥哥在荷塘边看书，落雨时，她陪哥哥在荷塘边看雨……

　　层层叠叠，往昔暖意，渐渐渗入她心底。

　　纵然太子并未发一言，便已转身离去，她却知，他与自己一样地悲伤。

　　她，幸华公主从那时起，便只剩了太子哥哥这一个亲人。

　　太后视太子为眼中钉、肉中刺，多年禁足太子于东宫，甚至在得知太子妃与小南辰王私情传闻时，对近臣私下透露：小南辰王年少便已征战沙场，从未有败绩，得罪不得，若他眷顾美人，便给他美人，只求换得余生太平。

　　她听这话，惊得落了笔："太子哥哥如何说？"身侧侍女脸色变了变，替她拾了笔，轻摇头："太子未发一言，置若罔闻。"

　　置若罔闻……置若罔闻……

　　哥哥身为傀儡，这十数年间，素来是个哑巴，谁人不知？

　　可她怎能让人抢走他的心头好？

　　她彻夜未眠，想了千万种法子，最后索性将心一横，抛却性命不要，她也要夺了太后的命，让太子能顺利登基，拿回皇位和心爱的女人。

　　世事无常，太后暴毙。

太子封禁皇城，不得昭告天下，以太后之笔，写的第一道懿旨，便是召太子妃入宫完婚。同日，密诏清河崔氏入宫。

那日，她听闻清河崔氏跪在东宫外，足足两个时辰，到半夜，才有宦官引入觐见。

说了什么？她不知，却整夜未眠。

次日，太子传她入东宫。

东宫太子，宫外从未有人见过，而她身为公主，又何尝有机会见上一面？那日，雪积有半尺厚，虽有宫人及时扫开积雪，却仍湿了她的鞋。她听着自己心跳如擂，一步步走入宫中，恭顺行礼。

卧榻上的男人，经过与清河崔氏的彻夜长谈，早已倦意浓重，脸色在清晨的日光下，显得越发苍白，白得有些吓人。

有人捧来药，他接过，在蒸腾的白雾中，不停轻咳着："幸儿。"

偌大的东宫，安静极了，唯有他的声音。

这是他年幼时，唤她的名字。幸儿，他每每念这两个字都温柔至极，而也只有他会如此唤她，她已经十年没听过这两个字。

她走过去，倚靠着卧榻，靠在他身边。

面前的太子，微微抿了口药，似乎不太想喝，却还是强迫自己喝着。一小口一小口，慢慢地喝着："我为你定了婚期。"

有什么，悄然在心底碎裂开，她轻轻嗯了声。

太子哥哥慢悠悠地说着，她要远嫁到江水以南，那个据说山水极美的地方。她听他说着，未有太多言语，倘若她的远嫁能成全哥哥的天下，她自然会欢喜地披上嫁衣，为唯一爱的人，嫁出去。

那日，她在太子宫中从清晨到日暮，贴身陪伴，恍如儿时情景。

雪映红梅，她陪他，赏雪亦赏梅。

"残柳枯荷，梅如故，"他看着雪，眉目间的神情不甚分明，"不知你出嫁后，是否还能看见雪映红梅。"

她匆匆出嫁，没过多久，便听闻小南辰王谋反，被太子赐剔骨刑。

随后，传来太后暴毙的噩耗，太子登基，称东陵帝。

那晚，她的新婚夫婿感慨：小南辰王一死，这天下必将大乱，幸而她已远嫁。那民间传闻中，太子妃与小南辰王的旖旎情事，就连这江水以南的百姓都有听闻，甚至连夫婿都玩笑过，那场谋反，或许是东陵帝一怒为红颜，所做下的一场戏。

她不语。

是与不是，都已成事实。

东陵帝登基三载，暴毙，未有子嗣，天下大乱。

她这个幸华公主，却因远嫁，远离了那些疆土之争。

后史记：

幸华公主，与东陵帝手足情深，后远嫁江水以南。

帝登基三载，暴毙，天下纷争渐起，公主因忧心故土，于翌年郁郁而终。

太子哥哥。

江水以南，气候宜人，唯一遗憾的是，这里……当真没有雪映红梅。

若有来生，仍愿相伴，夏观莲荷，冬赏红梅。

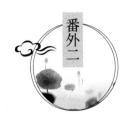

人间炊烟

"站住，那两个孩子！"

十一吓了一跳，眨着眼睛看抱着自己的三哥。

"不怕，有三哥。"三哥拍拍她后背。

有十几匹马近前，仍旧在轻轻喷着鼻息，历经沙场的战马，也当真自带着
煞气。

她紧抓着三哥的衣襟，仰头去看马上的人。在两人身后的那个人，手握缰
绳，背对着日光，略微仔细地去看他们两个半大的孩子。

那一双漆黑清润的眸子，越过四个护卫，悄无声息地望进了她的眼睛里。

十一小心翼翼地回望着他，四周好静……静得只有她自己的心跳。

几声尖锐的响声，四个护卫的剑已出鞘，明晃晃的四把长剑将三哥和她护在
了当中。虽然面对那十几匹战马，面对那些洗不去一身煞气的将领，甚至要面对
连当朝太子都要礼让三分的小南辰王，他们四个护卫也要守住自家小姐。

她何曾见过如此阵仗，吓得往三哥怀里扎了扎，只是眼睛仍旧忍不住去瞄他。

周生辰终是收了视线，持鞭的手，随意了挥了挥："不必为难两个孩子，我们
走。"说完先行喝马，就如此扬长而去。他身后的将领虽然仍有疑虑，却不敢再说

什么，一一喝马，紧跟上早已消失在路尽头的小南辰王。

这就是她的师父。

十一望着远处的尘土飞扬，还有那一抹白影，心跳得越来越慢。她知道三日后就要随父亲前去拜师，而他，就是她日后要对着的人……

如此意外的初见，在她心中一埋就是七年。

七年前的她，要借助三哥的手臂，才能趴在城墙上看到周生辰，而七年后的她，已经能站在任何一地方，看到想要看的他。

只是他来去匆匆，在这七年间，哪怕是逢年过节也大多在边疆度过。

即便是归来，也多有师兄师姐陪伴左右，似乎出了藏书楼，她便只得远望着他。

除夕前几日，崔府遣人来接，她却说自己染了风寒，不宜远行，擅自做主留在了王府。三哥听了信儿，倒是真慌了，从宫中带了御医来诊脉，老御医蹙眉半晌，也说不出个所以然，把三哥急得团团转。

"十一，你何处难过，写给三哥看？"三哥猜想或许是她不愿说给外人听，将御医遣到门外，俯身在床边，轻声问她。

她眼睛亮晶晶的，扑哧就笑了。

"怎么笑了？"三哥摸不到头脑，伸手摸她额头，"莫非真是病坏了？"

她摇头，伸出食指，想要在三哥手心写些什么，却迟迟未有动作。

三哥自幼宠她，为她甘愿放弃逍遥生活，在朝中谋一闲职，只为能在长安守着她。若这世上对谁能说实话，怕也就只有三哥了。

她犹豫着，终于写了出来：我想等师父回来。

"等小南辰王？"

她轻颔首。算起来，这半年总有捷报传来，师父却从未回王府，她就如此从初夏盼到了深秋，再到今日……已是除夕夜了。

她想，他该回来了。

三哥莫名沉默半晌，眼中深意满满："他的徒弟都已早早回家过年。倘若他不回王府，你岂不是要独自守夜？"

她想了会儿，笑笑，默默地点了下头。

师父若不在，她就替师父在王府守夜，也算清净。

三哥终是成全了她，她满心欢喜，将三哥送出王府。昨夜落了雪，此时王府中的红梅尽积了雪，红白一片，煞是好看。她送走了人，带着两个侍女，一路慢悠悠走过来，忽然就站在一枝红梅下，屈指，弹向枝头。

小树枝颤巍巍地抖动着，落了雪，露出湿漉漉的花瓣。

去年今日，他就如此做过一次。

她笑，闭上眼睛，想着他站在红梅下的模样。心系江山百姓的小南辰王，站在梅树下做如此无聊事，当真率性，也当真让人惊奇。去年的她跟在他身侧，看到了，就忍不住笑，而他也似乎察觉了，回头看她。

那双温润漆黑的眼眸里，只有她和红梅。

"小姐？是否要准备用晚膳了？"身侧侍女轻声打断她。

十一回过神，仿佛被看破心思，竟一瞬红了耳根。摇头，再摇头。

侍女见她忽然如此玩闹，只觉得小姐的病似乎好了些，也算是略松口气。但一见小姐摇头拒绝用膳，又添了几分忧心，在十一回房看书时，仍旧去准备了极丰盛的晚膳。虽不是团圆饭，但除夕夜还是要讲究一些。

毕竟十一身份尊贵，委屈不得。

岂料饭是备好了，十一却捧着一卷书，从艳阳高照看到了灯火满堂。她只在饿到极点之时，起身去挑了一盘点心，便又回到书案旁，不紧不慢地摆起了棋局。

到夜极深了，也不见有何困顿。

面前的黑白子，早已模糊了时间，她撑着下巴看许久，才会落一子。

人影在窗上，也始终静悄悄的，如同这影子的主人一般，耐心极了……

"热些酒来，"忽然有声音闯入，她猛地抬头，乌溜溜的大眼睛里尽是那人的身影……他走近前，垂眸看棋盘。

一时身后尽是此起彼伏的问安声。

他却又像想起什么，随口道："今日是除夕夜，再拿些花椒来。十一在和自己弈棋？"

她颔首，从榻上下来，亲自倒了杯热茶。

茶是热的，她早已叮嘱过，一旦茶温了便要立刻换滚烫的。因为她知道，他会回来。

侍女见小姐肯动了，满心欢喜嘱人去重新热了饭菜，准备晚膳。她见满桌饭菜和笑吟吟坐在身侧的师父，忽觉饥肠辘辘，终有了用膳的念头。

周生辰自手边拿过温热的酒壶，为她倒了一小口，反手也为自己添了满杯。十一意外地看他，这么多年，他竟是头次要自己饮酒？他仿佛看透她的疑惑，温声道："除夕之夜，就要和家人喝一杯花椒酒，才算是开始守岁。"

她恍然，记起杜甫确有诗说过：守岁阿戎家，椒盘已颂花。

只不过崔家并未有此习惯，在王府……似乎也从未如此过，她反倒是忘了。

他边说着，边将琉璃盏中的花椒撮出一些，为她放到杯中，也为自己添了些。这一桌只有他和她，所以杯子也是一对的，十一看着那一对翠色酒杯，眨眨眼睛，笑了。

团圆饭，守岁夜。

这是她和他过的第一个除夕，只有她和他两个人的除夕夜。

而这也是她和他过的最后一个除夕夜。

三年后，她离开王府回到崔家，学习大婚礼仪，他领旨出征，肃清边关。

返家途中，恰逢大雪。

她竟在从未到过的地方，度过了一个除夕夜。

如今她将要奉旨完婚，身份越发尊贵，沿途官员均是恭敬随侍，更为她让出宅子。来接她的是三哥，似乎母亲知道，也只有三哥能让她安心。偌大的王府，唯有小南辰王能让她开怀一笑，偌大的崔家，也仅三哥一人能让她尽情落泪。

那夜，她只要了纸墨笔砚，和一壶酒，一盘花椒。

就连三哥也不得入内。

王府十年，她最擅棋和画。

她喜好执笔作画，却连独自一人时，都不敢画下他的眉眼，唯有将他藏在山水花草的风景中。那一幅幅画，她尽数留在了王府，挂在了自己曾住的房里。她想，这些画并非仅有她一人懂得，她画中藏着的那个人一定会懂。

当他凯旋而归，看到那一屋画卷……

她停笔，泪如雨下。染了纸墨，也染了纸上的人。

她两杯酒下，已有七分醉意，挥笔而就，不再是莲荷花草，竟在他身后空白画卷上补上了山川河流，百姓人家，更有炊烟袅袅，绵延千里。

他胸中天下。

并非是赫赫战功，并非是尸骨成山，而是这山川河流中的百姓人家。

人间炊烟，战场硝烟。

他一生无妻无子，置身百里硝烟，不过是为换这人间炊烟不断，千里绵延。

而她，学画十年，终于在今夜画出了一个人。

那眉目，那举手投足间的风华，都只有他。

她一卷而就，终究画成了他。

番外三

百年相守

文幸三年忌日，他们才再次回到镇江老宅。

他们从墓地返回，周生辰竟然意外提出，要来进香。她意外极了，却没有反对，只是把最小的周慕时抱在腿上，有些好笑地看他，"我的科学家，你怎么忽然开窍了？"

他笑了笑，刚想说什么，被周慕时捉住了手指。

一岁多的小孩子，张嘴就要去含他的食指，被时宜拦住，拿消毒的湿纸巾擦干净周生辰的几个手指，再把他食指塞到儿子嘴巴里……

这个研究金星的大科学家，完全沦为了儿子的玩具。

她逗着儿子玩，倒是忘了先前的问题。

周生辰看着她，笑了笑，也没有继续说下去。

那对两岁的双胞胎姐姐，倒是比这个弟弟活泼些，因为学会了走路，就喜欢慢悠悠地在寺庙里逛，身边有林叔和两个女孩子照顾着，倒也不担心。

她不太希望孩子进大殿，小心交给了身边的奶娘，独自走了进去。

她信佛，进香的时候永远虔诚，双手合十，跪在早已有两道深痕的跪垫上，对佛祖拜了三拜，待睁开眼睛，却发现身边也跪下了一个人影。

竟然是周生辰。

她不可思议地看着他，看着他双手合十，闭上眼睛，不知道对着佛祖在许什么愿。

这么多年，她可从没见过他拜佛……这变化太惊人了。

佛祖含笑，俯视大殿内的他们。

时宜一眨不眨地看着他，直到周生辰放下手，睁开眼睛。

"你什么时候信佛了？"

他笑："三年前。"

"三年前？"

"是，三年前，"他伸手把她扶起来，说，"三年前，你不愿意醒过来，一直在睡。"

"然后呢？"她迫不及待地追问。

"然后我带你回上海，收拾房间的时候，看到了你写的东西。"

"这我知道……可是和你信佛有什么关系？"

"你醒不过来，我病急乱投医，就来了这里。"他低声告诉她，回忆着，"来这里的时候是晚上，没有人。然后我就站在这里，想起来，我们曾在大殿外讨论信仰，我告诉你我是无神论者。"

她"嗯"了一声，仿佛看到他在灯火摇曳的大殿，和佛祖相对着。

"当时……"他笑了一声，"我和佛祖对峙很久，还是认输了。我求他让你醒过来，既然他让你记得所有的过去，来到我身边，那么就该醒过来，和我在一起。"

"嗯……"

这千年古刹，他从小到大，来过许多次。

他告诉过她，他是无神论者，永远是站在大殿外观赏风景。

三年前，她醒过来的时候，他告诉她，他相信所有她写下来的话，她已经不敢相信。三年后再听他说起那个夜晚，他是如何弯下双膝，跪在佛祖前，祈求让她醒过来……时宜甚至觉得有些心疼。

是痛，失去的痛苦，才能让一个人有如此转变。

她轻轻扯了下他衬衫的袖口，"你说得我好心疼……"

他笑。

"真的，"她轻声说，"特别心疼。"

真的爱一个人入骨了，就会希望这个人不要被任何事物束缚，从思想到身体，都能随心所欲。她甚至觉得，让他从相信科学到信佛，都是让他受了委屈……

"时宜。"他忍俊不禁。

"嗯？"

"我们有三个孩子，"周生辰提点她，"我觉得，你的母爱不用分配给我，给他们就好。"

这种形容……她扑哧就笑了。

他们走出大殿。

时宜忽然想到什么，问他："你现在看佛祖，能看到什么？"

"你是问我，答案和以前有没有变化？"

"是啊，我好奇。"

周生辰回头，看了眼殿中的佛祖，"慈悲，仍旧是慈悲，不过这种慈悲，有了些人性化的感觉。"

她笑："怎么让你说得这么怪……"

"或者，不只是对苍生慈悲，"他回过头，揽住时宜的肩膀，彻底走到阳光下，"也是对我的慈悲，他总算是……放过我一次了。"

她又被逗笑了。

自从有孩子以后，周生辰越来越爱开玩笑。

她甚至觉得，这个男人和最初在机场见到的，完全成了两个人。那时候他虽然礼貌，也笑着，却让你感觉不敢对他开口说话，而现在……嗯，终于染了人间烟火。

午饭是在山下饭庄吃的，这还是孩子们第一次吃斋饭。

两个女儿已经能自己用勺子，有一搭没一搭地自己吃，小儿子却还需要喂。时宜抱着儿子，正低声哄着，就听见有人在不断请安说着："小少爷。"

有人掀开帘子，周生仁走进来。

还没站稳，就被两个女儿一声叠着一声地，叫着小叔叔。

"我先抱哪个好呢？"周生仁漆黑的眼睛里，难得有笑，"要不两个都不抱了，公平一些。"

时宜笑："随便你，快坐下来才是真的，要不然她们两个马上就要扔掉勺子，从椅子上爬起来了。"

未满二十岁的少年，已经比她高了不少，站在那里就自带着威慑力。

不过倒是真听她这个大嫂的话，立刻就自己拉开椅子，坐下来，"好，我坐下来了，你们两个好好吃饭。"

他刚拿起筷子，两个女娃娃就已经扔掉了勺子，好吧，真是管不住了。

时宜也很无奈，周生辰倒是从不强迫小孩子吃饭，也不管。最后两个女儿笑眯眯地缠上了小仁，他索性也不吃了，一手抱着一个，坐到沙发上陪着她们玩，"大哥，你送我一个女儿吧……算了，两个都送我吧，我保证给你养得特别好。"

周生辰兀自摇头，懒得理会他。

回到老宅，正是午后艳阳高照时，时宜在房间里换了轻松的衣裳，周生辰则坐在二楼开放的书房里，开始收发邮件。她出来时，听到他正在打电话。

她刚想走过去，就听见儿子醒了在哭，只得又走回去。

一旦把他抱在怀里，立刻就笑了。

时宜放不下他，索性就抱着走出来，坐在周生辰身边。

隐约能听到熟悉的声音，应该是梅行，两个人讨论的话题她听不懂，就陪坐着，逗着儿子。坏小子正玩得兴致勃勃时，周生辰已经挂了电话，饶有兴致地看着她逗儿子玩。

"说完了？"她随口问。

"说完了。"

"你这好朋友，还真是任劳任怨的。"

"他也在赚钱，又不是免费为我打工。"周生辰笑了笑，伸手，拍了拍时宜的额头。

很自然的动作，到最后倒是顿住了，美人如玉，就在身侧。他的手从她额头滑下来，轻轻勾起食指，摩挲着时宜的脸颊，温热的手指，暧昧而又温情的动作。时宜对这些永远都没有抵抗力，她觉得，她对着他，永远都像是个情窦初开的女孩子。

他的一言一行，他的每个动作，都能让她乱了心跳。

她轻轻呼吸着，手指还被儿子抓着。

周生辰手指终于滑下来，托住她的下巴，让她的头抬得更高了些，轻碰了碰她的嘴唇。时宜避开，"我还抱着儿子呢……"

岂料他倒是执着，只问她："不继续？"

她瞬间脸就红了。

如今的继续，可并非是当年的那么单纯了。

这才刚刚下午一点多……如果把儿子交给奶娘，一定会被猜到要做什么。

她还在犹豫着。

周生辰已经托起她的下巴，想要继续吻下去，瓦解她的举棋不定。

还没有碰到，就啪的一声，被一个小巴掌拍到了脸上。

儿子发飙了……

周生辰愣了一瞬，忍不住笑了。

时宜也笑个不停，抱着儿子就站了起来，"喏，你打你老爸，今晚又要被罚，不能和妈妈睡了。"话还没说完，就听见周生辰喊奶娘进来，抱走儿子。

奶娘笑着抱走周慕时，低声哄着，说是别和爸爸妈妈捣乱什么的。

时宜还没来得及不好意思，已经被他从身后圈住。

"刚才，我看到你跪在大殿里，忽然觉得，我上辈子是个懦夫。"

她身材偏瘦，跪在空无一人的大殿里，对着十米高的佛像，显得渺小极了。他想到了她写下来的那些，她不能言语的那一世，她如何在他一次次领兵出征时，在王府的藏书楼里，默默看书，默默祈祷他的平安。

而他当真就这么放任她爱了自己一辈子，没有任何回应。

时宜摇头，纠正他："你是个大英雄，不是懦夫。"

你我皆非神佛，如何能未卜先知？

如此，就是最好的结局。

"周生辰。"

"嗯？"

"让我给你画一幅画吧？"

"想画什么？"

"画你，"时宜想了会儿，忽然就笑了，"我画人，画得比荷花还要好。"

番外四

汉之西都，我朝长安

"汉之西都，在于雍州，实曰长安。"

时宜等在展馆的马车前，为这一句，回首望去，念这赋的是来西安的游客。是为了应景，或是本就熟读古籍，才引出了《西都赋》？她不得而知。

而她因此被牵起的回忆，旁人也不可能看到。

汉之西都。

在到长安南辰王府前，她于崔家庭院，每每在阿娘书房内背这首赋，都会向往西北那座城。崔氏在清河郡势大，常有客至，聊起长安城，无不赞颂。

后来到了王府，她年纪尚幼，又碍于太子妃身份，不得自由出入王府。心中念念的西都，隔着一堵墙而不得见。她怕看了念念难忘，于是将一墙外的长安藏在心里。

其后数年，师父在王府的日子不多。

那时天下未定，他领兵南征北战，常见捷报不见人。

初夏将至，一封捷报传遍九州，诸王相约划疆而治，不再战。此一封捷报，让中土同贺，王府上下更是如同过年。师姐命人翻修各个宅院的屋顶，迎小南辰王回府。

她被捷报搅得一夜兴奋，难以入眠，趁着侍女熟睡，搬了工匠留在院子里的木梯，架到屋檐边，悄然爬了上去。

"街衢洞达，闾阎且千，九市开场，货别隧分，"身后，一个影子在黑暗里说，"人不得顾，车不得旋，阗城溢郭，旁流百廛。"

念的竟是《西都赋》。

她惊讶回头。

"有没有听过？"月色里，本该在百里外的周生辰，含笑自暗走到明处。

她点头。三岁起就背，可倒背如流。

"汉之西都，"他望着墙外万家灯火，轻声道，"我朝长安。"

这是她第一次从师父眼中，见到孤独。

长安是他的家，此处是他的王府，为何他却像置身荒野，不见繁华？

那夜的她，并不懂师父为了"长安"，放弃了什么。

等到师兄师姐们回到王府，庆贺的宴席从王府摆出去，一直摆到长安街上。

每一个浴血奋战的师兄师姐讲起大胜，都难掩激动。而更令人激动的是长江沿岸的太平长约。那日，周生辰带大军南临长江，与南境大将聚首，两位领兵者以中土之名，立下划江而治、互不相犯的盟约。

也由此结束了长达数十年的南北之争。

在中土的邀约下，北部、西部和西南夷外族的三位掌权者，先后赶赴长江。五人临疆筑楼，取名定疆楼，登楼一夜，于沙盘定天下五分之疆土，交杯换盏，相逢恨晚如知己。翌日天明，毁楼而去，自此一生为敌，不死无休。

"如此气魄，古今难见……师妹，你见过师父有朋友吗？"大师姐忽而问她。

她轻摇头。

"那天楼上的几人，应该是师父的朋友，"大师姐说，"师父随身带的短兵器不见了，他从少年起就带在身上的，不会丢。"

剩下的话，大师姐藏住了。

英雄见面，惺惺相惜，常会交换短兵器。他们都猜，师父的短兵器在定疆楼上，与人做了结交信物，但没人说出来。毕竟再如何互相欣赏，楼上五人都是死敌。

毁楼前夜，大师姐和南境一员大将带兵巡守，她曾闻楼上琴声，见人影，更有笑声频频传下楼。她和南境那员大将曾无数次对阵，各有胜负，是死敌，更是劲敌，但在那夜却像守在长辈房外，偷听长辈们闲话家常的少年少女。

大师姐说，只有在那夜，师父才遇到了真正的知己。

……

眼前，马车展台旁的灯闪灭了几秒，招来了几声惊疑，很快灯亮起。

身边经过了一对年轻男女。

"你看那马车有几匹马？"男人问。

"六匹。"

"那是天子的马车。"男人说。

女孩子回头看，想看的是马车，却被时宜吸引。

时宜立在马车旁，和展台内的千年马车融为一体，让人联想到大漠飞沙，驼铃车队，一辆辆华盖车伴随黄沙进城，车队后是铠甲积沙的千军万马。

车载美人，驶入长安。

时宜同时被女孩子的眉眼摄住，联想到的是江水滔天，战船千艘穿行于连绵峡谷中，一排排铠甲半湿的将士，自头盔下露出一双双无波眼眸。

船载美人，归航柴桑。

女孩子对时宜友好笑笑，回过头去，继续问身边的哥哥："几匹马有讲究吗？"

"天子驾六，诸侯驾五，卿驾四，大夫三，士二，庶一，"说话的男人始终背对着时宜，带着女孩子离开，"南北划江而治时，两个异姓王所御驾六，一南一北，一柴桑一长安。"

时宜诧异。

她没想到除了自己，竟还有人熟悉那段历史，可惜他们已离开，再见不到容貌。

周生辰单臂挽着西装外衣，和出门的年轻男女擦肩而过。博物馆的安检门内，有位工作人员认识周生辰，叫了声"周生教授"。

男人因为"周生"二字停住，周生辰因为对方的异常反应，同时看过去。周生辰从对方眼中见到了故友的目光，可他能肯定自己没见过此人。

两个男人对视一笑，礼貌颔首告辞，错身而过。

时宜忽然想到传说中的定疆楼一夜，她恍惚片刻，再回神，周生辰已在身边："还舍不得走？这里快闭馆了。"

"嗯，难得见到这个，"她不再想那对陌生男女，笑着问周生辰，"你猜，过去你坐几驾马车？"

周生辰直接道："六驾。"

她意外："你怎么知道？我提过吗？"

周生辰摇头："没提过。不过你说过，小南辰王因为与天子同尊，才招致忌惮和杀身之祸。既然同尊，应该是六驾。"

她笑而点头："是六驾。可惜他从不坐马车，只骑马。"

"马车空置在王府？"

"嗯。"

他略沉吟，评价道："很浪费资源。"

时宜满腹感慨被这句话打散，笑着挽住他的手臂："走了。"

这次展览是慈善形式，由澳门和台州沈家主办。请柬早就寄给周生辰，但因为时宜和周生辰工作行程安排得太满，一直顾不上，后来错过了邀请日期，时宜也不想再麻烦人家，自己买了双人票，和周生辰悄悄来看。

按道理说，没人知道他们来，但当两人走出安检门，一位工作人员满面笑容，递上了木匣子："这是主办方给周生夫妇的礼物。"

周生辰略一犹豫，对方又说："刚刚才知道你们来了，特地让准备的。"

刚刚？

周生辰礼貌笑笑，接了木匣子。

时宜好奇打开，本以为是定制的文物模型，未料是一柄短刀。这是……时宜打开匕首，见"南辰"二字，心中大震。这不是仿制物，是真品。

昔日南辰王贴身有两物，一柄单刃短刀，一柄双刃匕首。

匕首给了最小的徒弟，也就是时宜，用来防身。而短刀在定疆楼后，不知所终。

"每一位客人，都会有这样的礼物？"时宜问。

"对，而且每个人的礼物都不同。"工作人员解答着，并不觉这短刀有何不妥。

除了她，没人认出这是文物，包括周生辰。

返家途中，时宜慎重地拿出这把短刀，为周生辰细讲这刀的来历。

周生辰认真听着，最后评价说：礼物如果另有深意，赠物之人会留下字句，既然什么都没说，那就不用多想。

大科学家的理论是：这世上总有许多蹊跷的事，如无需要，不必深究，否则会影响自己的正常生活轨迹，徒增烦恼。

***

两人回到市区，周生辰带她去了一个熟悉的地方：米家泡馍。

"来这儿做什么？"

"我和小仁说，在西安和你相遇是在这里，他就安排了和他相亲的女孩子在这里见面。"

"他要相亲？"

周生辰笑着点头。

当初他遇到了什么麻烦，如今周生仁都要经历。家里的长辈们以为周生辰会长久留在镇江，管理照看周家，没想到周生辰仍旧一心科研，把全部摊子都给了堂弟周生仁。所以昔日操心周生辰婚姻大事的长辈们，不得不从头再来，开始安排周生仁成家。

周生仁倒没多余意见，安排谁就见谁，从不敷衍，认真相亲，比当年的周生辰要态度端正得多。只可惜从未成功，少年好似未开情窍。

时宜和周生辰伴作寻常夫妻，在周生仁邻座的桌子上，要了东西吃。

相亲的那一对，从头至尾说的话都没有他们这对"偷听"的人多。女孩子始终脸色不佳，认为周生仁挑了这个地方见面，是没有发展的诚意，周生仁也不多解释，最后绅士地把女孩送至门外、车上，折身而回，径直坐到他们这一桌。

"如果我是人家，也会以为你没诚意见面。"时宜说他。

周生仁无奈："刚才我聊的都是她读书的学校、自幼长大的城市，还有她所学相关，但凡她认真听两句，就知道我做了功课。而且我也和她说了，这个地方特殊，是我大哥和大嫂再相遇的地方。"

时宜忍俊不禁："人家会想，你大哥大嫂在这里相遇，和你们有什么关系。"

周生仁想想，也对。

周生仁总结失败经验不足三分钟，听闻时宜的一对双胞胎女儿在公寓里，由时宜父母看管，即刻离去，扔下话来，怎么好让时家长辈如此辛苦，理应他来照看才对。

时宜知道他格外喜欢望安和常安，不做阻拦，反正父母和一对小女儿全喜欢他。

难得两人独处的时间，老夫老妻想不到惊喜节目，闲走半小时，生生走到了研究所大门外。时宜口渴得慌，索性和周生辰进了实验楼。

周末，楼内人不多。

她熟门熟路地跟着周生辰进了他的实验室。一个助理研究员戴着耳机，在休息听歌；另一个则在翻看下周在西安的研讨会议题。

两人和时宜打了招呼，先后离开。

周生辰给她倒了杯水："你坐一会儿。"

他戴上塑胶手套，慢悠悠刷起瓶子。

时宜抿了口水，托着下巴看他："你刚进实验室做新人的时候，要天天刷瓶子吗？"

他摇头："导师认为，我的时间用来刷瓶子太浪费。"

"自负。"她小声笑道。

他认真道："不过我有时候想休息，反而喜欢刷，当静心。"

这点倒和过去一样。

那时周生辰在鹿苑，就喜欢独自一人做羽箭，也是为心静。

"周生辰。"她叫他。

"嗯。"水池旁的男人穿着白大褂，戴着黄色塑胶手套，把洗干净的瓶子放到晾干的架子上。

"我醒来前，你经常在这里刷瓶子吗？"她低声问。

她了解他。

那两月的周生辰，看上去每日和寻常研究员一样，往来实验室和公寓，大家知道他已婚，知道他有个大美女太太，大家开玩笑要聚餐，他从来都是微笑答应，告诉众人，等太太有空了，一定和大家聚一聚。

而在晚上，也照常回家，过已婚男人千篇一律的生活。

陪她看电视，陪她聊天，做饭，吃饭，收拾屋子，洗漱后入睡。只是他睡在客房，她由护士陪着睡在卧室。

在助理眼里，他是缺乏感情的研究员、化学教授；在医生护士眼里，他是抗压力极强的男人，可以接受妻子无休止地沉睡下去。可只有这里的水池，见证他的不安和不确定，怕她无法醒来，怕错过这一生，他无法用语言表达，只能用少年时在实验室的排解方式，一遍遍刷洗瓶子，烘干……

他回答她："偶尔来。有一天晚上，被助理研究员发现我在这里，以为我和太太吵架，被太太赶出了家。他安慰我很久，说夫妻没有隔夜的仇，尤其是新婚夫妻。"

周生辰停住，怕说多了，惹她难过。

这是她第二次从他的眼中见到孤独。

前次是为定疆楼一夜后，知己成死敌。这一次是为了她。

时宜撑着下巴，看他刷完一个个瓶子，看得毫不厌烦。

窗外一声炸雷，她抬头，第一反应是："下雨了，洗的瓶子晾不干怎么办？"

周生辰指了指烘箱。

她安下心，继续如同欣赏美景一般，看着他做这种单调、简单的工作，想象着少年时他初入实验室的样子。

一定如同曾经，他十三岁初上战马，带兵出征的少年背影。

白马将军，铠甲刺目，虽未见，心向往。

图书在版编目（CIP）数据

一生一世美人骨 / 墨宝非宝著 . —北京：文化发
展出版社有限公司，2020.1
ISBN 978-7-5142-2638-6

Ⅰ . ①一… Ⅱ . ①墨… Ⅲ . ①长篇小说－中国－当代
Ⅳ . ① I247.5

中国版本图书馆 CIP 数据核字（2019）第 083955 号

一生一世美人骨
作　　者：墨宝非宝

责任编辑：侯　铮
特约监制：王传先　王　晶
出版发行：文化发展出版社有限公司（北京市翠微路 2 号）
网　　址：www.wenhuafazhan.com
经　　销：各地新华书店
印　　刷：北京联兴盛业印刷股份有限公司

开　　本：700mm×980mm　1/16
字　　数：320 千字
印　　张：19.5
印　　次：2020 年 1 月第 1 版　2022 年 5 月第 13 次印刷
I S B N：978-7-5142-2638-6
定　　价：46.80 元

本书若有质量问题，请与销售中心联系调换。电话：010-82069336

无论生死，落子无悔。

若有来生，仍愿相伴，夏观莲荷，冬赏红梅。

看取莲花净，应知不染心。

一点红，二叶律，

三角草，四季青，

五敛子，六和曲，

七叶莲，八角枫，

九里香，十灰散，

百草霜，千日红。

长眉连娟，微睇绵藐，色授魂与，心愉于侧。

醉卧白骨滩，放意且狂歌，

一匹马，一壶酒，世上如王有几人？

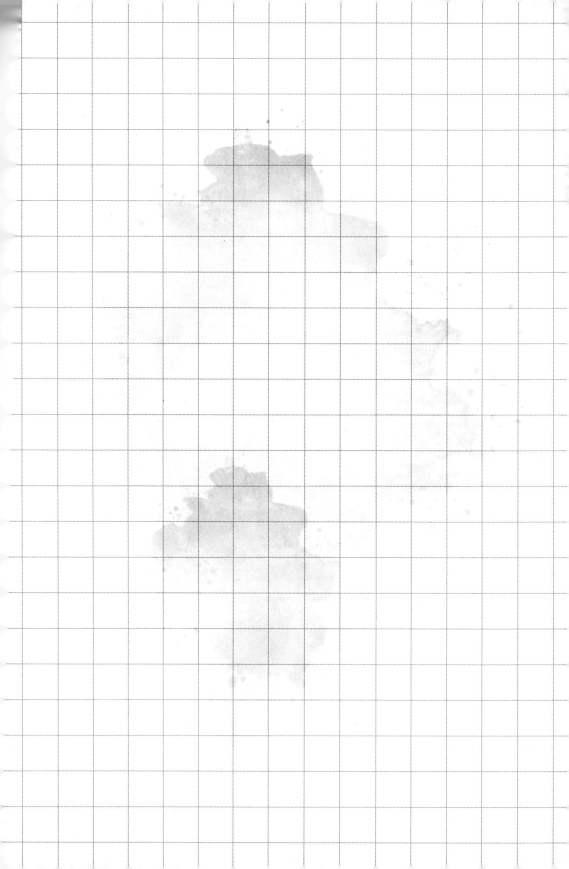

情至深处，最怕失去。

怕无端情淡，怕生离，更怕死别。

时有美人，宜家宜室。

她的名字，他如此以为。

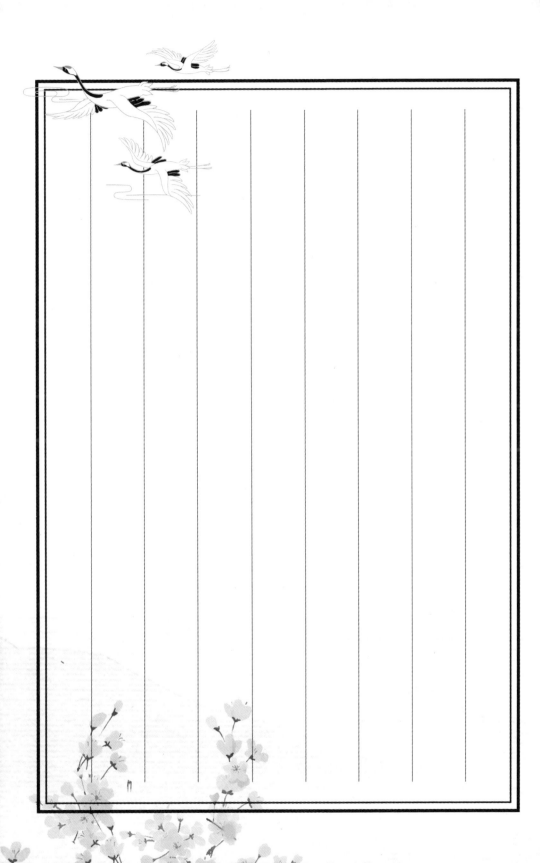

浮生若梦，为欢几何？

千载荒凉，白骨成沙，

独有时宜，为我所求。

美人骨，世间罕见。

有骨者，而未有皮，有皮者，而未有骨。

世人大多眼孔浅显，只见皮相，未见骨相。